今夜通宵杀敌

郑在欢

上海文艺出版社

目 录

序　我只是个作家，什么都干不了

第一辑：昔时少年

　　　　　　　海里蹦 [3]

　　　　　　　漫斜 [19]

　　　　　　　撞墙游戏 [35]

　　　　　　　今夜通宵杀敌 [70]

　　　　　　　这个世界有鬼 [90]

　　　　　　　不灭的少年 [121]

　　　　　　　外面有什么 [143]

　　　　　　　点唱机 [176]

第二辑：U 型故事

　　　　　　　我只是个鬼，什么也干不了 [231]

　　　　　　　唯有跑步才能拯救宅男 [245]

　　　　　　　坏笑 [253]

　　　　　　　还记得那个故事吗？ [261]

　　　　　　　驻马店女孩 [282]

　　　　　　　谁打跟谁斗 [303]

　　　　　　　收庄稼 [327]

序

我只是个作家，什么都干不了

朱文

从出版时间来看这本书可以算是郑在欢处女作《驻马店伤心故事集》的续编。驻马店仍是书中最重要的地标，人物、情节与前作也多有勾连。但通读完以后，我倒建议不妨把《今夜通宵杀敌》当成作者的第一本书来读，不仅是因为作为小说它的完成度更高，也因为《驻马店伤心故事集》人物索引般的形式正适合担当工具书的角色。在《今夜通宵杀敌》中活跃的人物基本上都可以方便地在那本伤心却也有趣的故事集里查到他或她的档案，介绍简短但辨识度极高。新出现的人物也是原来就存在的，只是现在才登场而已。我这么建议并不完全是为了更从容地享受阅读。在城市长大的年轻读者一般都没有作者那种农村大家庭绑在一起过的生活经验，一下子呼啦啦上来几十号人，全都沾亲带故，谁是谁儿子，谁又娶了谁，实在容易混淆。当然就算是有所混淆也不会影响到你的兴致，因为每个故事都很独立，而且精彩。

"驻马店"正式成为那个地级市的大名应该是很晚近的事,但那个地方却有着相当悠久的历史,所谓"豫州之腹地,天下之最中"。作为一个在书中反复出现的地名,"驻马店"似乎自然带来一种话本小说的氛围。郑在欢和他笔下那一票人物来自附近的王庄或者郑庄,不断地经过驻马店,然后南下或者北上。他们只会在驻马店作短暂的停留,正好可以发生"驻马店女孩"那样的故事。

从郑在欢描绘的家和乡中,我们约摸还能辨认出古代中国农村的形态,但传统的人情之美已荡然无存。为老不尊,为幼不敬,不信因果,为所欲为。如果你想对当下中国社会尤其是最为广阔的农村作一个病理检查,在全国范围内采集样本,在驻马店来一刀也许是必要的。郑在欢看似随性的写作具有类似的"切片"价值。他的视角天生独特,在文学的向度上也是可贵的。他以小说灵感的触角检索记忆,在叙述中加以甄别、取舍,在想象中最后修正,从而抵达更为深入的真实。有一类经典的作家都是这么干的,重要的不是技巧,是自觉的意识和情怀。

那个"没娘的孩子"如今已成长为"不死的少年",

在新书中以"李青"或者"我"的面目出现。如果说郑在欢的前作写的是"病"，那这一本写的最多就是"死"。围绕那个不死的少年，很多乡亲轻易地死掉了，而且无一例外都是横死：大车撞死、贩毒枪毙、喝农药自杀、偷电缆被电死等等，还有一个屠狗者被狗活活咬死。他们死得惨烈却无声无息。在文学传统中一直有着这种少年不死的传说，那个少年苦苦思索自己为什么能够幸存，为什么那么多一起长大的伙伴都被生活毁掉，唯独留下他在这里徘徊？直到有一天他意识到自己是被选择的，他有责任说出他们的故事。

郑正欢似乎决心效法前辈构筑属于自己的文学故乡。对于一个有天赋的小说家而言，这是最自然不过的野心。在《驻马店伤心故事集》中提到了那个"我"不堪继母打骂离家出走，于是有了《今夜通宵杀敌》中三个短篇组成的小辑"在亲戚家的三夜"；前作中"回家的路""法外之徒"被换一个角度叙述，如同流行的电影手法，主次互换便成了《今夜通宵杀敌》中《谁打跟谁斗》《外面有什么》，如此等等，作者让我联想到一只不辞辛劳的工蜂。也许作者足够骄傲并没有营造蜂巢的打算，只是那些人那些事萦绕于怀，他还未能将之了结。生于九零年的郑正欢作为一个严肃的写作者正处在最微妙的时期。这本书中有一篇两个醉鬼和一个真鬼的故事，轻盈、迷人，气质非凡，是故乡系列的一个意外。也是我最喜欢的一篇《我只是个鬼，什么也干不了》。这篇短小的鬼故事暴露了作者完全的才华。

2017.11.01 于北京

第一辑

昔时少年

昔时的少年
长成了强悍的男人
必然的进化,必然,凶险
每个男人体内,都有一个
不死的少年
唤醒那个少年

海里蹦

> 海里蹦，海里蹦，
>
> 一蹦蹦到棺材里。
>
> ——第一首由儿童创作的童谣

海里蹦是一种零食。

张国典是一个老头。

张国典卖海里蹦。

那时候我们还小，小到浑身上下搜不出一毛钱。张国典的零食摊就在学校大门边，一张破布上堆满花花绿绿的小袋子，诱惑着所有贫穷的眼睛。我们叫得上来每一种食品的名字，但不一定都吃过，有些新鲜产品只有富家子弟才会尝试，卖得不好很快就会下架，再没机会见到。我们都是奶奶带大的孩子，有点钱不容易，只敢买最热门的那几种。我们知道哪些东西好吃，但不知道哪些不好吃。

作为这一堆食品的拥有者——张国典，他简直是我们眼中的富豪，虽然他穿得比谁都寒酸。学校里一共有四家卖东西的，两家是老师，分别在大门两边的厢房里，两家地摊，就是张国典和宝山，他们分别把住校门一侧。宝山是个年轻人，不怎么说话，不像张国典，一有人就开始招徕生意。

"有钱不花，掉了瞎搭。"见到有人靠近且犹豫不决，不知道用身上那点钱买些什么，或者根本不舍得花掉的穷孩子，他就这么说，继而开始兜售他的热销商品，他最热衷于推销的，永远都是海里蹦。

"海里蹦，真嘎嘣，蹦哩高，蹦哩远，一蹦蹦到了北朝鲜。北朝鲜，真是高，董存瑞举起了炸药包。北朝鲜，就是险，黄继光堵住了机枪眼。"

他每次说的都不一样，我们不太明白他在说什么，只是觉得很顺嘴，很酷。上面这个版本因为有民族英雄，所以广为流传，在小学课本里，大家都很崇拜这两位。张国典把自己的海里蹦和他们联系起来，很容易博取小学生的好感，可以这么说，因为张国典的宣传，学校里几乎没有人没吃过海里蹦。

这是一种圆的五颜六色的非常脆的膨化食品。我已经忘记了包装和味道，至于为什么叫海里蹦，恐怕只有鬼知道。和另外两种畅销食品——辣条与冰水相比，海里蹦不算太好吃，那两种食品的味道已经深深烙进每一个孩子心中，直到现在还在超市里占据一席之地。如果不是张国典的大力推销,恐怕没有人会记得海里蹦,它会像千百种小食品一样昙花一现,迅速退出历史舞台。因为张国典,我们永远记住了这个名字。刚刚,我给我的好朋友马宏打电话,问他还记得海里蹦吗,他先是大笑,继而说出那句不成熟的歌谣:海里蹦海里蹦,一蹦蹦到棺材里。然后他问我,你怎么会突然想到张国典?

是的,海里蹦成了张国典的代名词,一提起海里蹦,我们只能想到张国典,一想起张国典,我们立即想到海里蹦。

海里蹦只有张国典一家有售,他的货怎么都卖不完,另外三家见他卖得好,却一直进不到货。一直到出事以后,我们才知道为什么会这样,原来他——先暂且打住,在说到张国典彻底垮掉之前,我想先讲两件同样糟糕,但没糟糕到把他击垮的事情。

第一件事和海里蹦无关。

张国典是个热情的老头,我们都喜欢他。他是那种最不像大人的大人,你可以把他当成同龄人去搞些恶作剧,不用担心他会板起成年人的面孔震慑你。一下课,他摊位前总能聚集一群人,不管买不买东西,围在那听他说几句顺口溜也不错。我们曾试图合伙偷他的东西,几个人在一边引开注意力,一个人在另一边伺机而动。

我们从没得逞过，他知道我们的把戏，但从不说破。他知道我们这些穷孩子有多馋，也知道我们有多穷，没办法，他赚的就是穷人的钱。所以他一视同仁，连自己的亲孙子也别想在他那里吃到一毛钱的免费食品。我曾目睹一个穷苦但又机智的一年级学生怎么吃到一根免费的辣条。那是一根掉在地上的辣条，沾满了灰尘，它的主人，一个高年级学生，刚买到手还没来得及享用，就掉在了地上，他只能望着尘土中的美食惋惜地叹口气。其实完全可以拿到水池旁冲干净再吃，但碍于面子，他没有这么干。我们靠墙站着，一边漫不经心地聊天，一边时不时瞟两眼地上的辣条，看它还在不在那里，好像它在不在跟我们有很大关系似的。后来那个一年级学生路过，一眼就看到了它，他惊呼一声，立即就想去捡，不过稍一留意，他发现众人的目光都集中在那上面。大概他也觉得当众捡一根掉在土堆里的辣条不是什么光彩的事，于是他急中生智，采用了迂回战术。他一屁股坐在上面，拿出粉笔在地上画道道，过了一会儿，他觉得转移了注意力，迅速站起来跑掉了，当然，那根辣条也随之消失了。

  我们就是那么渴望零食。如果哪天学校里突然出现一个大富翁，能整包整包地买零食，并大方地分给每一个伸手去要的人，这会是怎样一种情景？我们简直不敢想象，可它确确实实发生了。

　　同样是一个一年级学生，因为还不到上学年龄，所以显得格外瘦小，他叫胡思想，我们叫他胡思乱想，其实他根本什么都不会去想，他只是喜欢花钱。他的爸爸是一个医生，我们都讨厌的一个人，他几乎给每一个孩子扎过针。扎下去之前，他会骗你说不疼，谁都知道不是那么回事。医生应该很挣钱，不然也不会把钱放在那么显眼的地方，让一个六岁孩子成百上千地偷出来。那真是一段疯狂的日子，食品的包装袋飘满整个校园，一下课，学生们争先恐后地涌入胡思想所在的教室，把他围在中间，人群紧紧跟着他，如同苍蝇追随腐肉。他像个幼年登基的皇帝，被我们左拥右护，手里的百元大钞比圣旨还管用。

　　他第一次拿一百块来学校时，大家都觉得是假的，这么小的孩子根本不可能有那么多钱。他拿着钱去买东西，最开始找的是宝山，宝山知道是真钱，但没有收。他知道，这钱一定是偷的，家长不可能给孩子那么多钱。见宝山不收，他来到对面的张国典那儿，张国典很干脆地卖给他一堆东西。

　　"我可以收你的钱。"张国典说，"你要多买点海里蹦。"

　　"那我的钱能买多少？"

"想买多少就买多少。"

那天他们全班同学都吃到了海里蹦。他买了一堆东西,张国典还是找不开那一百块,最后他找宝山借了一些。

"你要倒霉了。"宝山说,"钱肯定是他偷的。"

"他偷没偷我们怎么知道。"张国典说,"他有钱,我卖给他东西,这又不犯法。"

宝山等着看张国典的好戏,等来的却是更多的钱。胡思想对钱没有概念,花完了就从家里拿。很多人替他跑腿,随便买一堆东西糊弄他,私下里吞了不少钱。他不在乎这个,他有得是钱。宝山和另外两家也不再矜持,备好充足的货物和零钱,静待胡思想带着百元大钞来扫荡。这是一场短暂的狂欢,胡思想很快就会被发现,他们必须赶在事发之前尽可能多地卖给他东西,多兑开几张大票子。

一个星期之后,胡思想的父母来到学校,从孩子的书包里搜出还没花完的赃款。当着全校师生的面,他们追问胡思想的钱到哪去了,短短七天时间,他从家里拿出八百块,除了书包里的几十块零钱,什么都没剩下。他们怀疑有人骗走了这些钱,学生们众口一词,证明胡思想的钱都买了零食请大家吃。他们很生气,带着儿子和老师去质问卖零食的,两位老师的家属得到消息,锁住小卖部的门躲出去了,张国典和宝山无处可躲,只能接受夫妻俩严厉的拷问。

"为什么你们要卖给他东西?一个小孩拿那么多钱出来,你们为什么不告诉老师?你们没有孩子吗?"

两人一声不吭,像犯了错的学生甘愿接受老师的数落。宝山平时就不说话,这下更沉默了,像一截木头杵在那儿。张国典赔笑听着,等那位母亲说累了,他嬉皮笑脸地接过话茬:"还不是你们家有钱,别人家孩子哪见过一百块钱长什么样。"

"我们家有钱,那是我们挣的,不像你家儿子,当国家的会计花国家的钱,当然不心疼了。"

一瞬间,张国典呆住了,他丰富的表情凝固在脸上,没再说一句话。

胡思想的父母骂了每一个人,他们到底是读过书的人,三言五语,就让所有人心生愧疚,惶恐不安。他们把胡思想带回家,第二天就转学去了别的地方,从此我再也没有见过像他那么大方的人。那对夫妻刚刚失去了自己的大儿子,不想再让小儿子和我们这些穷孩子为伍。我见过胡思想的哥哥,他叫胡理想,因为小时候被狗咬过一口,得了疯狗病,一直被关在家里。他暴躁,怕水,容易失控。有一天,他从关他的屋子跑出来,光着身子在田野里瞎跑,他太久没有来过那么宽广的地方，兴奋得难以自持。我们在上学的路上看见他，用土块丢他，带他到学校，怂恿他闯进女厕所。他玩得忘乎所以，开心无比。后来我们去上课，他一个人待在操场上，教室里书声朗朗，我从窗口看见他跳上乒乓球台，坐在上面晃动双腿，过一会再去看，他已经不在那儿了。快放学时突然下起了雨，第二天，我们听到了他的死讯，他淹死在田间的蓄水池里。雨来得太突然了，他置身于空旷的田野，往哪里跑都是水。最后，他跳进水塘，打算和这些该死的无穷无尽的不知从哪来的水决一死战。他输了。

张国典们赢了，他们那几天赚的，比一个月都多。校长开了个会，询问老师们对零食摊的看法，是不是要取缔他们。大家都是乡亲，没有人愿意做坏人。

"不是每个学校都有胡思想。"一个老师说，"但都有零食摊。"

张国典过了这一关，可以继续卖他的海里蹦，只是像胡思想那样的顾客，不会再有了。

击中张国典的第二件事和他儿子有关。

他只有一个儿子。

他为他骄傲。

张国典培养儿子上了大专，为了交学费，他卖掉了从青年时代就开始养的牛。他养了二十年，一共换过四头，第一头是他从野外的桥洞里捡回来的。那是一条刚出生不久的小母牛，不知道为何会被遗弃在那里，也许是它自己跑出来的，也许是小偷暂且把它藏在了那儿。他走在桥上，突然内急，下桥去解决时发现了那头牛，直到现在他还感谢那泡屎，他相信这一切都是天意。那是他这辈子心跳最快的一次，他激动得连屎都不敢拉，匆忙赶着牛回家。这头牛很健康，第三年就受孕生下一头小牛，他把小牛养到足够大，然后卖掉。第七年，他卖掉了那头老牛，把她的女儿养大，以此类推，每隔五六年，他就卖掉一头老的养大一头小的。那么多年，他已经习惯了有牛相伴，习惯了储存草料，清理牛粪。张良入学那年，他卖掉了那头牛和一些粮食。张良从他手里接过钱，说等我挣了钱一定帮你把牛买回来。后来他学成归来，参加工作，娶妻生子，一步步做到乡里的会计，直到因为挪用公款跑了路，张国典不但没见到牛，连儿子也跟着不见了。

　　他跑了，留下一对儿女和泼辣的老婆在家里，还有一栋尚未完工的楼房。因为没有付清施工队的费用，他们拉走了一些建筑材料，二层小楼只建到一层半，半死不活地立在村口。因为紧靠公路，被过路人当成了公共厕所，里面屎尿遍地，臭气熏天。这座本应是全村最漂亮的楼房，恐怕永远没办法建成了。当地政府将其作为证物保存着，张良贪污的数目很大，已经被网上通缉，在本地也有悬赏通告。他有很长一段时间不能回家了，不知道悬赏有没有期限，那是他能否回来的先决条件。

张国典不知道儿子在哪里，只是隐约知道去了南方，那是本地人出门的惯性方向。他最远只去过县城，知道那有个南关医院和南关监狱，再往南一点是什么，他就没有概念了。跑路之前，张良来学校找他，让他看着点艳玲，"别让她跑了。"当时情况紧急，他一口答应，说放心吧，你就放心地跑吧，我会照顾好他们的。事后他才知道那有多难，没有哪个女人愿意等回不了家的男人，更何况是艳玲，她那么风骚张扬，又那么漂亮，她什么都不怕，唯一不能忍受的就是寂寞。那些天，他过得提心吊胆，怕哪天一回到家，人们像谈论张良一样谈论艳玲，说她跑了，或者和谁搞了，然后带着些许惋惜告诉他是怎么回事，好像那是别人的家事，而自己只是一个听闲话的人。

为了更容易监视她，张国典提议他们搬到一起住，她答应了，但很快就觉得不方便又搬了出来。为了挣点家用，她和村人一起去城里种树，去工地干活，去山里采茶。她经常早出晚归，一出去就是好几天，把孩子托付给奶奶。她喜欢打麻将,有时候也会喝点酒,基本上挣多少就花多少。她不在家的时候,张国典寝食难安,担心她在外面干出点什么丢脸的事,或者干脆一去不回。终于有一天张国典忍不住了,当面质问她会不会离开他们,会不会像张良一样,跑路。

"我为什么要跑?!"她骂道,"我他娘的又没犯法。"

得到这么肯定的答案,张国典没有安心多少。事实证明他的担心是多余的,直到他意外死掉,家庭重担一下落在艳玲一个人身上,她都没有跑。她一直生活在那里,把两个孩子养大,给婆婆送终。张良一直没有回来,也许回来过一两次,谁知道呢,在人们眼中,张良只是一串赏金数额,那么多钱,没有人会视而不见。大家都期待看到张良,虽然目的各不相同,在这种若有似无的等待中,她老了,也不漂亮了,但她没有跑。

"我为什么要跑?!"她说,"我他娘的又没犯法。"

击垮张国典的第三件事是海里蹦。虽然送他进棺材的是一只轮胎,但没有海里蹦,就不会有轮胎。

那天我们都吓坏了。有个学生突然倒在操场上,口吐白沫,抽搐不已。起初老师以为是羊角疯发作,刚准备找个棍给他衔着,突然又倒下一个,他们神色痛苦,不断吐出还没消化的食物。在那些呕吐物中,出现了五颜六色的海里蹦,是的,他们的共同之处就是吃了张国典的海里蹦。

"是食物中毒。"老师说。

学校叫了救护车。老师们已经把食物中毒和海里蹦扯上了关系。他们把学生集合在一起,举着从张国典那里拿来的海里蹦问大家,还有谁吃过海里蹦?凡是吃过的全上救护车,一起去检查一下。有十多个学生举手,跟着去了医院。张国典站在后面,嘴唇哆嗦着,腿一直在发抖。救护车走了之后,校长作为证物扣押了一部分海里蹦,张国典也被请到办公室暂时看管起来。窗外趴满了看热闹的学生,张国典想要极力证明这事和海里蹦没关系,他一连吃了好几包,老师们拦都拦不住。

"怎么会有问题呢,有什么问题呢。"张国典大口嚼着,嘴里咯咯嘣嘣发出响声,"我用性命担保,这绝对没有问题。"

"没有人说你有问题。"校长说,他是个大胖子,"我们只是怀疑,等警察来了再说。"

警察带走了张国典和海里蹦,他们发现那些海里蹦已经过期一年多了,这成了重要罪证。好在那两个中毒的孩子没有大碍,只是住了两天院。跟着去的那十多个学生全都屁事没有,反而跟着免费坐了趟车,逛了逛医院,这简直羡煞了我们,长这么大,我们很少去县城,有人甚至一次都没去过，更别说医院了。在派出所，张国典说出了海里蹦的来源，一个包销小食品的游商得知他做这种小买卖，把车停在他家门口，卖给了他这些海里蹦。因为即将过期，游商愿意以一个很低的价格把余下的货全卖给他。他觉得有赚，就买下来了。

"我想着可以在过期之前卖完的，"他说，"我让宝山他们和我一起卖，他们都不要，觉得我要砸手里了，等着看我的好戏，后来我卖得火了，他们又眼红了，来找我要。我这人有个犟脾气，俗话说好马不吃回头草，我虽然不是好马，但也不吃回头草就没给他们，心想过期一天两天也没什么事。"

"我没想过要害别人，我每天都给孙子吃一包，他要是没事，我就去卖。"

"你就这样对待你孙子？"

"他还挺喜欢吃的。"张国典说。

他交了五百块钱罚款，从派出所回到家。第二天，他又去学校卖东西，只是没带海里蹦。迎接他的是锁上的大门，宝山隔着大门告诉他，学校开了一个会，一致决定取消他卖东西的资格。

"他们说你太坏了，"宝山说，"为了挣钱不择手段。"

"是你们吧。"张国典说，"别以为我不知道你们干了什么。"

"我们干什么了,"宝山大声说,他扯着嗓子叫左右两个厢房里卖东西的教师家属,"王老婆菜老婆,你们说说,我们干什么了?"

没有人回应他。

张国典怒不可遏,嘴唇又哆嗦起来。

"你们干了什么,你们自己清楚。"

这是张国典在学校门前说的最后一句话,这之后一直到他死去,他没再来过这里,我们也没再见过他,甚至,我们很快就忘了他,直到他的死讯传来,我们才又一次提到海里蹦,这时候,和海里蹦紧紧相连的,是棺材。

凶手是一只轮胎,一只脱了轨的活蹦乱跳的轮胎。

从学校回到家,张国典倒掉了所有海里蹦。他本来打算留着给孙子慢慢吃的,一气之下全倒进了河里。得知这个消息,我们都去河的下游等着,打算捞点免费海里蹦吃吃。张国典还是那么损,都是拆开了包装倒进去的。我们捞起来的全是空袋子,偶尔找到一两条漏网之鱼,已经被水泡软,吃起来寡淡无味。

张国典倒掉了海里蹦,可倒不掉别的东西,更倒不掉他一颗做买卖的心。因为门口就是省道,又离集市不远,平常路上行人车辆很多,他在路边摆了个摊,生意还算过得去。他的顾客从学生变成了各色路人，他的商品也丰富了很多，他卖东西的习惯没有变，还是喜欢给各种商品编顺口溜，遇到潜在顾客就哼上一段。按说生活原本就该这样平淡地过去，老人说车到山前必有路，有路就有坎，老人们又说，世上没有过不去的坎。张国典走了那么长的路，过了那么多的坎，还有什么能绊倒他呢。

老人们没有想到轮胎。

一天中午，张国典像往常一样来到路边，把摊支好，然后坐在他的小马扎上，看着过往的行人，等待第一个顾客的光临。正是夏天，人们总是昏昏欲睡。没什么生意，张国典显得很懒散，坐在那发着呆。一辆卡车从远处驶来，和来去的卡车没什么两样，在公路旁生活了几十年的张国典根本不会多看它一眼。也许张国典那时候在打盹，希望是那样，那样他就不必再睁开眼睛了。卡车来到近前，一只前轮掉下来，带着强劲的惯性歪歪扭扭地滚过来，不偏不倚地击中了张国典。随着货车的轰然翻塌，张国典当场毙命。当这个消息传到学校，我们笑得直不起腰，为这种离奇的死法乐不可支，然后有人提到了海里蹦，"海里蹦海里蹦，一蹦蹦到棺材里。"有人这么说，我们都觉得很有意思。虽然不太顺口，但我们很快学会了这句歌谣，兴致勃勃地把它唱给每一个人听,有时候还要饶上一个故事。

你知道吗,海里蹦是一种零食,张国典是一个老头,张国典卖海里蹦……

漫斜

早晨，雨还在下。星期天，大家起得很晚，做早饭时已经九点多了。爸爸在灶台做饭，李青在灶前烧火。爸爸把葱花放进油锅，立即响起爆裂声，油星四溅，把他烫得跳起来，连忙盖上锅盖。

"真烫。"

"热油不能见水。"李青想起在书上看过，赶紧向他普及这个常识。

"葱本身就有水。"爸爸说。

"哦，对。"李青恍然大悟，但心里有点失望，爸爸总比他懂得多。长那么大，他们很少单独相处，只有在一起干活的时候。在他面前，爸爸一直很严肃，除了让他听话，或者教他怎么干活，从不多说别的。他常年在外，一般只有秋天才回来，有时候甚至一年都不回一次家。

"公杨为什么要死？"李青终于忍不住，提到了他。

"有人要抓他。"爸爸说，"他混不下去了。"

"他不会躲起来吗？"

"他躲得太久了。"爸爸说，"一个人想死，谁也解释不了。"

"我看到他了。"李青说。

这时候菊兰来到厨房,让他们煮点红薯粥。每天这个时候她都在床上,不是睡觉就是看电视,一般有事她会指使弟弟来传话,看来他们都在睡觉,所以她自己跑来了。

"我们正忙着。"爸爸说,"你自己去挖点红薯过来。"

"要几个?"

"多挖几个,反正明天还得吃。"

菊兰拿了个盆子,去对面的柴房。那也是李青的卧室,里面一半堆着柴火,另一半放着床和红薯。红薯在角落里,为了保存得更久,上面用土覆盖着。要想取出红薯,需要翻过挡在中间的单人床,用手扒开黄土。菊兰坐在李青床上,刚把手插进土里就叫了起来。

爸爸走过去,问她怎么回事。

"这土怎么是湿的?"她举起手,让他看粘在上面的湿土。

"怎么回事,拉回来的时候都是半干的,应该越来越干才对。"爸爸说,"你看看周围湿不?"

"不湿,就这一小片。"她声音大起来,像是已经有了答案。李青在厨房听到他们的对话,一下子紧张起来。

"你儿子尿的吧,他可不是第一次这么干了。"菊兰说。

"走两步就到外面了,他为什么要尿在屋里,还尿在吃的东西上面。"

"那就不知道了,也许他就喜欢这么戏弄人,去年他还尿在了碗里。"

"尿到碗里?"爸爸有点不相信。

"是喂鸡的碗,要不是玉龙不小心踩到,我们还不知道他天天给鸡喝尿。都说我这当后妈的打他,你说不管能行吗,我打他是为他好。"

"是,我知道你一视同仁。"爸爸说,"不过也不一定就是他尿的,估计是房子漏雨了,他都十一二了怎么还会那么淘气。"

"那你把他叫过来问问。"菊兰说,"我不冤他。"

爸爸在那屋叫他。我在烧火,李青说。他的心怦怦跳起来,他不知道等会该怎么应对那个问题,更不知道他们会拿他怎么办。菊兰已经打过他不少次,但还从没有在爸爸面前动过手。他只希望爸爸能为他说句话,让自己免受皮肉之苦。

"那就把火熄了。"爸爸说,"赶快过来。"

他站在门口,看着黑屋里的他们。菊兰坐在床上,举着她的手。看到他,她闻了闻手上的泥土,但是没什么收获。

"这是怎么回事?"爸爸看着他,尽量让自己的语气像平常一样,没有盘问的意思。

李青低着头,没有回答。

"不敢承认吗?"菊兰说。

"告诉我。"爸爸压低语气,"这土是怎么湿的?"

"我不知道。"他说,声音小得像蚊子哼哼。

"是不是你尿的?"

李青微微抬头,想看看爸爸的反应。他的脸笼罩在黑暗中,看不清楚,但他知道他在盯着自己,想从这里得到一个漂亮的答案。李青很想如他所愿,用一句话证明自己的清白,但他办不到。他知道自己犯了错,也知道自己没有犯错的权利。如果不是爸爸在这里,恐怕他早就承认了,菊兰有得是办法让他承认,甚至是一些他根本没有做过的事情。这一次,他迟迟不回答,想要像其他孩子一样,企图用沉默在大人面前蒙混过关。

"怎么不说话了?"菊兰说,"有没有尿过自己不知道吗?"

"说话。"爸爸有点不耐烦了,他把手放在李青头上,晃了晃他的脑袋,"告诉我,你有没有尿过,嗯?说实话,是你尿的还是房子漏雨,你晚上睡在床上有漏雨吗?"

他走过去,去摸床上的被子。"是有点潮。"他说,

"看来是漏雨了。"他抬头看屋顶,那里漆黑一片,看不清楚。

"漏雨是吧。"菊兰说,"你去隔壁家借他们的矿灯过来,我们瞧瞧屋顶湿不湿。漏雨了就要修,也好证明你儿子的清白。"

"好吧。"爸爸说。他从床上站起来,要往外走。

"不用了。"李青说。他们看着他,等待下半句。

"是我尿的。"

"我就说——"菊兰的话被一记耳光打断,她没有想到丈夫出手如此迅速,和李青一起呆住了。

"刚刚为什么不说?"爸爸很生气,"为什么要尿到屋子里,别哭,你说,为什么不去外面尿?"

"我害怕。"李青止住哭声,但止不住眼泪。爸爸手上的戒指让他的脸流血了,和泪水混在一块,被他抹在手里,又抹到裤子上。他并不知道疼,只是觉得委屈。这是爸爸第一次打他。

"害怕什么?"爸爸说,"有什么好怕的!"

"我害怕公杨。"李青说。他知道接下来不会再挨打了,已经无需辩解。如果打他的是菊兰,除了承认她要他承认的,他不会多说一个字。但是他想告诉爸爸,他不是故意的。

"真会找借口。"菊兰笑道,"把死人都拉上了。"

"公杨有什么好怕的。"爸爸说,"以后不要再这样了。"

"我看到他了。"李青说。

"好了。"爸爸说,"这不是你尿到屋里的理由,去堂屋找个创可贴,以后不要再这样了。"

李青只好不再说话。他去堂屋打开一个又一个抽屉,找到创可贴,对着他们卧室里的镜子贴在脸上。他理了理头发,对镜子作了一个凶狠的表情。他很满意这个造型,在学校里,高年级的学生不管有没有伤口,都喜欢在脸上或者手上贴几个创可贴,让自己看起来又酷又能打。他抬起头,注意到柜子上的发胶还在,有时候他会偷着用点。在他身后的床上,同父异母的弟弟妹妹们睡得正香。电视开着,声音很小,里面演着叫不上名字的古装剧。他站在柜子前看了一会儿,没等哭哭啼啼的女演员把台词说完就走了出去。

他坐在自己屋里,没有像往常一样看书或者画画,只是坐在床上发呆。他们都在卧室吃饭,暂时不会打扰到他,除了不时传来的吵闹和欢笑,他现在完全是一个人了。等到他们吃完饭,打麻将的人就该来了,那时候屋子里便不会再有一丝宁静,他需要照看弟弟妹妹,以便让爸爸和菊兰放心玩牌。

爸爸来厨房添菜,问他脸上疼不疼。我下手重了,他说，要不这样她会没完没了地嘀咕。李青没有说话。他摸摸他的头，说要是真的害怕可以把尿桶放屋里。

"我以前没有那么害怕。"李青说，"只有昨天，我怕得不敢下床。"

"你真的看到公杨了？"

李青点点头，说，"他满嘴白沫，死在草垛里。"

菊兰在屋里大叫，催他快点。爸爸起身，说："不要怕，人死如灯灭，不要自己吓自己。"

爸爸走了，李青再次独自置身于这个狭小昏暗的房间。他又想起公杨的死相。他很后悔去看那一眼。他原本可以像那些女孩一样用伞遮住眼睛的。昨天早上，雨下得比现在还大，已经是深秋，雨水又冰又凉。学生们打着伞，冻得瑟瑟发抖，像往常一样去上学。李青和好朋友马宏从家里出发，在路上又遇见了同班的张熙。他们结伴而行，走到那条分岔路时，马宏问走大路还是小路。分岔路口和学校位于一个长方形的两个对角上，有两条路可供选择，一条是宽敞的大路，一条是长满杂草的田间小道。两条路都一样长。学生们平时都是随机选择，反正走哪条都一样。有些偷懒的学生开辟了第三条道，从小路的一端沿着田地斜穿到大路那端，中间路过一个芦苇荡，这样只走一条直线，可以少走一些路。他们把这个叫作"漫斜"。

对于漫斜，大人们是持反对态度的，因为这样会踩坏一些庄稼。大人越反对，小孩子越觉得刺激，也有些大人会图方便走这里，这条捷径像野草一样，野火烧不尽，春风吹又生。每到耕种季节，犁刀划开每一寸土地，这条路便会隐没在田地之中，但过不多久，又会在新生的庄稼中浴火重生。当马宏问要走哪条路时，李青想到了这条，"我们漫斜吧。"他说，"那样会快一点。"

雨天的斜路并不好走，但仍有不少学生选择此路。路很窄，只容一人通过，前面的人已经把路踩得有些泥泞。两边的麦地非常松软，踩进去就会留下很深的脚印。麦苗刚刚出土，因此视野极为开阔，可以看到左右两边的大路和小路上学生们的分布情况。雨天，走小路的人多，那里贴地生长的杂草可以避免泥泞。漫斜的人最少，毕竟这条路又窄又松，走起来有些艰难。

他们刚走不远，粘在脚上的泥就越来越重，需要不时甩一下才能继续走下去。马宏在甩脚的时候不小心进了麦地，险些摔倒。麦地里的泥更容易粘到鞋上，也更多，虽然只是偏离了几步，马宏就像柏油中的三毛一样，摇摇晃晃，一步一步艰难地走了出来。

张熙说这路太难走，还是退回去走小路吧。

"不。"马宏说，"我就喜欢漫斜。"

"我也是"，李青说。他看到堂姐蓝蓝和几个女孩走在前面，追上去打了个招呼。他们一行十几人，排成一排，慢慢往前走。在他们前面，已经发黄的芦苇荡遮住了教学楼，也遮住里面的一切。那里一直很隐秘，杂草丛生，荒芜难行，是很多鬼故事的发源地。他就是在那里看见的公杨。

漫斜的人连成一串，缓慢地往前移动。因为离得太远，说话需要大声喊叫。雨下得小了，淅淅沥沥，被风吹得斜斜的，要把伞横放在胸前才不至于被淋到。学生们撑着伞，就像一队手持盾牌的士兵，笨拙地徐徐前进。每隔一段时间，他们就要甩一下脚上的泥，以便让脚步更轻盈，队伍中不时发出惊叫，"呀，你甩我身上了。"

就要走到芦苇荡时，前面停住了，一个叫结束的男孩从对面往回走。刚开始还有人问他为什么要回去，后来大家都不说话了，默默地把路让出来，让他通过。他是公杨的侄子，在把噩耗带回家之前，先告诉了路上的学生。

大家都知道有什么等在前面了，是服毒自尽的公杨。有一些胆小的女生吓坏了，不敢再往前走，但是已经走到这里，只有硬着头皮走下去了。大一点的男孩们普遍表现得很激动，甚至有点迫不及待，都想见识一下死人。毕竟，这不太常见。

进入芦苇荡,大家多少有点提心吊胆,不再吵吵闹闹。道路在这里变得宽阔,沿路有一些草垛,还有一条干枯的排水沟。由于已经知道公杨死在其中一个草垛旁,他们不敢再走草垛旁的大路,而是走水沟那边,这样离草垛相对远一些。芦苇已经发黄,在风雨拍打中沙沙作响。他们走得畏畏缩缩,一边是茂密的苇丛,一边是有死人的草垛,哪个都不敢细看。

在公杨自杀的地方,有几个高年级的学生驻足观望。看到有人来,他们大声通报,"看看公杨吧。"他们说。远远看到公杨倒在草垛旁,女生们连忙用伞遮住视线,从他面前小心翼翼地走过去。李青一开始也像她们一样,把自己藏在雨伞后面,堂姐告诫他不要瞎看,死人是很可怕的。现在,堂姐在前面,已经平安走了过去。他学着前面的人,把公杨挡在伞外。队伍徐徐前进,紧走在他前面的是马宏,路过公杨的一刹那,他看见马宏举起了伞,按捺不住心中的好奇,他也举了起来。公杨靠在草垛上,身上被雨打湿了,由于草垛有檐突起,他的头部没有湿,嘴上的白沫也没有被雨水冲掉,都还粘在胡子上,衣领上也有一些。他斜躺在那里,手边放着半瓶没有喝完的白酒,已经空了的农药瓶扔在脚边。他脚上穿着的是一双皮鞋,和身上的白衬衫黑西装很搭配。他的穿着比一般人都要讲究,干净,他刚从外地回来不久。

在观看尸体的时候,他们没有停下,前后都有人,大家像参观博物馆一样井然有序,步伐一致地从尸体前走过去。走出去很远,学生们才又恢复了嬉笑打闹。白天,学校里人那么多,李青完全忘了这回事。到了晚上,吃完饭一个人躺在床上,公杨不请自来,牢牢占据了他的大脑。他和公杨并不熟悉,只能说勉强认识。公杨住在村口,他家在村里,距离很远,平时很少碰见,再加上近几年公杨一直在外地躲避追查,更没有机会见到了。他认识的公杨,更多的是人们口中的公杨。首先是他的名字,原本并不叫公杨,"公"只是一个前缀,与之对应的是一个叫母杨的女人,他们是邻居,又重名,村民为了方便称呼在前面加上公母二字,以示区分。公杨是一个心灵手巧的工匠,他会打造金银首饰,制作匕首和枪械,甚至还会造假币。不过这些手艺并未让他发家致富,反而惹了不少麻烦。因为有人用他做的火枪打伤了人,警察搜查了他的房子,不光缴获了各种管制刀具和长短不等的枪支,还发现了不少假钞。他被罚了款,又坐了两年牢。出来之后,他对出卖他的那个客户耿耿于怀,就又做了一把枪,把里面的六颗子弹全部射进了那人的脑袋,然后逃到外地,一直没有被抓住。

李青躺在床上,脑子里全是公杨。公杨打造匕首。公杨扣动扳机。公杨张嘴说笑。公杨喝下毒药。公杨死了,却因此活在他的脑子里。外面的雨不慌不忙地下着,发出细微而不容忽视的声音。这种声音让他觉得更冷了。他把衣服搭在被子上,还是觉得冷。天刚转凉,菊兰还没给他换被子。他盖着的这一床又薄又旧,里面的棉花已经变黑。上次张熙在他这里睡了一晚,到处跟人说他的被子就像砖头一样。后来奶奶告诉他,这条被子是妈妈住院时用的,依照习俗,死人的衣物都应该烧掉才对,不知道为什么留到现在。它盖在妈妈身上住进医院,又盖着她的遗体回到家里。想到这他又害怕起来,他没有见过妈妈,害怕起来毫无头绪,浮现在脑海的只是一座土坟,这种单薄的形象很快被公杨取代。李青以为他已经走了,没想到这么快又回来了。他宁愿一直想着妈妈,也不愿再想到他。他想睡觉,但没有一丝睡意。他紧闭双眼,耳朵却不由自主地支棱着,紧张地捕捉着周围的一切动静。老鼠在柴草中爬来爬去,嗞嗞作响,他学了几声猫叫,没有像往常一样轻易奏效。厨房的门被风吹得关上了又开,发出重重的响声。"谁啊?"他侧起身,绷紧了神经。没有人回答,门却又响了。"谁在那?"他想起身去看看,但也只是想想。他想起前几天,公杨来打麻将时就是坐在那里,紧挨着厨房门。一下午,他输了不少钱,什么都没说,还和人约定晚上再来打。晚上,他们又来了,要求在门廊里打个通宵。屋里的灯坏了,公杨给了李青五块钱,让他去买灯泡,剩下的钱也没有再要回去。一整夜,他们在外面压低了声音报牌,麻将摔在桌子上啪啪作响,只隔着一道门,李青听得清清楚楚,在这样的噪音中,他睡得很安稳。现在,外面静悄悄的,细微的雨声就像是满屏雪花的电视,无法停止,枯燥又让人不安。任何突兀的响声都会触动神经。风还是没有让门安稳下来,在李青心里,公杨完全成了它的替罪羊。每一次,门重重合上,都把他吓出一身冷汗。恐惧毫无来由,牢牢攥住了他。蜷缩在被子里,破窗而来的冷风让他瑟瑟发抖,他想撒尿,可是不敢下床,甚至不敢睁眼,他只能憋着,任公杨在脑中穿梭。这些声音和画面,他控制不住,像一部断断续续的电影,全是关于公杨的。有那么一会儿,他来到公杨屋子后面的厕所,因为是上学的必经之路,他去里面撒过几次尿。厕所的墙缝里常年塞着几页中学的教科书,历史或者政治,也有可能是化学。那是公杨的一双儿女留下的,他们没有钱买纸,只能用用过的教科书。从小学开始,他们就不得不学着自己照顾自己,他们的母亲在他们七八岁时和公杨一样喝下了农药,只是没有掺酒。那时李青还小,他只是听说,人们抬她去医院的时候,她拒不接受治疗,放声哭诉和公杨在一起生不如死。人们问她难道不要自己的孩子了吗,她只是哭,伴随着药效不住地抽搐,大叫自己活不下去了。那就让她死吧。公杨说。她死后,公杨秘密埋葬了她,没有人知道她被埋在了哪里,没有墓碑,没有坟头,什么都没有。公杨说要让儿女知道,她从来没有存在过。李青有些好奇,不知道那对兄妹私下里有没有去找过母亲的墓穴,至少他们见过她,多少会有些印象。不过听大家说,他们并不想念她,甚至声称恨她。公杨逃亡在外的日子,他们兄妹二人独自生活在那排大房子里。妹妹学会了做鞋和做饭,哥哥学会了打架和偷盗,他们靠着自己的努力,长大成人,成家立业。妹妹嫁到了外地,一直没有回来过。哥哥搞大了邻居的肚子,也就是母杨的女儿,虽然母杨夫妇极力反对,他们还是结了婚。这期间,公杨只回来过一次,刚踏进家门,黑白两道的仇家就追了过来,幸亏他得到消息,在他们包围村庄之前连夜跑了出去。这一次,时隔七年,他再次回来,警察和仇人已经把他忘得差不多了。家人也是,儿子几乎不与他说话,刚刚三岁的孙子根本不认识他。他建造的房子不再属于他,儿子给了他一间偏房,他所有的东西都在里面。破旧的衣物、失效的结婚证和通缉令、两箱已经生锈的工具。这些工具,他以前从不让人碰,在日子最艰难的时候，兄妹俩也没有动过。他热爱这些工具，从小就开始收集，其中有一些是自己做的。有了它们，他就可以无中生有，造出精巧的东西。如今，这么多年未见主人，它们已经生锈，公杨的技艺也生疏了。他没有打算再重操旧业，把它们当废铁卖掉了，用换来的钱给孙子买了一顶帽子，只是刚戴到孙子头上，就被儿子扔到了地上。回来的一个来月，公杨几乎天天都在打牌，直到把钱输完。听到他的死讯后，杂货店的老板后悔不已，"我不该那么晚了还赊酒给他，还是那么好的酒。"他不是心疼那些再也没有人还的酒账，而是埋怨自己把酒给了他，那么难喝的农药，如果没有好喝的酒，他一定喝不下去。

"算了。"公杨的儿子说，"只要他想死，到哪都能弄到，也不差这一天两天。他应该高兴我愿意埋了他，并且会给他一个坟头。"

李青躺在床上，那么长时间睡不着，越来越焦灼与疲惫，尿意也越来越重。恐惧还没有远去，他已经出尽了身上的汗。对公杨的匆匆一瞥，清晰地浮现在眼前，像连环画一样蔓延开来。他渐渐习惯了这些，便不再阻挡，也无力阻挡，更不想去阻挡。他放下紧绷的肌肉和神经，把眼睛睁开又重新闭上，任这些画面自由生长。

他看见公杨在宁静的雨夜一个人从家里走向田野。天又黑又冷,他没有手电,像瞎子一样行走在黑夜里。他依照记忆走上这条斜路,进入苇塘,这里静极了,他也累了,便不再往前走,在一个草垛前坐下来。他从口袋里掏出白酒和农药,开始等待。雨水很快打湿了他的衣服,他冷得直打哆嗦。他打开酒,喝了很大一口,身子变得暖和起来,但他明白,这只是暂时的。酒会越喝越少,他知道,不能再等下去了。李青也是,他再也憋不住了。他不敢动弹,生怕任何一个细微的动作都会打破闸口。他依然怕得不敢下床,只是对象不再是公杨。他一点都不怕他了,而是为他所处的境地感到害怕,就好像坐在那里的人是他。在茂密的苇丛中,有一万只厉鬼蠢蠢欲动,唯一能做的,就是成为其中的一员。那样,就永远都不会感到害怕了。他撩开被子,撒完那泡尿,突然如释重负,没等公杨把药喝下去,他就睡了过去。

撞墙游戏

1

"她又打你了吗?"

"没有,我在她打我之前跑出来了。"

"为什么?"

"我打了我兄弟。"

"为什么打他?"

"他先打我的。他用凳子砸我,我挡了回去,凳子弹到他脑门上,他脸肿了半边,那只眼睛也睁不开了。"

"他为什么用凳子砸你?"

"我忘了。"

"你最好想起来,不然我没办法让你留在这儿。"

2

李青坐在池塘边上,尽可能低下头,等那个人走过去。天几乎全黑了，来人熟悉的身影和步履让他紧张，十有八九是阿龙舅舅，这里只有他走路一瘸一拐的。脚步声越来越近，他歪过头，用肩膀遮住脸，以防被他认出来。

他把脸埋在双腿间，竭力缩小身体，越来越近的脚步声让他不知如何是好，他瞥了一眼浑浊的池塘，水边有很多鸭子留下的羽毛，重新收回目光时，他注意到脚上穿着阿龙去年买给他的运动鞋。那天阿龙带他和表弟去镇上，给每个人买了一双，包括他自己——事实上，正是因为他觉得自己需要一双鞋，才带上他们一起去的。阿龙在店里试鞋时，李青和表弟一起在街上遛达，他们走过一辆正在卸货的厢式货车，李青顺手拿走了车门上的锁。现在，那把大锁重新配了钥匙，正把在阿龙家的大门上。

脚步声来到正后方，他把双腿抱得更紧了。一股浓郁的酒味传来，他更加确定了自己的猜测，是阿龙舅舅（更多的人则叫他瘸龙），他喝醉了，边走边吐唾沫，嘴里还哼哼着什么。这两天，李青不止一次看见过他，昨天夜里，他过夜的草堆正对着他家倒塌的院墙，中间只隔着一条水沟。他晚上九点多钟回家，十一点又出去了，连门都没有锁。李青坐在草垛里看他从不远处走过，然后就睡了过去。半夜里他醒过来，看见阿龙家亮着灯，一直到天亮都没有熄灭。

在五个舅舅之中，他最喜欢阿龙，但他现在不敢和他说话，他知道，一旦看见他阿龙就会把他带到外公那儿，而外公，会再次把他送回家。

他不想回家，所以，只能留在外面。

脚步声突然停住了。他的心怦怦直跳。他强忍住回头去看的冲动，把头埋得更低了。也许他看见了他，他想，也许还没有，即使看见了，他也不一定就能认出他来，他十有八九会把他当作某个不愿意回家的小孩。他最好是没看见，不然的话他可能会起疑心，很少有人在天黑之后还坐在水边，这看上去多少有些奇怪，大人们一向不太喜欢水，从小就告诫孩子离水远点，尤其是夜里，天一黑下来，水就变得恐怖了，谁也不知道那下面都藏着些什么。长这么大，几乎每个人都认识些被水夺去生命的人，李青想起了自己不到六岁的弟弟，夏天，他在院子里捉到一只蛤蟆，在妈妈的建议下，他拿着它走到门外，准备把它扔进门前的池塘。他们坐在院子里等他回来，谁也不会想到，他会和蛤蟆一起掉进水里。

也许他只是想抽根烟，他想，就在这时，打火机的声音响了，他长松了一口气——松到一半又憋住了。他意识到阿龙仍在身后，他感觉他猛吸了两口烟，然后长长地无所顾忌地吐出来。那一定很舒服，他想，虽然他没怎么抽过烟，也不懂抽烟的乐趣。脚步声又响起来了，阿龙的脚步是那种真正的一脚深一脚浅，那条坏腿走起路来不能彻底地抬起来，脚后跟一直摩擦地面。他刚走两步又停下，接着开始猛烈地咳嗽，他酒喝得太多了，需要吐出来才行。李青还没来得及作出反应，他已经吐出来了，他紧走两步，想吐到水沟里，正好吐到了李青身上，他们同时吓了一跳，李青猛地站起来躲到一边，衣服上还是沾了不少。阿龙很惊奇，但并没有马上说话，他扶着一棵矮小的槐树，把该吐的东西吐完。

李青不知道该留下还是离开，他确定阿龙看到并认出了他，在呕吐的时候，阿龙一手扶树，一手指着他，那意思是让他站着别动。

他站在那儿，等他吐完。

"你在这儿干什么？"

李青站在那儿，不知道该怎么回答。

"怎么不去找你姥爷？"

"你要把我送到他那儿吗？"李青警惕地看着他，做好随时要跑的准备。

"我可不想送你过去，"阿龙从兜里掏出一团皱巴巴的报纸，擦了擦嘴。"他不想看见我，我也不想看见他。如果你想去，我只能送你到门口。"

"我不想去。"李青说。他接过阿龙擦过嘴巴的报纸，擦了擦衣服。

"那好，跟我回家吧。"

3

他跟在阿龙身后，隔着水沟从外公门前走过，屋里亮着灯，外公此刻应该正坐在电视机前看新闻联播，这是他多年不变的习惯，看新闻的时候，谁也不能到屋里打扰他，要么坐下来陪他安静地看电视，要么滚得远远的。所以，在这个时候，李青的一干表兄妹们都在院子里——或者更远的地方玩——女孩跳皮筋，男孩玩玻璃球，更小的孩子则在旁边看着。

阿龙走在前面，好像胃里不太舒服，一直在清嗓子，吐口水。其实他家和外公家的直径距离还不到一百米，因为被一条环形水沟从中切断，要多走一里多路才到。阿龙家被水环绕，只有一个路口能过人。这片高地除了阿龙家还有一座房子，房主十年前和情人私奔去了外地，房子一直空着，院子里只剩下一棵冬青树，四季常青，每年都在长大，和阿龙家这棵相映成趣，中间只隔着一道院墙。阿龙家另一面的院墙已经倒塌，碎砖块胡乱地堆在地上，大致上仍旧保持一堵墙的排列方式。虽然如此，阿龙仍旧保持着锁大门的习惯，并且用的是李青从货柜车上偷来的那把黄金大锁。他从腰带上取下钥匙,用最大的那把打开,然后拔出钥匙,把锁头锁死在门上。

李青跟他走进院子,这是在外面流浪三天之后,他第一次走进一栋房子。院里杂草丛生,高大的冬青下面有一棵矮小的石榴树,叶子已经掉光了,可怜巴巴地竖在草丛里。树下的厨房完全废弃了,里面黑洞洞地堆满杂物,发出潮湿的气味。发霉的房门斜靠在墙上,让人想上去猛踹一脚,看它会不会像想象中一样四分五裂。李青想起两三年前的春节,舅妈叫他来吃饭,那时候的厨房灯光明亮,饭香四溢,她做了一锅鱼头炖豆腐,让人吃了还想吃。饭快做好时,她让李青和表弟去叫阿龙回来,阿龙在赌场里打麻将,他用赢来的钱给他们买了点吃的。在餐桌上,舅妈让李青坐在她旁边,不住地给他夹菜。"多吃鱼头,"她说,"鱼头是补脑的,吃了聪明。"在这之前,李青从来没有吃过任何动物的头部,他一看见它们就害怕,有时候是恶心,那天他吃了不少,并且对舅妈关于鱼头的说法印象深刻。

"吃饭了吗?"阿龙靠在床上,问他。

他如实回答没有。

"我这只有方便面。"阿龙起身,从大衣柜上把整箱的方便面拿下来,放在桌上,"你想吃多少就泡多少。"

李青拿了一袋出来。

"一袋够么，两袋吧。"阿龙说，"多吃点，正是长身体的时候。"

他又拿了一袋。他很庆幸阿龙能这么说，刚把那袋拿出来他就后悔了，他确实很饿，一袋肯定填不饱肚子。今天他只吃了一顿饭，确切地说，是两个烧饼，是那种小的，一块钱两个上面沾着些芝麻的有点硬的烧饼。他用口袋里最后一块钱买了它们，这两天他吃的都是这个。上午去街上买烧饼时，他又看到了阿龙，他买了两根油条，边吃边走进了街边的店铺。李青去阿龙买油条的地方买了烧饼，拿着它们一直走到外公村子后面的池塘，坐在那儿吃完了它们。

"没有开水了。"阿龙说，"你拿热水器烧点。"

李青去院子里打了水，外面又黑又冷，昨天还有月亮，但今天没有。阿龙只有一只碗，是他用来泡面的，上次泡的面已经吃完，只剩下点汤底在碗里，李青拿到水井旁洗干净，把面泡上。阿龙歪在床上，眯着眼睡觉，李青进来时把他吵醒了。

"看电视吗？"阿龙说，"你看电视吧，李桥台有《西游记》。"

"李桥台是几？"李青拿过遥控器。阿龙家的电视可以玩游戏，他和表弟海洋在上面玩过贪吃蛇，他玩得很差，不像海洋，可以把蛇吃得又粗又长，直到咬住自己的尾巴。

"六。"阿龙告诉他。

李青换到六台,没有《西游记》,正在放一款叫作"神奇药酒"的本地广告。这种药声称能治各种病,常年在县级电视台投放广告,每一段广告都很长,前面会花几分钟介绍药效,然后是长达十几分钟的患者采访,都是一些老头老太太,絮絮叨叨地讲述自己怎么被风湿病折磨,又是怎么看到了这款神奇药酒,然后抱着试试看的态度买了几个疗程,一吃还真管用,腰啊腿啊什么的马上就不疼了,于是就又买了几个疗程,吃完以后就彻底好了,不过他们仍然表示会再买几个疗程巩固巩固。随后,镜头切换到他们康复以后在田间地头老当益壮的场景,最让人印象深刻的是一位老杂技演员,在回顾完他和神奇药酒的神奇故事之后,当场表演了一次顶凳子,院子里所有的凳子都被他顶在了嘴上,为了更具说服力,记者又到邻居家借了几把放上去。李青虽然讨厌广告,倒是不太讨厌这个老头,每次换台看到他都会停下来,看他顶完凳子再换到别的频道。遗憾的是现在的广告里不再有他了,每隔半年,他们会重新采访几个人,把原先的那批换下去。换到李桥台时,广告已经临近尾声,进入了第三阶段,一个中气十足的男声不厌其烦地播报屏幕上的各个经销地址,这个环节虽然是整个广告耗时最短的,但最少也得念上一分钟。李青拿着遥控器等他念完,不出意料,接下来的仍然不是《西游记》,而是另一则熟悉的化肥广告。他换了台。

4

李青低头吃面,等着阿龙问他为什么会在这里,在心里盘算着该怎么回答,直到把面吃完,阿龙什么都没说,一直眯着眼睛靠在床头,不知是睡着了还是在闭目养神。他把碗拿到院里洗干净,进来时,阿龙睁开了眼睛。

"你困吗?"阿龙说。

"不困。"

"那你就看电视。"

李青换了一圈台,没什么好看的。阿龙家的电视装了天线,可以收到二十来个频道,不像在家,最远只能收到不太清楚的驻马店台。他看了看阿龙,发现他又闭上了眼睛。他从阿龙眼前的桌子上拿过遥控器,玩起了贪吃蛇。一开始,蛇总是咬住尾巴,或撞到墙上,他越紧张,就死得越快。

"你最多能吃多长?"阿龙的声音突然响起,吓他了一跳，蛇立刻就失去控制，咬死了自己。

"就那么长。"李青说，他拿着遥控器，没有马上开始下一局。"海洋吃得长，"他说，"他每次都吃得很长。"

"那家伙，就玩游戏在行。"阿龙笑了。他笑起来就像唐老鸭，声音干涩，短促，好像有什么东西摩擦喉咙。

"海洋现在在哪，他晚上不来和你一起睡吗？"

"别提那孩子了，"阿龙皱着眉头假装生气，"他已经完全被你姥爷收买了，见了我就跑，连声爹都不叫。"

"那是因为他害怕姥爷。"李青想了一会儿说，他觉得只能这样安慰阿龙。他也不止一次被告诫过，离阿龙远一点，最好不要把他当作亲人，也不要叫他舅舅，"他就是个人渣。"外公每次说到这，都火冒三丈。"他不是我儿子，也不是你舅舅，他是整个人类的失败品，你知道吗，就像捏泥人，他完全被捏坏了，没有人愿意多看他一眼，他是女娲的耻辱，他根本不算个人……"关于阿龙，外公的义愤之辞多得吓人，每次说得都不一样，他完全成了这个家庭的反面典型。对每一个晚辈，外公都不厌其烦地骂上一通，最后得出结论：千万不要跟阿龙学。而李青，根本不知道阿龙都干过什么，在他的印象中，阿龙只是比别人更爱逗乐，当然，也爱喝酒，并且容易喝醉。

"你姥爷有什么好怕的,他就喜欢瞎咋呼,真正厉害的人不用大声说话也能让人害怕。"

"也是,他从来不打人。"

"打人?"阿龙笑了,"真正厉害的人不打人也能让人害怕。"

"嗯——"李青有些摸不着头脑,他看着阿龙笑嘻嘻的脸,"你见过真正厉害的人吗?"

"我见过没?"阿龙大笑两声,然后绷紧脸盯住李青说,"我就是。"

李青不由自主地笑起来,经过这几天,他已经忘了上一次发笑是什么时候。阿龙的笑声也加入进来,他们一起,笑了足足有一分钟,直到阿龙停下来去喝水。他意识到自己笑得太久了,他不知道为什么会笑,就像打喷嚏一样突如其来,等到发现时已经发生了。他庆幸自己刚刚笑了,现在,恐怕很难再笑出声来。

阿龙喝完水,又笑了几声,就像个神经病人一样发出那种不连贯的、没有来由的笑声。发现没人附和,他停了下来,看着李青。

"真正厉害的人。哈哈,我就是真正厉害的人。"他说,然后哈哈大笑。

"真正厉害的人,"李青说,"真正厉害的人才不会笑呢。"

"谁说的，真正厉害的人就算笑也能让人害怕。"他们一起说出后半句，然后拼了命地笑起来。

5

八点多的电视没什么好看的，贪吃蛇已经能吃得很长了，李青感觉到厌倦，以前，他以为只要让他玩游戏，他就可以一直玩下去，没想到那么快就烦了。他关了电视，屋子里安静下来，阿龙的鼻息凸显出来，时不时还发出粗重的呼噜。李青帮他盖上被子。

坐在床前，他觉得有点冷。他知道自己的脚是凉的，小时候躺在床上，奶奶会帮他焐热。跑出来之前，他去奶奶家，她哭了。"回家吧，"她说，"回家吧。"

"我没有家。"他说，"我没有家。"

她就没再说什么了，只是哭。她给他做了煎饼，又给了他十块钱。他飞快地吃完煎饼，然后离开了那儿。在这之前，他就是在奶奶家被发现的，现在，发现他没有回去，他们肯定还会来这里找他。这对奶奶和他都不是什么好事。和奶奶一起生活了十一年，现在他必须要离开她了。

"去找你姥爷吧。"她说。

他没有说话,外公已经把他送回来一次了,他不会再去他那儿。他沿着一条陌生的路走下去,打算走到哪儿算哪儿。两天之后,他在一个池塘前坐下后,惊奇地发现他就在外公家的村子后面。他不敢再继续走下去,两天来路过的那些陌生村庄让他害怕,好像那里生活的不是人类。他不认识他们,他们也从未注意过他。他走啊走,路过一户户人家,最多只能引起一阵狗叫声。他不止一次听到这样的故事,一个流浪儿沿路乞讨,遇到好心人家收养了他。他希望自己也能遇到这样的事。走在路上,他忍不住观察迎面走过的路人,盘算着他像不像那种会收养自己的好心人。可是从来没有人主动和他说话,希望越来越小,这种故事多发生于城市,被收养的孤儿一下就飞上枝头变凤凰,被培养成才,长大以后回到家乡,报答自己的恩人,报复自己的仇人。他非常想去城市看看,那里似乎有很多机会,一离开家他就径直往南走,印象中大人们要出远门都是往这个方向,只不过他们有钱坐车,而他只能走路。他没想到自己走的是一条斜路,这条路一直斜到了东边的外公家。前几天他只走了两个小时就到了这儿,然后外公骑上车子,用十五分钟把他送回了家,这次他多走了两天,还是到了这儿。他不想再往下走了,他彻底迷了路,连方向也搞不清楚了。这里至少熟悉些，早上，他遛达到街上，正赶上一大群学生去上学。他们穿着统一的校服，急匆匆地到早点摊买几个包子或一碗胡辣汤，边吃边往学校里走。他们大多背着双肩包，不像乡下学生，背的全是用格子布做的单肩布包。他想起自己的书包，他把它埋在了一个安全的地方。

他走了很多路，路过了很多村庄，这是一次随机的单线旅程，他没法再走一遍。那些走过的路很容易就忘记了，只有少数鲜明的印象尚留在脑中，其中有一条又长又深的大路，两边的杨树长得十分高大，路的一边是河，一边是麦地。他走在这条路上，觉得寒冷，也有点害怕。直到他看见对面有一个骑自行车的人，才安下心来。那是一个高大的中学生，骑着一辆同样高大的二八自行车。中学生在他面前下了车，问他有没有钱，李青说没有，他不信，要搜他的身。你搜吧。李青说，然后伸平双臂。算了，不用搜也知道你这小屁孩没什么钱。他重新骑上车子走了。我有钱！李青冲他喊道，我真的有钱。你别走啊。中学生回头看了一眼，加快速度骑走了。李青急了，他从口袋里掏出那十块钱，在手里晃着，你回来，我这有钱，你回头看看，看看这是不是钱，你回来啊，你回来，回来……

中学生变成了远处的一个黑点，就像他来时一样。

李青累了,坐在路边休息,然后,像是突然意识到什么,他猛地站起身,飞快地往前跑去。在前面,他看到了马楼中学,那个中学生就是从这里出来的。他接着往前跑,一直跑到下一个村庄,在那里,他遇见了马银行。

"这是哪儿?"他问一个蹲在墙根旁玩玻璃球的小孩,他长得非常黑,和非洲人没什么两样。

"马庄。"马银行收起玻璃球看着他,问他是从哪儿来的。

"张庄。"

"哪个张庄,小张庄还是大张庄?"

"就是张庄。"李青说,"你不知道,离这儿太远了。"

"哦,你来这儿干什么?"他把玻璃球重新放在地上,继续玩起来。

"嗯……来玩。"李青说。

"你也想玩?你有玻璃球吗?"马银行马上就兴奋起来,他从地上站起来,满脸期许地看着李青。他的目光集中在李青揣在口袋里的左手上,迫切地希望这只手能从口袋里掏出点玻璃球。

"我有一个。"李青把那个大球夹在手指间给他看,像展示一块宝石。

"是个大老棒。"马银行叫道,但马上就失望了,"就一个啊。"

"本来有一罐,都在家里。"李青说,"都是我开老鸹窝赢的。"

"那你回家拿去吧。"

"不行,我家离这儿太远了。"

"那只能玩假的了,"马银行说,"一个子儿可开不了老鸹窝。"

"那就玩假的吧,输了被打一棒,用这个大老棒打。"

"我没有大老棒,"马银行说,"玩假的没什么意思,打一天也打不烂一个球。"

"那就用砖头砸,输了被砸五下。"

"这个不错,"马银行笑了,但马上又想到了什么,"不行,你就这一个子儿,打烂了就不能玩了。"

"那怎么办?"他们一筹莫展地看着彼此,看上去一个比一个着急。

"你有钱吗?"马银行说。

"我有。"李青几乎是喊出来的,把两个人都吓了一跳,"我有十块钱。"

"我靠,你怎么有那么多钱。"马银行说,"一毛钱六个玻璃球,十块钱能买……等等,我算算。"他从地上捡了个碎砖块,在墙上列起了乘法式。

"不用算了，"李青说，"一毛钱六个，一块钱六十，十块钱六百。"

"我靠，六百，你能把小卖部买空，走，我带你去。"

"我不会买那么多，我最多买五毛钱的。"李青说。

"五毛钱的，没问题，五六三十也不少了。"

他们去附近小卖部买了玻璃球，回到刚刚相遇的那块平地上。可以看出来，这片平地是附近孩子的乐园，地上用粉笔画着跳房子的线，这边应该是女孩们的地盘，她们在这里跳皮筋，丢沙包，地面被踩得十分平整，光滑，地表覆盖着一层白色的灰尘。不远处是男孩们的地方，地上画着玩玻璃球用的大圈，边上有几个老鸹窝。老鸹窝是玻璃球的一种玩法，在地上画一个正三角，三角内再画一个十字，这样整个三角就有了七个点，庄家在每个点上放一个玻璃球，这个三角就叫作老鸹窝。然后以老鸹窝为直线的一点，在三米外的另一点画一条横线，玩家们从横线外往老鸹窝发射玻璃球，触到七个点上的任何一个球，那个球就归玩家所有，什么都触不到的球归庄家，如果玩家触到三角中心点上的那个球——也就是"老鸹"，则七个球都归玩家所有。可以这么说，每个发射过来的球都是冲着老鸹来的，但老鸹被紧紧包围在中间，那些野心勃勃的玻璃球大部分的下场都是有去无回，归了庄家。一般情况下，庄家大多都是最后的赢家,他们坐在自己的老鸹窝后面,叉开双腿,以便拦住那些来势汹汹的袭击者,如果有球被击中,他就连本带利扔两个球回去,如果老鸹被击中,他会从罐子里数出七个球,放在手上,激动的胜利者会自己跑过来拿走这些战利品。但这只是极少数情况,能击中老鸹的人很少,大多数球只是直溜溜地滚过来,一直滚到腿下,庄家要做的只是把它们捡到罐子里那么简单。所以,当李青提议让他来开老鸹窝的时候,遭到了马银行的坚决反对。

"两个人没法玩老鸹窝,"马银行直摇头,"老鸹窝不好玩,人多了才行。"

"那玩什么?"

"玩撞墙吧,我们都玩撞墙。"马银行跑到墙根边弯下腰,撞出了自己的玻璃球。

"好吧。"李青说,"那就玩撞墙。"

6

九点了,阿龙还在睡,李青真想叫醒他问问他们有没有来过这儿。他一直在担心这个,不管他去哪,他们都能找来,然后轻易地把他带走。他想起电视里的黑白无常，他们不由分说地带走了许仙的灵魂，如果不是白蛇精厉害，许仙恐怕就再也回不来了。

他站起来，活动了一下手脚，使劲跺了跺脚，想暖和一点。长时间坐着不动，冷已经蔓延到了大腿根，两条腿都是凉的，脚跺在地上，有一点点疼，就像翻越院墙的时候，在跳下去之前就知道一定会把脚震疼，但他还是跳下去了，一次又一次，那堵墙都有点歪了。他看向窗外，好奇阿龙家的墙是怎么倒掉的。他环顾四周，观察了一下屋里的情况，客厅里空荡荡的，连个凳子都没有，东面的厢房里漆黑一团，什么都看不到。只有他身处的这间屋子有灯光，有家具，有人睡觉，有泡面和酒的味道。床头的桌子上堆着乱七八糟的东西，衣服，蜡烛，白酒和打火机，发皱的钱夹（里面一分钱也没有），最后，他惊奇地发现衣服下面压着两本书。

一本是安利的企业介绍书，红色的封皮，印刷得很精致。他翻了翻，里面反复提到金字塔，说安利不是金字塔型的事业，他很费解，不知道上面都在说些什么。另一本是纸张低劣的成人杂志，书里有很多配图，也有一些笑话，封面上是一个手捧鲜花的女人。他看起了这本，虽然同样对里面的文章一知半解，但这本至少看上去有意思些。他很快就看完了前面的笑话，有的笑话他在《故事会》里看到过，不过这本书可不像《故事会》那么引人入胜，在看《故事会》时笑话就像是餐前佐料，后面会有更精彩的等着你。这本书看完笑话之后就没什么好看的了。他胡乱翻着，想找点可读的故事，一张男女赤裸相拥但没有露点的插图让他停下来，这是一个叫作"专家解疑答惑"的栏目，文章是《男人忍精不射孰利孰弊》。这个标题让他不知所云，他还不认识"弊"字，但他根据前文推断出了这个字的意思，他知道标题是说忍精不射是好还是坏，可他不知道忍精不射是什么意思。他只读了几行就放弃了这篇文章，里面谈到了古人和狐狸精，说古人认为精血是元气，女人是狐狸精，所以古人害怕女人，不敢射精。他隐约知道射精是怎么回事，但并不太清楚，再看下去就没什么意思了，专家不再说古人和狐狸精，开始讲身体器官。他翻到下一页，《伟哥，男人的铁哥们？》，他不知道伟哥是谁，又是怎么成了男人的铁哥们，文章里也语焉不详，说伟哥从美国来到中国以后，广受男士欢迎，但是不要太过乐观，伟哥解决不了一切，与之相伴也要对其保持警惕。他对这篇文章同样不明所以，花了好长时间才算弄明白大概说的是什么：一个叫伟哥的美国人来到中国，得到了很多男人的信任，有人甚至已经离不开他了，但是千万不要这样，伟哥很危险，虽然能带来好处，但决不能太过依赖，一定要提防着他。

伟哥是个厉害角色,他想,他为什么要来中国,来干什么?阿龙醒过来后,他问了他这个问题。我没用过,阿龙说,街上卖的全是假货。我也没地儿用啊。他补充了一句,然后笑了笑。

"他不是个人吗?"

"不是。"

"那是什么?"

"是药。"

他没有再问下去,还要再过几年他才能搞明白这些事,现在,他并不着急。

刚醒过来的阿龙口干舌燥,一个劲儿地喊渴,李青给他倒了开水,他等不及水凉下来,自己跑到院子里接井水喝。他一口气喝下两碗,回来时还带了满满一碗。"你喝吗?"他问李青,"刚接的,喝吧。"

"我不喝,喝凉水会肚子疼的。"

"胡说八道,谁告诉你的?"

"大人们都这么说。"

"大人?别听大人的,"阿龙嘴都快咧到天上去了,"大人的话能信吗,全都是骗人的。"

"在我小时候,家里买了一罐蜂蜜,你姥爷为了不让我们喝,告诉我们蜂蜜比汽油还难喝,我们哥几个还真信了,一直没去动它。有一天我们在家打牌,有点饿了，碰巧他不在家，我们乱翻一通，想找点吃的，然后就发现了那罐蜂蜜。一开始我们谁都不敢喝，但是又好奇，想喝喝看，于是我们哥儿仨就石头剪子布，谁输谁先上，这是我们的一贯作风。"阿龙喝了口水，问李青，你不渴吗，这水是甜的。

"我不渴。"李青说，"你们谁输了？"

"你四舅，每次都是他赢，但这次他输了。他喝了一大口，吐了半口出来，表情痛苦地把剩下的咽了下去，'怎么样怎么样？'我们问他，'好喝吗好喝吗？''好喝，太好喝了。'他舔着嘴唇，把壶给了老二。有了前车之鉴，你二舅很小心地抿了一口，含在嘴里品了半天，最后还是咽了下去，'好喝好喝。'他说，'真好喝。'我早就等不及了，把壶抢过来灌了一大口，那感觉我现在还记得，一股汽油味直往鼻子里窜，那里面竟然真是汽油。"

"所以，我二舅和四舅骗了你。"

"是，但那只是为了好玩，真正的骗子是你姥爷，他把蜂蜜换成了汽油。"

"他为什么要这么做？"

"谁知道呢，"阿龙说，"他就是这样的人，自己坏事干尽，还总说别人是坏蛋。"

"他说你是人渣。"李青说，说完就后悔了。

"那他就是人渣他爹。"阿龙说,"走,人渣带你出去喝一杯。"

"现在?"李青看墙上的钟表,已经十一点了。

"走吧。"

7

唯一一次喝酒,是在爷爷的葬礼上,他和弟弟躲在堆满丧葬用品的储物间里,里面有成箱的白酒,香烟,孝布和纸钱,杀好的猪和鸡吊在房梁上。外面唢呐喧天,他们关上门,把桌子清理出一角,相对坐下,弟弟给他们各倒了一盅。干了,他说,他们一口喝掉,呛得直吐舌头。弟弟拆开一包烟,点了一根,他也要了一根,他们把屋子里抽得烟雾缭绕。弟弟抽完一根,又点了一根。他没有,他还不知道烟酒有什么好,他只是觉得好玩才去碰它们,如果大人们公然应允他们抽烟喝酒,恐怕他也不会太喜欢。就像现在,阿龙已经喝下大半瓶,他一杯都没喝完。

"喝吧,今天只有这一瓶。"阿龙又给自己倒了一杯,顺手添满了他的杯子。

李青抿了一口,强忍着不吐出来,嘴里很不是滋味。他正准备放下杯子，看到阿龙一口气喝掉了大半杯，他改变了主意，尽可能地喝一大口，马上咽进肚子，这样倒是挺痛快，从喉咙到胸口都是火辣辣的，好像有什么东西到过那里，不像喝别的，喝下去就是喝下去了，什么感觉都没有。他吃了点花生米，这是一种习惯性的动作，大人们骗小孩喝酒，看他们辣得直挤眼睛的时候，都会让他们吃点东西。现在，桌上只有一碟花生，阿龙还想要一只猪蹄，但老板没有同意。事实上，他们的酒也一样来之不易，他们走了三里路来到这儿，看到阿龙时，老板却不太欢迎他。

这是一家开在省道边上的公路饭店，主要接待过路的货车司机。公路刚修好时，沿路有很多这样的饭店，那时候生意很兴旺，每家店里都有好几个小姐，本地人一律称她们为服务员，当然，她们的工作并不是点菜端盘子。她们远道而来，为素不相识的男人敞开怀抱，只是为了挣点快钱。不工作的时候，她们就坐在门外晒太阳，让每一个路过的年轻人为之侧目。现在生意越来越差，有小姐的饭店已经很少了，不知道怎么回事，长途车很少再走这条路了。本地人都是穷鬼，他们不会把钱花在下馆子、找小姐这种事上面。沿路很多饭店都关门了，这家叫"艳妹酒楼"的饭馆之所以还在营业，是因为它紧挨着镇子。

他们来时老板已经睡了，阿龙使劲砸门，直到屋里亮灯。老板把门打开一条缝，确认了身份之后才让他们进来。他穿着秋裤秋衣，拿着一个类似于关公大刀的武器，一根棍子上面绑着一口刀，刀背很厚，但是刀口已经开刃，在灯光下看起来很锋利。

"防谁呢？我的声音你还听不出来。"阿龙一屁股坐在他床上，一个女人"啊"的一声，隔着被子骂道，死一边去。

"听出来了也不能大意啊。"穿秋衣的老板说，"现在的坏蛋也学聪明了，前一阵瓦店集的老猫让人给抢了，那帮孙子学老猫他爹说话，让他给开门，老猫打开门就傻了，四五个蒙面大汉，把他的一屋子烟酒都拉走了。"

"熟人作案！"阿龙停止和床上的女人嬉笑，转过头来斩钉截铁地说，"绝对是熟人作案，连他爹怎么说话都知道。"

"知道是熟人有个屁用，干我们这行的熟人多了去了。"老板见阿龙没有走的意思，往身上披了件衣服。"都那么晚了你不好好睡觉又转悠来干什么，你干脆住这得了。"

"那好吧。"阿龙笑道，随后假装严肃起来，看了看李青说，"这不我外甥来了吗，好不容易来一回，我带他来玩会儿。"

"你外甥半夜来的?"老板看着李青,好像突然想起什么,"这是你二姐的儿子吗?"

"嗯。"

"长那么大了,"他摸了摸李青的脑袋,"几岁了?"

"十三。"

"真快啊,一眨眼她已经死了十三年了。真是想不到,要不是因为你爹,恐怕她就埋在我家的坟地里了。"老板的声音低下来,眼睛停止了转动。

"埋在哪儿不是埋啊,"阿龙说,"人死了就不要提了。来,给我们爷俩拿瓶酒。"

"你今天输了多少钱?"老板回过神来,问阿龙。

"别提了,输光了。"阿龙骂道,"都让狗日的刘成赢了。"

"那你还有钱买酒吗?"

"先记账上,我又不会少你一个子儿。"

"你现在账上小一千了,"老板说,"这两个多月你一分钱都没有还,有点钱都在赌桌上输光了。你还让我怎么相信你。"

"你只管相信我就是了,"阿龙有气无力地趴在桌子上,李青坐在他旁边,有点后悔和他来这儿了。"你又不是不知道我是什么人,你到棠河镇打听打听我瘸龙……"

"好了,我知道你有钱过,你爹给你找了个好工作,但你搞砸了,你和公安局局长干架,你签一张单子就是十来万,我知道——"老板看着李青,好像是说给他听的,李青对这些也有所耳闻,外公跟他说过,他让阿龙接他的班,是因为他觉得阿龙的腿有问题,应该予以照顾,按理说他应该传位给老大的,因为这个,他把其余几个儿子全得罪了。但是阿龙却辜负了他。他整天花天酒地,在职期间给银行造成了很大的亏空。"如果不是你父亲,恐怕你现在还在蹲监狱,所以,别再说你以前那些风光事儿了,风光的时候他们陪你风光,现在,有谁会给你一杯酒喝呢?"

"你啊。"阿龙说,"我就知道你够意思。"

"得了,我一点意思都不够,我只跟钱够意思。"

"我马上就有钱了,有几票生意等着做,我已经准备好了。"阿龙说,"一得手我马上还你钱。"

"生意的事你不要跟我说,"老板说,"最好谁也不要说,你自己小心点就是了。"

"钱马上就要到手了。"阿龙喝完最后一杯酒,他拿起空酒瓶,说,"要不我直接给你酒吧,应该有三四箱棠河醇,两箱黑土地,还有几条好烟,我留着自己抽了,可以给你五箱酒。"

"酒你自己留着吧，"老板说，"我只要现金。"

"我是想自己留着，那可就没有钱还你了。反正你这也要卖，何必便宜了别人。"

"我宁愿便宜了别人——"老板趴在柜台上，居高临下地看着阿龙，"也不想给自己惹麻烦。"

"怎么会——"

"别说了，我不会要你一瓶酒的。"

"好好好，你不要我一瓶酒，那就再给我一瓶吧，明天还你现金。"

老板从柜台后面拿出半瓶酒放在桌子上。这是我喝剩下的，他说，不用记账了，既然还要干活，就不要喝那么多了。

"大金鸡，"阿龙叫道，"好酒啊。"他又倒满了杯子，他问李青饿不饿，李青说不饿。他一直坐在那儿听他们说话，也不太明白他们在说些什么。他有点困了，屋子里离他最近的一张床上躺着一个女人，盖得严严实实，只有烫得卷曲的红发露在外面。她背对他们，一动不动，应该是睡着了。

"小丽呢？"阿龙说，"小丽是不是在睡觉？"

"她除了睡觉还能干什么，白天睡晚上睡，睡的时间越长挣得越多，谁不愿意睡。"

"我是说她现在是不是在睡觉，一个人睡。"

"不是。"

"现在还有客人?"阿龙突然站起来,又马上坐了下去。

"没有,今天来了个新人。"老板说,"你别老找小丽了,你又没钱给她花,你和她腻歪一分钟就耽误她一分钟,赶上快一点的,五分钟就是一单活儿,你说你让她少挣多少钱。"

"我还给她介绍生意呢你怎么不说,"阿龙说,"我当然也想让她多挣点,可是一挣够了她就该走了,你愿意让她走吗?"

"我愿不愿意有什么用,天要下雨娘要嫁人,这是自然规律,连毛主席都没有办法的事,我有什么办法。"

"你说的都是什么,"阿龙低着头,把酒杯攥在手里,"算了算了别提了,喝酒。"

8

从饭店出来时已经是凌晨两点,阿龙有点醉了,像李青早些时候遇见他时一样,满身酒气,摇摇晃晃。他们在空寂的省道上走着,耳边只有风声,如果有车驶过来,远在五里之外都能听到。黑夜模糊了万物的区别,柏油路的黑更加显眼,他们走在上面,搜寻着来时那个发白的路口,走到那儿就离家不远了。

路过那所本地小学时,阿龙停下来,然后又走了几步,接着又停下来。

李青以为他累了,上前扶着他,说快走吧,就要到了。"等等,"他用力看向学校,那里漆黑一片,"我去买点东西。"

"买什么?"

"嗯,买瓶酒吧。"他说。

"你家里还有一瓶酒,在衣服下面压着。"李青看了一眼黑乎乎的学校,不明白他为什么非要现在去买东西,人们都睡了,在这种地方,店主不会在夜里轻易给人开门。

"嗯,那瓶不是酒……不能喝,我得再买一瓶。"他从公路上走下去,坡道很陡,他一个趔趄险些摔倒,这个小意外让他看起来就像是跑下去的,他扶住路边的一棵小树才得以稳住身子。

然后就是砸门。这家商店靠近公路和学校,不光做学生的生意,也包括来往路人的,所以比别的路边小店要大一些。敲门声在夜晚显得分外清脆,远处的狗都被惊动了,屋里却没有任何动静。

"没有人。"李青说,"走吧。"

"总算没人了。"阿龙含混不清地说。

"咱们走吧。"

"我就猜今天该没人了。"他靠在门上，有点幸灾乐祸地笑起来。李青摸不着头脑，没有人你怎么买酒。

阿龙拍了拍卷帘门，发出一阵嗞啦啦的响声。他走到门前的路沟里，慢慢走了下去。李青刚要问他要干什么，他已经上来了。他从沟坎上的灌木丛里掏出一个帆布包，慢吞吞地走回来，包里发出铁器撞击的声音，看起来沉甸甸的。他绕到屋子后面，李青也只得跟着走过去。他把包扔在地上，从裤带上取下钥匙链，用上面的小手电照着墙，好像在寻找什么。

"你在干什么？"李青问他。他吓了一大跳，一甩头撞到了李青。他照着李青，好像突然才发现他的存在，"你在这干什么？"他恢复了平静，关掉手电说，"你先回去吧，我等一会再回去，给你钥匙。"他把钥匙递给李青，没等他伸手接，又突然拿回去说，等等，我用完手电再给你。

"你是不是想在这面墙上挖个洞？"李青突然明白了，他想起遭过小偷的邻居家，小偷在他们全家熟睡时挖开了他们的后墙，从床底下钻出来，偷光了他们家的东西。看样子阿龙也想从这里打个洞钻进去。

"你怎么知道？"阿龙说，"算了，我就不瞒你了，你是想自己回家,还是跟我在这一起挖洞?"

"跟你挖洞。"李青说。

"好吧,那咱们就开工。"

阿龙拿着手电在墙上找来找去,什么都没找到,有水泥的地方写满了粉笔字以及用粉笔画的画。找遍了整面墙,他终于放弃了。"这帮熊孩子乱画一通,把我做的记号给涂掉了。"

"没有记号不行吗?"

"行。"阿龙说。

阿龙从包里拿出凿子和铁锤,在墙上敲打一通,最后选择了一个地方干起来。虽然醉醺醺的,但他干起活来很卖力,不一会儿就突破了一块砖。李青蹲在后面帮他摁着手电,洞一点点变大,最终把手电的光圈给完全吸了进去。里面是一个木柜,严严实实地挡住了他们。"娘的,挖到货架子这儿了。"阿龙说,"你知道吗,这货架子上全是吃的,烟啊酒啊,还有糖,但是它们全在对面。"

"那怎么办?"

"砸了它。"阿龙从包里拿出一把斧头劈上去,发出一声闷响。他用尽全力一阵乱砸,声音也跟着复杂起来,里面的货物纷纷掉在地上,瓶子摔碎的声音,塑料纸袋摩擦的声音,整包的卫生纸掉在地上的声音,李青还听到了玻璃球撞击的声音。当货架被砸出洞时,更加激烈的碰撞声响起来,随后,无数玻璃球从洞里流出来,阿龙的锤子砸到一个,它飞了出去,撞到了对面学校的院墙。

阿龙失望地发现他没法砸出一个可以爬过去的洞,货架做得很结实,除了背面的木板,支架是铁焊的,"现在,"阿龙说,"我们只能踹倒它了。"

他趴在地上,把脚伸进墙洞,用力往里踹。李青看他这样觉得很滑稽,他想起练蛤蟆功的欧阳锋,他发功的时候就是这样。他没想到阿龙一点也不比欧阳锋差,他还真把货架踹动了。它一点一点地倾斜,阿龙也跟着一点点往里,最后,他只剩下上半身在外面,双腿都在墙洞里踹。

"胜利就在眼前。"阿龙说,"货架就要倒了。"

李青也跟着激动起来,他从来没有想过这样的事情,在一个货物琳琅满目的商店里,没有老板,没有收银员,想要什么就拿什么,不用付钱,不用征得任何人的同意,想要什么就拿什么。他们都有点迫不及待了。好了,我们就要进去了。阿龙双手撑在地上,踹出了最后一脚,紧接着是一声巨响,几乎与此同时响起的,是阿龙的惨叫。

他被压在货架下面了。

李青想把他拉出来,但一点用都没有。他趴在墙洞里,只露出上半身,开始还挣扎着想爬出来,最后只能彻底打消了这种念头。现在,他看起来就像被压在五行山下的孙悟空,转眼之间,神功盖世的欧阳锋已经成为过去式了。

"现在怎么办?"李青慌了,他不知道阿龙会不会死。

"凉拌。"阿龙说,"等天亮了会有人来把我弄出来的,他们不会让我一直待在这儿。"

"那咱们不是被逮住了吗?"

"是啊。"

"你疼吗?"

"不疼。"

"你淌血了吗?"

"不知道。"

"你先去把工具包藏起来。"阿龙说,"藏在我以前藏的那个地方。"

李青把包放回路沟里。他回到阿龙身边靠墙坐在地上,忙活一通,天已经蒙蒙亮了,他随手一摸,地上全是玻璃球,这是他们全部的战利品。

"咱们玩会儿玻璃球吧。"阿龙说,"不然的话就要睡着了。"

"好。"

"玩什么？"

"玩撞墙。"

"好，我先来。"阿龙拿起一个玻璃球撞出去。他撞得太远了，远到远远超出了他的活动范围。

今夜通宵杀敌

1

"我想买个宝宝,妈的,我都等不及了。"

"我也是。你想买个什么样的?"

"当然是战斗力越高越好,然后才是样子,光好看有个屁用,不过最好是至尊宝宝,战斗力又高又好看,走到哪都带个圈,太牛逼了。"

"至尊宝宝是牛逼,你有钱买吗?"

"我只是说说,傻逼才买至尊呢。"

2

钱帅人如其名,绝对是个帅哥,只是没什么钱,很多女孩喜欢他,包括我喜欢的一个。那是一个大屁股女孩,厂子里那么多女孩,为什么只对她情有独钟?我已经说了,她的屁股很大。

我和钱帅的车位在一块,我们每天有很多话要说。

我们是同年同月同日生，他叫我同年，我顺着大家叫他帅哥，这多少有点讽刺的味道，因为我觉得自己比他帅多了。我们的工作是扎皮鞋，是，这是娘们干的活，我们之所以来到这里，就是为了找个娘们。这不是一件容易的事，全中国的年轻人都在找女人，一旦完成发育，这事儿就成了首要任务。只是女人远远不够，很大一部分刚在B超下显形就被化成血水冲走了。那本该是属于我们的，我们能说什么，我们只能勒紧裤腰带硬挺着。

好消息是三楼车间女多男少，坏消息是妇女更多，但那也比钢铁厂强多了。说到钢铁厂，那帮家伙可是强有力的竞争者，他们实在是太强、太有力了。比如坐在我旁边的露露，一个可爱的小胸女孩，她男友就是附近的钢铁工人。这帮可恶的挖墙脚的混蛋。

如果钱帅也想这么干，绝对手到擒来，喜欢他的人太多了，包括一些外厂女孩，时常三五成群聚在不远处看着这边叽叽喳喳。钱帅根本不理她们，他的心思不在这上面。他满脑子都在琢磨怎么升级，怎么增加战斗力。这是我们每天的例行话题，以前我不会玩游戏，完全不懂他在说什么，后来他给了我一个号，天天带着我玩。我勉强能做个合适的听众了，只是仍然没有参与讨论的能力。

我们干活很快。男的干活都很快，返工也多，一旦返工非常麻烦，比重做还难。但这并不能让我们慢下来，我们都想快点干完，好去帮女孩们干，这是一种示好方式。钱帅干得最快，一干完就走了，从来不会像我们一样凑到女孩面前，帮她们打打杂，趁机谈谈情说说爱。有一段时间我们一起去玩游戏，他把工作完成之后在旁边等我，然后一起骑车出去。后来我发现再这样下去大屁股女孩就要被别人抢走了。我可以不玩游戏，但不能没有女人。这让我心慌。我不想把纸巾全浪费在自己身上。

发薪日，我们排着队去主任办公室领到工资单，互相打听对方挣了多少钱，准备买点什么。我挣了一千五，零头就不说了，虽然也有好几十块。钱帅挣了一千八，这也不算多，他哥挣了三千多，这就是熟练工和混子的区别。趁着他们哥俩对账单的工夫，我赶紧干完了手中的活，溜到大屁股女孩那，看她挣了多少，她比我多一点，两千三。她对这个成绩不是很满意，但也很高兴，发工资谁会不高兴呢。她做的鞋和我们不是一个型号。我们做的是最简单的一款，代号54652，要多简单有多简单，整只鞋只用三块料组成，所以做得最快，但从来都做不完，我估计有一半外国人穿着这种鞋。我们只为老外做鞋，经济危机快让外国人活不下去了，估计已经顾不上买新鞋。我们的活儿不多，每天只上半天班就完事了。

我搬个小板凳，坐在大屁股女孩屁股后面，帮她把扎好的鞋舌剪圆。她平时非常活泼，整天咋咋呼呼，因为我刚满十八，个子又矮，她叫我小孩。这是我最不能容忍的，但是没有办法，谁让我喜欢她呢。在干活的时候，她终于安静下来，两只大眼睛一眨不眨，非常认真。她的技术不是很好，经常有返工，这是我们所希望的，如果她像那些妇女一样眼熟手快，做完就回家奶孩子，那我们到哪献殷勤去。

我坐在她后面，一抬头就能看见她气鼓鼓的两瓣屁股。我最想干的事情就是把脸埋进这两座小山之间，兴奋到窒息而死。她今天穿了条牛仔短裤，把屁股绷得很紧，我喜欢这样。其实抛开屁股不谈，她还没有坐在旁边的她的堂姐杨沙沙漂亮，沙沙是瓜子脸，她是圆脸，沙沙是翘鼻子，她是猪鼻子，在性格方面，沙沙是个淑女，从不大声说话，她是个疯孩子，最擅长动手掐人。她还有个公鸭嗓，说起话来磨人耳朵。但我就是喜欢她。她掐我的时候，我从来不躲。

"小孩小孩。"她叫我，仍然没有停下手里的活。

"干什么胖子。"

"说什么，我掐你。"

"啊！"我胳膊上留下一记红印。

"小孩小孩。"她的动作真快，一瞬间又在干活了。

"什么事?"

"你和钱帅是不是很熟?"

"是啊,我们是铁哥们。"

"那你能不能帮我个忙?"她停下来,看着我。

"干什么?"

"你能不能告诉钱帅,让他来追我。"

"什么!"我简直不敢相信。

"不能,"我说,"要说你自己去说。"

"能不能!"

"啊!"胳膊又中了一记,"能能能。"我说。我最受不了她掐我,她一掐我,我的心就软了。

"那你现在去告诉他吧。"她从我手里夺过剪刀,"这活不用你干了。"

3

回到车位,钱帅正在卖力干活。他哼着歌,机器几乎没有停过,可以想见,他明天又有工可返了。当然他不会在乎这些,他只想快点把活干完。

"你猜怎么着?"他说,我从来没见他那么高兴过,"我要买个宝宝。"

我懒得听他这一套，我的女人爱上了他，他仍然在说什么该死的宝宝。我受够了，他每天都在说宝宝，战斗宝宝，法师宝宝，至尊宝宝，漂亮宝宝。什么宝宝他都想要。但是每个月工资都被父母没收，只能留二百块钱上网，五十块充话费。他的手机从来没有开机过，话费全充游戏里了，可是五十块钱能买什么，什么都买不了，更别提什么狗日的宝宝了。

"你有钱吗？"我说，这一招最管用，一句话就能让他面对现实，忘了宝宝这回事。但这次没有，他已经说服哥哥帮他做个假账，告诉父母他挣得和我一样多，这样就多出五百块宝宝经费，但是这还不够，他看上的那只宝宝要价八百，剩下的需要哥哥资助。

"你走大运了。"我说，"真是好事成双。"

"什么，我就打算买一只宝宝。"

"还有比宝宝更值得高兴的事。"我忍着心痛告诉他大屁股女孩的请求。

"她想干什么？"他完全没听明白。他还沉浸在宝宝这件事情上。

"她喜欢你。"我说。我快哭了，"她想和你在一起。"

"我又不喜欢她。"钱帅很不耐烦，想尽快结束这个话题，"我哪有那么多时间和她搞这些。"

"随便你，"我说，"我只是给你带个话。"

"那好，你问她愿不愿意和我上床，可以的话我就同意。"

我早该想到他会这么说，他不止一次表达过这个观点，男女之间的情啊爱啊让人头痛，他只对上床有兴趣。他哥追了邻座的一个女孩两年，到现在还没得手。他很鄙视这种行为。如果是我的话，他说，直接开房摁倒，行就行，不行也就不用浪费时间了。现在的情况很明显，除了在床上，他不愿意在大屁股女孩身上浪费一点时间。反观大屁股女孩，她可完全不介意在爱之前先加上一个"做"字。如果我是一个皮条客，摆在面前的完全是一单子已经谈成的买卖。可我不是，我是深爱着大屁股女孩的人。我不能让她落入钱帅这种人渣之手。

"我不能说。"我说，"要说你去说。"

"我为什么要说。我又没让她喜欢我。"

"那好吧。"我说，"我去问问她。"

大屁股女孩看到我十分激动，好像几个世纪没见过了。"怎么样怎么样？"她拽着我的胳膊，急于知道结果。我本来想说钱帅对她没有一点兴趣，但是怕她太过伤心，也与事实不符。"他需要考虑考虑。"我说。

"有什么好考虑的？"

"就是啊，我也这么说。如果是我，毫不犹豫就答应了。"说完我去观察她的反应，她根本没注意我说了什么。

"那要考虑多久？"

"不知道，也许一天，也许两天。"

"你去告诉他，为了他，我什么都愿意做。"

我回去。钱帅已经干完了活。他坐在工作台上，正在和露露聊天，"火麒麟是一种新宝宝，它长得像牛，又像狮子。"

"它是干什么用的？"露露说。她说话慢条斯理，干活更慢，每次都是最后一个完事的，当然慢工出细活在她这里根本不存在，她干得又慢又差，比我们都差。大家都很喜欢她，因为她实在是太笨了。

"它是骑兽。"钱帅说。

"什么是骑兽？"

"就是可以骑着跑的。"

"哦，它跑得快吗？"

钱帅看到我，不再和露露扯淡。他掏出手机，递给我："快看。"

"看什么？"

"快看那只宝宝。"他说，"这就是我要买的那只宝宝。"

"嗯，是个好宝宝。"

"今天我就去买，到时候让你玩玩。"他说，"这只宝宝——"

"先别说宝宝的事了。"我说。我不知道宝宝有什么好玩的，即使它会喷火，即便它会打雷，那又有什么用，都是在电脑屏幕里完成的，那会比半拉屁股更有玩头吗。

我告诉他带来了大屁股女孩的答复。

"哦，她怎么说？"

"她让你做梦去吧。"

"我从没梦见过她。"他说，"我最讨厌做梦了。"

4

晚上，我们相约去逍遥网吧。我一吃过晚饭就去了。明天是星期天，不用上班，以往这个时候我都在通宵打麻将。钱帅说动了我，让我放弃心爱的麻将和他去上网。

"今天是劳动节，"他说，"全区全服三倍经验，只要杀够三千个怪，一个通宵就能升一级，像你的等级那么低，跟着我混，最少也能升三级。"

见我没什么热情，他又许诺要把新买的宝宝给我玩玩。我对玩宝宝没什么兴趣，对升级也没有，我只是喜欢通宵。相对于通宵打麻将，通宵上网只需要十块钱。

这是个省钱的好办法。

我们在网吧门前碰头,没有急着进去,骑车去了附近的银行。工资卡里的钱已经取走上交,只剩下几十块零钱。这就是我们的聪明之处,你有几十块,我也有几十块,凑在一起就是一百块,这样就能从取款机里取出来,然后分走自己那份。

在取款机前,我们起了争执。我们的卡里各有七十多块,他想让我转三十块到他卡里,那样就能悉数取出自己的钱。我也是这么想的。如果只取出三十块,看上去没什么意思。我们争了半天,最后达成和解,每人取五十块出来。

通宵十一点开始,我们九点钟到,要多交两个小时的网费。我有网吧的会员卡,每个月往里面充二百块钱。办卡的时候,我还没满十八周岁,用的是表弟的身份证。这么说有些奇怪,我都没满十八,那表弟岂不是更小,他实际年龄是小,但在身份证上,家人为了少交两年超生费,就报大了几岁。我比较倒霉,身份证上写小了七八个月,再加上发育得比较晚,成年之路走得很不顺畅。这让我苦恼不已,每次去网吧,只要不带上表弟的身份证,就会被赶出来。直到办了这张上网卡,才不用揣着别人的身份证走天下。

钱帅没有会员卡,他住得远,为了和我一起通宵才来这里。我们在路边的报亭买了八百块的手机充值卡。报亭老板用一种"这俩孩子疯了"的眼神看着我们,谁都能看出来,八百块对我们来说是一笔大钱。

"我确实疯了。"钱帅说,"这是我花过的最大的一笔钱。"

在他的怂恿下,我也买了五十块钱的。"你可以买只小宝宝。"他说。具体到哪一只,就是他淘汰下来的那一只。

"我买的时候三十,养了半年,卖给你五十,一分钱都没赚。"

我不以为然,就算五十块钱都让他赚了又如何,反正我也不懂。我只是凑个热闹。

拿着充值卡去网吧的路上,他激动得不知如何是好,自行车在他脚下跑出了摩托车的速度。周末的网吧人满为患,门前的存车处再也塞不下一辆车,我把车子锁在百米开外的一根电线杆上。因为车锁太短,钱帅就近把车子锁在一棵小树上。我说树太细了,不安全,他说没办法,他的锁只能锁住一棵这么小的树。我提议和我的车子锁在一起,他急于进去,说不用麻烦了,就这样,虽然这棵树不大,但没人敢动它,这可是公家的树。我想想也是,就和他一起进去了。等我们第二天出来的时候,发现树躺在地上,自行车不翼而飞。这帮狗杂种，竟然锯断了公家的树，偷走了钱帅的车。不过这还不是最让钱帅难过的事情。钱帅最难过的事是什么，我等会再说。

5

先拣高兴的说。

我上了大屁股女孩，不过，是借了钱帅的光——妈的，说到这我都不知道是该高兴还是难过。

逍遥网吧有个厕所——废话，任何网吧都有厕所，我的意思是和别的网吧相比，勉强算个厕所，别的地方简直就是粪坑。这里虽然一样臭气熏天，但空间还算宽敞，地面还算干净，更妙的是里面有个洗脸池，上面摆放着网吧员工的牙膏和肥皂，镜子被擦得很干净，在暖光灯下，叫人对自己顿生好感。我就是在这上面搞定的大屁股女孩。灯光很明亮，直到我准备实施计划，才发现这是个障碍。

是这样的，当时我正跟着钱帅奋勇打怪。他已经买到那只宝宝，一下从任人欺凌的菜鸟跃升为叱咤风云的高手。他在游戏里叫战胜一切，在买到那只宝宝之前，他从来没战胜过任何人。现在有了宝宝，他身价倍增，跟军团长要了个很高的职位，一时间战斗力激增。他到处杀人，直到名字变黑，被全城通缉。他激动不已，哇哇大叫，杀得不亦乐乎。他先是追踪仇人，把在线的全砍翻，最后无所禁忌，见一个杀一个，杀不过也要砍两刀再跑。

"太爽了。"他边杀边叫，"真是太爽了。"

他杀人的时候，我就在旁边看着。我不会玩，不知道该干什么，只能一直跟着他。后来他杀够了，我们就一起进了迷宫，专心打怪升级。迷宫里到处都是怪物，我们需要一刻不停地杀。这绝对是个体力活，不停地重复同一组动作，双手局限在前进后退那几个键上，很快我就厌烦了。坐在我旁边的家伙一整晚都在看毛片，我不时瞄两眼都情难自持，他倒是看得不紧不慢，津津有味。在这种情境下，我实在是没心思打怪。我退出游戏，问钱帅要了一个网站。钱帅对我很失望，说现在正是放手打怪的大好时候，你看毛片有什么意思。他在我电脑上噼里啪啦输入一个网址，又头也不回地投入到战斗中去了。不得不说，他的记忆力很好，那么长一串网址都能记住。他电脑玩得也很熟练，打字非常快，还会下载东西。这些我全不会。他不止一次跟我说，最想干的事就是当个网管。现在那么多年过去了，也不知道他的梦想成真了没。

这应该是我第一次上一个正经的黄色网站，以前都是胡乱点进去的病毒网站，虽然页面也很火辣，但是想看的全点不开，页面不停地自动弹出，不一会电脑就死机了。钱帅给的这个网站没有一点问题，想看哪里点哪里，我很喜欢素人这个词，最先点开了这个。戴着耳机看效果截然不同，让人更加身临其境。我不敢像旁边那位那样旁若无人地全屏观看，我把视频框缩到很小，拉到最下面。好在网吧里每个人都全神贯注，没人在意你在干什么，但当我想脱下裤子安抚一下下半身的时候，还是没法说服自己这么干。那真叫一个痛苦，真是自己给自己找罪受。我再也无法忍受，关掉了视频。就在这时候，大屁股女孩的头像开始跳动。

"你也在上网吗？"她说。

"是啊，和钱帅一起。"说完我就后悔了，为什么要提钱帅，这一下话题就和我没有一点关系了。

"他考虑好了吗？"

"他在玩游戏。"

"你问问他。"

"问他什么？"

"考虑好了没？"

"他没有考虑，他在玩游戏。"

"你们在哪？我在红房子网吧。"

我告诉她我们在逍遥，她要来找我们，我说你来干什么，她说想当面问钱帅喜不喜欢她。我很难过，也很惊慌，就在这时候，我想到一个主意。我说，你先不要过来，我再帮你问问。两分钟之后，我告诉她，钱帅说他很喜欢你，现在就想见到你。

"那我马上过去。"

"好，他在一楼的男厕所等着你，到时候你直接进去就行了，他想给你一个惊喜。"

"男厕所？我怎么进去。"

"就像进女厕所一样，现在那么晚，厕所里不会有人的。"

"好，我现在就过去。"

她下了线，我下了楼，去侦察接下来的作案现场。凌晨三点，通宵上网的人都很疲惫，很多人蜷缩在沙发里睡着了。厕所里冷冷清清，只有臭味还很欢腾。我用网吧员工的破毛巾擦干净洗脸池，把梳妆台上的杂物扔到地上。我洗脸漱口，把自己清理干净。去关灯的时候，我没有找到开关，只好踩着洗脸池把灯泡拧下来。一直亮着的灯泡很烫，把手指烫出一个水泡，我险些摔倒在地。

我坐在黑暗的厕所里，等着大屁股女孩。我知道她一定会来，只是没想到来得那么快。从红房子到这里，骑车怎么也得半个小时,但她只用了十分钟。听到门外响起高跟鞋独有的脚步声,我顿时心跳加速,惊慌失措。我躲在门后,她推门进来,站在门口小声叫钱帅的名字。我一脚踹上门,从背后抱住她。

"钱帅?"

"是我。"

她总算是来了,我本想霸王硬上弓,没想到她把我当成了钱帅,这样也不错,可以说是上错厕所嫁对郎。

我们都很激动,双手在对方身上搓来揉去。我把她抱上洗脸池,她真的很重,但爱情的力量是无法阻挡的。我扒掉她的裤子,终于和梦寐以求的部位零距离接触。我忘情地亲吻它们,呼吸属于这里的每一寸空气。她一直在问我爱不爱她。爱。爱。很爱。怕她听出我的声音,我不敢多说别的,虽然我有一肚子话想对她说。在这里,千言万语汇成一个字,那就是爱。

爱。爱。爱。

我托着她的美臀,把脸深埋进去。她情不自禁地尖叫,按着我的头扭来晃去。突然,她停下来。

"你的头发怎么变短了?"

"剪掉了。"

"那耳朵怎么也小了?"

"耳朵？"

"你站起来。"

"干什么？"

"你站起来。"

她一把把我揪起来，一跃从洗脸池上跳下，然后和我面对面站着。

"你怎么只比我高那么一点？你是小孩！"

"我不是小孩了。"我突然吼起来，把自己都吓了一跳，"我们是同年。"

她打开手机，一束幽光照在我脸上。

"你真是小孩！"她一巴掌打过来，"钱帅呢？"

"钱帅不在这里。"我说，"最爱你的人是我，他根本就不喜欢你。"

"你胡说，我要告你强奸。"

"算了吧。"我快难过死了，"我怎么强奸你了，嘴巴也算？你都没等我把前戏做完。"

她沉默了。我开始趁机对她说我有多爱她。她靠在墙上，一句话都不说，也不知道有没有在听我说话。我知道她很伤心，就像我一样伤心。我们为什么会这么伤心，全都是因为钱帅。

"好吧。"她终于开口了，"你继续。"

"干什么？"

"干我啊。"

"你接受我了？你决定和我在一起了？"

"接受个屁，死小孩，你把事干完我就可以告你强奸了。给，把套戴上。"

我伸手去接，她又突然把手抽回去。

"算了，我给你戴吧。一看就知道你是个处男。"

整个过程我都很难过，但还是强作笑颜，竭尽全力完成了这件事。看来她怎么都不会喜欢我了，既然她想让我去坐牢，那我就去，只要这样能让她开心一点。完事后，我把套子取下来，包在纸巾里递给她。

"给，你把证据收好。"

她接过去，丢进马桶冲走了。

"算了，你那么小，都没有成年，告也是白告。"她慢条斯理地穿上衣服，"起码你刚刚让我很开心，我是把你当成钱帅做的，反正黑灯瞎火的啥也看不见。不过从今以后我再也不想见到你了。"

"那我明天就辞职。"

"不，是我要辞职，我也不想再见到钱帅了。"

她捏了捏我的脸，关上门走出去。我一个人坐在厕所的地上，想死的心都有。第二天，她果真没来上班。后来我听她的堂姐杨沙沙说，她去永和豆浆当了服务员。

6

我在厕所里呆了很久,直到一个来上厕所的人踩到我,才满身臭气地走出去。楼上一切照旧,钱帅依然在打怪,旁边的家伙还是在看片。看到我,钱帅一边打怪,一边问我干什么去了。我靠在沙发上,很快睡过去。两个小时后,我被钱帅吵醒了,他正在摔键盘砸鼠标,嘴里骂个不停。网管站在他旁边,说摔坏了你是要赔的。

我问他怎么回事,他说有人正在盗他的号。

他让网管坐下来帮他,网管说我也没办法,对方的病毒很厉害。

他们只能赛着改密码,这边刚改好,马上又被那边改掉。钱帅对着那边看不见的敌人骂骂咧咧,最后人家连邮箱和密保问题都破解了。对方改了邮箱,这边彻底束手无策了。不光是游戏账号,QQ 也在被盗之列。钱帅明白已经无法挽回,请求对方把 QQ 还给他,反正这个也不值钱。对方很有人情味,同意了这个要求。

钱帅快气炸了,网管在旁边看着,防止他再砸东西。天已经亮了,离通宵结束还有一个小时,我们坐在电脑前,不知道该干些什么。周围的人都很同情钱帅,知道他八百块钱刚买个宝宝,还没怎么玩就被盗了。

"这是个阴谋。"钱帅说,"一定是卖我宝宝的那个人干的。"

"很有可能。"网管说,"我也有个宝宝,你要不要买。"

"不要!"钱帅站起来,"我再也不玩这个烂游戏了。"

我们一起走出去。天刚刚亮,街上一个人都没有。我们去取车子,发现那棵小树倒在地上,钱帅的车子不翼而飞。

"这是个阴谋。"钱帅说,"肯定是。"

"是。"我说,"绝对是。"

这个世界有鬼

A

逍遥网吧是李青最喜欢的地方，就像他小时候喜欢家乡那条奔流不息的大河一样。如今，那条河已经不像从前那样激荡不羁，沿岸建了很多水坝，那些浅灰色建筑镣铐般紧箍着水流，放眼望去，一切都是静止的，和他身处的城市一样。街上仅存的几盏路灯亮起来，他知道自己又在网吧泡了一天。网络上铺天盖地的讯息像毒蛇一样舔舐着他的神经，他浏览着和自己毫无关联的一切。一页一页，感到头昏脑涨。

他看了看聊天列表里那些灰色的头像，他知道，若没有和她们见面，它们也许会一直闪烁下去。张辉的头像动了，他在计算机被迫关闭之前点击了那只红白相间的小鸟。张辉的话是一行粗黑的大字：你决定了没有？

决定了，他回答：老地方见吧。

张辉答：好。

他关闭了窗口，在空间里看了最后一眼苍井空的生活照，然后改了自己的个性签名：如果这号再上线的话，那一定是这个世界上有鬼……

计算机终于因为余额不足自动关机。他站起来扭扭脖子，僵硬的骨节"嘎巴嘎巴"发出响声。他出门的时候看了一眼网吧的收银员小多，她今天没穿裙子。他看不见她的腿。

在门口他遇到刘毅，他正拿着一个面包边吃边往屋里走。他叫住了他，说：我和张辉决定去自杀，你去不去？

刘毅咽了口面包，愣了愣神之后终于反应过来，他不满地说，你们两个人就决定了？怎么不叫上我。今天要不碰上是不是就没有我的份了。你们倒好，两个人一起死不害怕。我呢，你们要死了就剩我自己了，叫我怎么死？

李青怕刘毅惊动了网吧里的人，把他拉到路边，我们怎么会不叫你呢？就是张辉不叫你，我也得叫你呀，我这不是正在叫你吗？

刘毅说，那你们商量的时候怎么不叫上我？商量那么大的事都不叫我参加，太不够意思了吧。在老家的时候我家杀猪我还叫你去看呢。

李青向他表示歉意，下次商量的时候一定叫上你。

刘毅摆摆手，算了，反正就要死了，不和你们计较了。什么时候行动？

今天晚上，老地方，张辉已经去了。

好。去之前我先看看小多。

别看了，李青拉住刘毅，她今天没穿裙子。

我又不是去看她的裙子。你在这儿等我。

他让李青帮他拿着面包，朝逍遥网吧走去。刚踏上网吧的台阶他又折返回来，他不好意思地冲李青笑笑，我外套脏了，把你的借我穿一下。

李青把自己身上那件冒牌的Kappa脱下来，递给他。刘毅兴奋地接过来。他一直想买这么一件名牌衣服，他妈嫌贵，死活不答应。她不止一次这么骂他：你个小崽子不好好工作，还想穿名牌，我卖多少猪头才能给你买个名牌啊。李青看着刘毅兴奋的神情，不由得责备起自己来，要是早点告诉刘毅这是在蚱蜢街50块钱买的冒牌货，他也许早就穿上了。

刘毅信心满满地走进网吧。走到门口的时候他停下来，对着门上的玻璃理了理头发。他的头发很长，染了红和黄两种颜色，烫得蓬松凌乱。

小多站在收银台后面，面无表情地看着匍匐在计算机前的少年们。她的头发也是黄的，黄得耀眼，黄得可爱，比外国人还黄（刘毅原话）。

今天下班那么早？小多看见刘毅，随口问道。

今天是星期天。刘毅说，不加班。

开几个小时？

今天不开，我还有事呢！

那你来干什么？

我想和你说句话。

什么话？

刘毅看着小多，憋红了脸，一句话也说不出来。

小多：说吧，没事。

刘毅反复搓着双手，鼓足了勇气说：你真漂亮。

小多：你说过了，每次来你都说。

刘毅：那就再说一次吧。

小多笑了，她问他：你今天有什么事情？

刘毅：很重要的事。

小多哦了一声，没有再问下去。她说：其实我也想和你说一句话。

刘毅：说吧。

小多：等你下次来的时候再告诉你吧。

刘毅：你现在说吧。

小多俏皮地眨了眨眼睛，手指有节奏地敲打着柜台——她最近在学吉他。小多：我现在非不说。

哦，好吧。刘毅探起身看了看柜台后面小多被牛仔裤紧紧包裹着的双腿，转身走了出去。

B

在死了人之后的几天里，滨河公园大花坛旁边的草坪上很少有人涉足，连那些常常在这里拉屎撒尿的狗也很少来了。在死人之前，这里同样很少有人来，只有那些狗常常在这里拉屎撒尿。

因为有狗的粪便滋润，这片草坪异常肥沃，草也长得比其他地方要快。这给园林工人添了不少麻烦，他们需要时常过来修剪，才不至于让这片草坪上的草异于其他地方。

那天傍晚，这片草坪像往常一样拼命地汲取养分，不动声色地生长。它们丝毫没有觉察到即将有人来到这里，踩着它们的身躯死去。这对它们来说是个非常坏的事情。那三个少年在这里成功死去之后，它们将遭遇一连串的问题。首先人们会对这里产生很坏的印象，不愿意再带着狗到这里来。它们失去了狗的粪便之后，渐渐变得像其他草坪上的草一样中规中矩，它们的表面渐渐清洁，越来越多的人在它们身上肆意践踏。而在这之前，只有三个少年肯来这里——在深夜的时候。

他们在这里说一些话，做一些事。草不懂。呵呵，它们才懒得注意呢。草怎么会懂人的事情呢，就像人不会注意它们一样。

A

李青和刘毅走到滨河公园，张辉已经等在那里了。他站在那片满是狗屎的草坪上，看着李青和刘毅朝他走来。他神情茫然，空空地望着远处，似乎犹在梦中。他丢了工作和丹玉之后就变成了这样，他一直想攒钱和丹玉开一个饭馆。现在他钱还没有攒够就丢了工作和丹玉，开饭馆的想法变得不切实际且毫无意义。他笔直地站在那里，身后大花坛里没有一朵花在开。花坛的石阶上散落着果皮和纸屑，几只苍蝇在他周围飞来飞去。

他们找了一块干净地方坐下，天已经黑了。他们只能借助于路灯的光才能够看清楚彼此的脸。

张辉看着公园外的广告牌，那是一幅巨大的电影海报，上面是几个露大腿的女星。张辉说过一些龌龊的想法：他最大的愿望就是睡睡这些明星。他把这句话反复说了很久，李青和刘毅两个处男很是鄙视，说他有丹玉了还想女明星。现在，他不再提这个美好愿景，对二人说，咱们得商量商量怎么死。

张辉的话让刘毅兴奋起来，他没想到在错过了决定死不死之后还能和他们一起商量怎么死。他说，好哇好哇，咱们商量商量。

张辉说，我想了好几个方法，我觉得咱们最好跳楼去，现在流行这个。听说广州那个富士康已经十连跳了，都轰动了全国了。可不管几连跳他们也都是一个一个跳的，咱们三个人一起跳，不比他们牛逼？

刘毅表示同意：就是，说不定咱们还能上报纸呢。要是这样咱们可得死得好看一点，李青，你这衣服就让我穿着吧。

李青抠着指甲里的灰，头也不抬地说，你穿着吧。

刘毅如获至宝，他把手伸进上衣口袋，充分享受拥有名牌的快乐。他感觉到口袋里好像有什么东西。是一沓零钱，他掏出来边数边对李青说：你口袋里怎么还有钱？还有四十多呢。

李青：偷我爸的。

张辉：我觉得咱们得把钱花完再死，我这还有八十多块呢。

刘毅：就是，不能白白浪费。我也有十块，准备上网用的。

张辉：去蚱蜢街买点东西吃吧，有点饿了，买点猪头肉。

刘毅：别买猪头肉，我看见猪头肉就烦。

李青：那就买烧鸡吧，不买猪头肉。

李青知道刘毅最讨厌猪头肉，他家就是卖猪头肉的。他继父在家把猪头肉做好，他妈拿到集市上去卖。他们家的出租屋里长年弥漫着一股猪头肉的油腻味道。刘毅不愿与猪头肉为伍。他中学辍学之后从老家来到这里，继父给他找了好几个工作，他都干不下去。为此继父常常揍他，骂他不好好干活。后来他和李青一起到豪丝美发厅当了洗头工，但没过多久他又辞了工作。在他看来，帮人洗头还不如给猪头拔毛呢，人的头脏啦吧唧，动来动去，还是猪头比较老实。现在他每天帮继父收拾那些猪头，那些毛茸茸的猪头大小不一，形态各异：有的睁着眼睛，有的闭着眼睛，有的没有眼睛。他刚接触这些死于非命的眼神时，总感觉它们或睁或闭的眼睛里充满悲愤与不甘。他不敢直视那些冷冽的眼神。他卧室的柜子里放着那些煮熟了的猪头，透过朦胧的玻璃他看不清楚它们，却总感觉它们能把他看得一清二楚。有时候他会做一些不明所以的梦，梦里有他喜欢的女孩，有他面目不清的爸爸和面无表情的妈妈，还有他那个始终面目可憎的继父，以及那些猪头。后来他渐渐习惯并接受了这些猪头，虽然他仍旧希望远离它们。他也不再刻意回避它们的眼睛，相反的，他开始喜欢与那些灰白的眼睛对视，时常一看就是很久。继父在一旁骂他：傻种。他知道他之所以这么骂他是因为他不是他的种，但他不为所动。他默默地看着那些猪的眼睛，他觉得他渐渐明白了它们。他从它们的眼神中再也看不见痛苦，他看到了一些类似于幸福之类的东西。后来他把这些东西称之为解脱。

"没有谁愿意像猪一样活着，更何况是这些猪呢？"他在自己的QQ空间里这么写道。他喜欢在空间里写些东西，因为小多总给他点赞。

B

在"三少年相约自杀事件"发生后的最初几天，蚱蜢街来了不少手持相机的记者。这或许可以算作蚱蜢街的一件大事，要知道，搁以往月收入超过三千的都不会来这趟街。这是属于民工的街道。街上人声嘈杂，来往的都是一身汗臭的民工。他们结束了一天的疲惫之后，又不知疲倦地来到这条街上。他们喜欢这样的氛围，四处喧闹鲜活的人群让他们感到自在。他们在街上逛来逛去，即使什么都不买。

蚱蜢街上最受欢迎的是两个地方，一个是青少年们的乐园——逍遥网吧；一个是青壮年们的天堂——梦缘发廊。它们的存在让每一个常客痛并快乐着。每个人在走进去的时候都好像是一次重生，每一次重生之后又是无限的悔意和惆怅。隔天醒来，又会隐隐期待下一次。

街尾的一个卖猪头肉的小摊在那几天里倍受关注——以往关注这里的只有那些吃不起肉的民工和乞丐。小摊是用一个黑色的长桌支起来的，上面放着些残缺不全的猪头和几样凉菜。摊主是一个壮硕的中年男人，一脸铁青的胡楂子，其面目就像是那些还没有拔干净毛的猪头。他是自杀少年刘毅的继父。刘毅没死几天他就摆上了摊子，他对记者说：死了人谁不难受呢，可生意不能不做啊。这猪头不卖就坏了，这不都可惜了么。记者问他：儿子死了你伤心吗？他没敢像往常一样骂人，他不知道骂了这些有文化懂得多的人会有什么后果，他只是在心里骂了句傻种，就像从前骂刘毅一样。他说：能不伤心吗？养那么大个孩子死了谁不伤心。伤心就不做生意了吗？伤心能当饭吃吗？记者从他的话里挑出了刺，问他：你说养那么大个孩子死了才伤心，是不是小孩子死了你就不伤心？他又在心里骂了句傻种，并不再回答这个傻种的问题。他不知道现在流行这个，玩文字游戏，说俏皮话，是这帮人的特长，也是这年月的宠儿。

处于蚱蜢街黄金地段的豪丝美发厅是记者们关注的另一个地方。这是自杀未遂的李青曾经工作过的地方。看到手持相机的记者，美发厅的造型师和洗头工都刻意整了整头发，正了正衣领。他们面带微笑、诚惶诚恐地看着镜头和掌控镜头的人们。一个貌似老板的中年妇女警惕地看着记者，用手挡着他们的镜头说：你们来这拍什么，我们这还没死人呢，我这可不是血汗黑作坊——我们连作坊都不是。你问问他们，我可没亏待他们。他们在这不但能挣钱还能学手艺呢。

记者们连忙安抚反应过激的老板娘，告诉她来这里采访丝毫没有"揭秘""披露"的意思，只是对最近的新闻人物李青生活过的地方进行一些大致的了解。老板娘仍旧戒心不除，她可知道记者们的厉害，说是了解，谁知道他们要了解什么呢，他们的了解总是那么出其不意，有时候压根没有的事情他们也能了解出来。

记者问老板娘：李青在这里做什么工作？

老板娘答：给客人洗头。

记者问：他在出事之前有什么不同于往常的地方吗？

老板娘答：没什么。就是头洗得有点慢，一个头洗半个小时，把客人都洗睡着了。

记者问：他说这里每天得洗上百个头，三个洗头工，每个人要分摊三十多个头，是这样吗？

老板娘答：生意好我有什么办法。快过年了，谁不想理个精神的头回家。再说，洗头也不让他们白洗，我这是计件工作，多劳多得。洗一个头给八毛钱呢。

记者问：洗那么多头，不怕他们反感吗？他们都说感觉到一个头，两个大。

老板娘巡视了一圈：谁说的？什么叫一个头两个大？什么意思？

一个洗头工说：没人觉得一个头两个大，我们现在都感觉到一个头两个小。

记者好奇地问：一个头两个小？什么意思？

洗头工：现在洗一个头只能赚五毛钱，洗两个头才能抵上原来的一个头。

A

他们带着最后一点儿人民币走进了蚱蜢街的夜晚。

晚上八点，灯火辉煌，蚱蜢街开始了它一天中最具活力的时刻。青年们廉价的夜生活是这里的主旋律，他们打桌球、喝啤酒、吃烤串、骂脏话、蹲在街角看姑娘。李青看着这些曾经熟悉的场景，突然间觉得距离自已十分遥远。他们一路走过逍遥网吧，走过梦缘洗头房，走过豪丝美发厅，走过刘毅家的猪头肉小摊——刘毅他妈已经收了摊，只留下那张暗黑的桌案在昏黄的路灯下，一条铁链把它和路旁的铁栏杆紧紧相连。

他们走在初夜的蚱蜢街上，周围人声鼎沸，和从前没什么两样。没有人愿意多看他们一眼，他们不知道他们今夜即将死去，他们觉得他们只不过是他们之中的一部分而已，他们不像那些穿着暴露的妞，他们不值得他们一顾。他们看着他们，突然觉得他和他们截然不同。今夜，他们将干一件他们永远都不敢干的大事。

刘毅问张辉：咱们到谁家去买烧鸡？他这么问是因为蚱蜢街有两个卖烧鸡的人家，一个是武汉烤鸭店的吴光，一个是刘伟熟食店的刘伟。刘伟曾因为五块钱假钱和张辉大打出手，还扬言要报警，举报张辉花假钱。张辉声称自己是被冤枉的，他说那五块钱是刘伟找给他的零钱，他拿着这五块钱去找刘伟的时候刘伟却没有承认，反而打了他一顿。那时候张辉还没有到饭馆打工，为了追丹玉他节衣缩食，瘦骨嶙峋，根本不是刘伟的对手。他被打得鼻青脸肿，一身污泥。

张辉问：谁家近呀？

刘毅说，刘伟熟食店近啊，就在前边。

李青知道张辉和刘伟的过节，算了，咱们还是到吴光那买吧。

张辉说：就到刘伟熟食店，干嘛非要走远路？

李青扭头看了看张辉，路灯下的张辉面目模糊，你是想……报仇？

刘毅不知道这些事情，他好奇地问：报什么仇？

张辉笑了笑，他摆摆手，走吧。

刘伟熟食店的四周弥漫着一股浓烈的香味，步入这片区域，刘毅恍然觉得正身处于那个放满熟烂猪头的狭小卧室。他看着橘黄灯光下刘伟那张满是胡楂的脸，突然一阵战栗。

刘伟见外面站着的是张辉和李青，愣了愣神，但随即就恢复了正常，像看着所有顾客一样看着他们。为了让自己看起来更加镇定，他点了一支烟，深吸了一口。

李青看着眼前的这对冤家，不由得攥紧了拳头。他不知道接下来会发生什么，他刚刚已经拿定了主意，无论发生什么，他都会站在张辉这一边。

要两个烧鸡。张辉说。

哦。刘伟吐出了一口烟，他在电子秤上称过之后用塑料袋把鸡装起来，递到窗外：三十五块八。

张辉给了他四十块，他少收了八毛，找了张辉五块。张辉接过钱，没有马上放入口袋。他举起钱对着昏黄的灯光仔细观察起来，李青和刘伟屏住呼吸看着他缓慢的动作，像正在看一出惊险的戏剧。

刘伟，张辉看了好一会才把手放下，他问他：那五块假钱的事你还记得不？

刘伟的脸变了颜色，把手放在立在砧板上的刀柄上。

张辉像没有看见一样，仍旧倚在窗口把玩着手中的五块钱纸币，他说：那五块假钱——让咱们俩打起来的那五块假钱，其实是我的。谢谢你没有报警，现在我把这钱还给你。

那张满是油腻的纸币落在了一只没有头的烧鸡上。每一只鸡都该是有头的，但不知道为何就没了头，刘伟忘了他什么时候砍掉了这只鸡的头。他和他的刀每天要做的事情太多了，他不可能每一件事都记得清清楚楚。他拿起那张纸币追到门外，他们已经走远了。他对着他们的背影大喊：拿回你们的钱。他们仿佛没有听见，没有人回头。他们在蚱蜢街或明或暗的路灯下往前走去，在他们前方，是四方酒馆。

B（四方酒馆和张辉的梦想）

四方酒馆曾经毁灭了张辉的梦想，后来又给了他一个新的梦想，但后来的后来，让他永远地失去了梦想。

那天晚上他大嚼着烧鸡说：梦想他妈的算个球啊，不，梦想就是个球，还是漏气的那种。

还没有到四方酒馆的时候张辉什么都缺，就是不缺梦想。那时他还在农村上学，对外面的世界一无所知，对未来的生活充满幻想。去城里买火车票的时候他满脑子都是梦想，他不知道该选择哪一个为之奋斗。等他来到浮城之后才知道自己并没有选择的权利，只有被别人选择的义务。在选择工作的时候很多工作都不选择他，最后，四方酒馆接纳了他。他终于成为一个有工作的人——简称工人。

他每天的工作是端盘子洗碗抹桌子，有时候还要给老板捶捶背。老板名叫鲁胖子，但看上去一点都不胖，这一点让他和个体商户有了本质的区别。就是鲁胖子让张辉又重新确定了梦想。刚来四方酒馆的那段日子他一直处于一个没有理想的状态，每天繁琐无味的工作和生活磨平了他各种奇怪的想法，他开始嘲笑曾经的自己，那个不知天高地厚的家伙，那些可笑至极的幻想，那股蠢蠢欲动的豪气。他每天老老实实端盘子抹桌子，听他妈的话，干活、攒钱、娶媳妇。在这些工作当中他最喜欢的是给鲁胖子捶背。生意不忙的时候，鲁胖子搬一张竹椅，斜靠在椅背上，任他在他身上捶捶打打。这是少有的工人可以打老板的机会。

张辉在鲁胖子身上施展拳脚的时候，他有时会讲讲他的奋斗史。这些故事他反复对张辉讲了很多遍，据他说，他是一个孤儿。三岁的时候他爸死在了煤矿里，到现在都没有挖出来。张辉有时候会插嘴问：那你怎么不挖呀？鲁胖子说：挖个屁，那时候我才三岁，怎么挖？那是黑煤矿，没人挖。张辉哦了一声，不再作声。鲁胖子继续讲述，五岁的时候他妈跟人家跑了。张辉又忍不住问：那你怎么不去追呀？鲁胖子说：追个屁，那时候我才五岁，怎么追。张辉哦了一声，闭上了嘴巴。这之后的讲述张辉没再提出什么疑问，鲁胖子为接下来的故事铺陈了凄凉的前奏之后开始讲述自己的奋斗史：

我十四岁出来打工，干的活和你现在一样，端盘子抹桌子。那时候我勤奋好学，每天干完活还不下班，一有空闲就到厨房给厨师们帮忙，他们都很喜欢我。有时候会教我两手，老板看我好学，把我分到了厨房当学徒。短短一年多的时间我就把所有师傅的手艺学到了家。我还上了夜校，拿了证书。十八岁那一年，我用所有的积蓄开了四方酒馆，那时候它还很小，不及现在的十分之一。在我的精心操持下，它变得越来越大……

鲁胖子不算传奇甚至有些乏味的创业故事反复撞击着张辉，终于撞出了火花。就在那时候，张辉确立了自己新的梦想，他决定以鲁胖子为榜样，攒钱开饭馆。确立这个目标的时候他并没有想太多，比如鲁胖子十多年前打工的时候工资是七八百块，他现在的工资也没有高出多少；比如鲁胖子开饭馆的时候租个铺子是三千多块，而现在租个铺子需要三万多块；比如鲁胖子打工的时候鸡蛋一毛钱一个，而现在的鸡蛋是一块钱一个——当然，有时候一块钱也能买俩。

那时候，鲁胖子讲完自己的老故事之后总会这么说：好好干年轻人，只要肯努力，有得是机会。等再招到人就把你调厨房里去，让你学学手艺。

鲁胖子的话让张辉信心大增。那一天，在滨河公园的草坪上，他兴奋地告诉李青和刘毅：我知道自己该干什么了，哈哈，鲁胖子说了，努力就能成功。

他们不明所以地看着他，这句话谁都会说，不知道为何通过鲁胖子之口说出来就有那么大的魔力，让整天长吁短叹垂头丧气的他突然又变得活力四射。

张辉处于亢奋状态，他对着乌黑的天空大喊：我知道自己该干什么了，我要开饭馆，我要开饭馆……

他们看着他忘乎所以的样子，由衷为他高兴。那年冬天的风冷得不近人情，在那个没有星光的夜里他们没有回家。他们看着广告牌上那些袒胸露背的明星们，缩着脖子充满了向往。几盏彻夜不眠的路灯不知疲倦地照在他们身上。他们高谈阔论，热情高涨，渐渐产生了错觉，忘却了寒冷。

A

路过四方酒馆的时候张辉没有扭头,他目不斜视地走了过去。几天前他向鲁胖子辞了职,鲁胖子并没有挽留他。那天他找到丹玉,在一个拉面馆里向她大倒苦水,那个该死的鲁胖子,我都在这里干了两年了,他总是承诺等招到新人就让我到厨房里跟大师傅学手艺。可前两天那个新来的来了就进厨房了,我还在继续打杂。就因为那小子是鲁胖子的一个远房侄子……

丹玉听了他的讲述,没有像往常一样和他一起骂鲁胖子。她呆呆地坐在他面前,神情恍惚,只是轻轻地"嗯"了一声。

张辉问她,你怎么了?

她想开口笑一下,却怎么也笑不出来,我姐知道我和你在一起了,她让我离开你,她要把我送回老家去。

张辉最终没有留住丹玉,因为一时的软弱他永远失去了她,甚至在她走的那一天他都没敢去送她。李青在接受采访的时候说:丹玉她姐是道上混的,没人敢惹他们。她不想让丹玉找个外地人,她把丹玉送回老家相亲去了。末了他又宽容地说:其实混也没什么,都是为了生活。

他们在路边商店买了白酒和啤酒,又回到了滨河公园的草坪上。坐下来之后,他们开始吃喝。最后一顿晚餐,有酒有肉,是每一个农民向往的生活。在很小的时候他们都曾因为得到一块肉而欣喜,他们的父母在厨房里有肉的时候总是一脸满足。做好饭之后,他们会刻意到人多的地方去吃,以便让大家知道,他们在吃"好哩"。

"好哩"——不是说吃就能吃的,也不是所有人都舍得吃的。

这会儿,他们吃着"好哩"。

张辉把白酒倒进从商店要来的纸杯里,递给刘毅和李青。刘毅接过来一饮而尽,辣得他直伸舌头。李青把酒杯放在手里,迟迟不往嘴里送,他从不喝白酒,啤酒都很少喝。

喝吧,张辉说,男人不喝酒还叫男人吗,都快死了,再不喝永远都喝不上了。

李青说,我不喜欢酒精的味道,我怕被它麻醉的感觉,我们已经活得够混沌的了。

张辉骂了句,算了,就你懂得多,整天还感觉感觉的,要什么感觉?来,刘毅,咱们喝。

他又给刘毅倒了一杯,刘毅毫不犹豫地端起杯子,再次一饮而尽。他被辣得眯起了眼睛,不住地咂着嘴。他也不喜欢酒精,但他喜欢喝酒,他觉得这很男人。他继父从不让他喝酒，他也不敢在外面偷喝。现在，他在酒精的刺激下有一种胜利的喜悦，尽管感觉不太舒服。他又给自己倒了一杯，端着酒杯，他提议道，就快要死了，咱们说说各自喜欢的人吧。

张辉说，我谁也不喜欢，就喜欢丹玉。

刘毅说，知道你喜欢丹玉，问的是你心目中最喜欢谁，你最想和谁上床。

张辉说，我就是心目中最喜欢丹玉呀，我最想上床的也是丹玉。那些明星，我也就是说说，她们看起来就一副很好上床的样子。

大家抬头看着广告牌。

你呢？你最想和谁上床？张辉不服气地问刘毅。

刘毅好像早就准备好了答案，就等人问他了，他一脸憧憬地说：我最喜欢小多，也最想和她上床。你看她穿短裙的时候，你肯定没有见过像她那么漂亮的女孩——不过你已经见过她了。她的头发染得像外国人一样，虽然我不知道到底像哪国人，但我觉得，那肯定是一个美丽的国家，那个国家的人都有这么一头美丽的头发，他们谁也不会笑话谁，谁也不会欺负谁。因为，他们的头发是一样的。

张辉说：净说废话，咱们国家也是一样的头发呢。

可是……可是，咱们有好多人染头发啊，你看看我。刘毅指着自己的头，认真地辩解道。

张辉没有再追究下去，他问李青：你呢？

李青一时间不知该如何回答，他原本想说小多的，被刘毅抢了先。他想起曾经喜欢过的女孩，在中学的时候倒是有一个，但他早已经不喜欢她了，甚至他想起自己曾盲目地喜欢过这样一个女孩就觉得一阵羞愧。在他认识夏夏之后，更是如此。他想不到世界上还有这样的女孩，她说的每一句话都让他惊叹不已。她知道的那么多那么多，相比之下，他就像一只井底之蛙。那段时间，他一有时间就泡在网吧，在网上一点一点地增加对她的爱慕。后来，他们约定见面。在一家咖啡馆里，他见到了她。他穿上了自己最满意的行头（那件冒牌 Kappa 和一条黑色牛仔裤）。这是他第一次到这种地方，他黑色的旅游鞋踩在咖啡馆白色的地板上，地面上晃动着他的影子——一个局促不安的少年。她站起来向他挥手，含齿轻笑。她白色的运动服让她看起来像是一个纯洁的高中生，随后他了解到，她确实是一个高中生。她为他点了一杯卡布奇诺，他在略带苦涩的氛围中初识咖啡与姑娘的味道。那次约会之后，他不顾一切地说爱她。她对他的纠缠不厌其烦，和他断绝了联系，把他的 QQ 列入了黑名单。

那是他第一次遭遇这种事。后来他就习惯了。

她们对他说的最多的话是：我们不合适。

他知道，这个"不合适"其实就是地域上的不合适——地域上的不合适否决了所有的合适，让一切变得都不合适。

他是城市的客人，而她们，是主人。

刘毅还在追问，李青，你最喜欢谁呀？

蒙娜丽莎。

蒙娜丽莎是谁？

是一幅画，张辉说。他看着电影海报上的女人，又喝了一口酒。

他们喝酒的时候，李青对着漆黑的天空哼起了歌，他歌唱的嗓音浑浊喑哑，像一只深陷泥潭无法自拔的野鸭子。刘毅听着这段陌生的旋律，问他：这什么歌，怎么没听过？

李青说：我也不知道。随便哼哼的。

刘毅说：随便哼哼有什么意思呀，周杰伦又出新专辑了，你应该唱唱他的歌。

李青笑了笑，他没有听从刘毅的建议，继续唱着自己无名的歌曲。类似的话有很多人对他说过。在网吧上网的时候，所有的人都在玩游戏，只有他一个人看着那些网页，打开一个又关掉一个。小多看着他反复如此，像是永远也干不完这种事情。她对他说：你应该像他们一样玩玩游戏，这样时间会过得很快。

他同样没有听她的话，仍旧固执地进行着对这个世界的认识，虽然每多一些认识他就多一些惆怅。有时候他也禁不住怀疑自己：也许你真该像他们一样，唱总是在变的流行歌曲，玩无穷尽的游戏，停止思考。

好像有人说过，不思考，是所有事物的幸运。他想了好久，也记不起是哪位圣贤说的。

他又少了一个劝慰自己的理由。

啦啦啦啦啦……

他欢快地唱着，死亡前的阴霾被一扫而空。张辉喝完最后一杯酒，看了最后一眼海报上的女郎，对他们说：唱完这首歌，咱们就去死吧。

刘毅问：到哪死？

张辉指着蚱蜢街外的龙城超市说：就那儿。

李青的歌声大了起来，刘毅突然觉得旋律异常熟悉，只是他怎么也和不上来。

B

龙城超市仍旧如往常一样，没有记者光顾。大家并不知道龙城超市和死者的关系，他们在这里没有死成。

龙城超市是这座城市连锁店最多的超市，几乎有街区的地方就有龙城超市。虽然蚱蜢街一带住的都是进不起超市的人家，但在蚱蜢街外的大道旁仍有这么一家。

蚱蜢街外的龙城超市楼高五层，张辉把跳楼地点定在这里，凭直觉判断，他认为五层楼足够把人摔死了。上楼的时候是晚上十点钟，超市已经打烊了。他们拿着一截绳子从楼梯往天台上走。绳子的作用张辉告诉过李青和刘毅，是为了把他们的腿绑在一起，以便实现他们"同年同月同日死"的愿望。上楼之前张辉对他们说：咱们今天一起死了，投胎的时候还能一起投，到时候我们还能做兄弟。等那时候，哥开一个饭馆，你们饿的时候可以到我这免费吃饭；李青你开一个理发店，我和丹玉头发长了到你那免费理发；刘毅开个熟食店，咱们可以合作，你给我的饭馆送猪头肉。

刘毅抗议道：我不想卤猪头，我也想当孩子他爹。

李青并没有告诉他们其实自己也不想开理发店，他只是提醒张辉，丹玉可不和我们一起死，到咱们投胎成人的时候她都可以当咱妈了。

张辉申辩道：妈怎么了，妈就不理发了？

他们从楼梯上小心翼翼地往天台进发，生怕惊动了超市里的工作人员。他们很少来这个超市，来了也不怎么买东西，他们拿着一瓶矿泉水站在那些推着满满一车子商品的人群之后总觉得自己出现在这里是如何的不合时宜。现在，他们即将借助这栋楼的天台死去，李青手抚着楼梯上的栏杆，向这栋楼的建造者表示由衷的谢意，他知道，都是老乡建的。楼道灯光明亮，他们却看不到自己的影子，四处闪耀着白色的光点，周围的世界看起来一片圣洁。

遗憾的是他们最终没能如愿，这栋楼不适合他们生存，同样不接纳他们的死亡。他们在走上五楼的时候发现通往天台的门被锁死了。张辉叹口气说，我们来晚了。李青说，他们下班后都会把这门锁住的。刘毅懊恼不已，他在空气中挥舞着拳头说，我们早点来就好了，妈的，怎么连死都那么难呢？

A

他们又回到了滨河公园的草坪上，地上又新添了几摊狗屎，他们踮着脚走回刚刚的位置。喝空的酒瓶和纸杯仍在，临走前的半只烧鸡已经被狗叼走。李青猜测叼走烧鸡的一定是条野狗，那些狗主人才不会让自己的狗吃捡来的东西呢。

张辉说，算了，明天早点去吧。

李青点了点头，应了声嗯。

刘毅有些急了，他嚷道：就这么算了，咱们好不容易下定决心要死的。

张辉说，那怎么办？总不能到你家跳吧？你家的平房也摔不死人呀。

刘毅说，要不然咱们喝药吧，我家里有药。

张辉同意了他的提议，好吧，既然要死就别挑死法了。再说，喝药死虽然慢一点，但也比跳楼好看点。那就喝药死吧，你去拿药，我们在这等你。

好，就这么办。刘毅高兴地往家里跑去。在回家的路上他很有成就感，觉得自己在这次自杀行动中起到了决定性的作用。回到租住的平房时妈妈和继父正在看电视，看见他回来他们没有说话，甚至连头都没有抬一下。他径直走进自己的小屋，从那个放满猪头的柜子里取出一只装有白色颗粒物的小瓶子，放进了上衣口袋。

出门时继父看了他一眼，问他，这么晚了你还要去哪？

他原想大声反驳一句"关你什么事"，但话到嘴边却怎么也说不出来，只是诺诺地说：去上个厕所。

嗯，去吧。

刘毅如获大赦，一路飞奔回滨河公园。他把瓶子交给张辉，说，用水冲一下就可以喝了。

张辉摇了摇,那些白色的颗粒在瓶子里跳跃。这些小东西叫亚硝酸钠,是刘毅家用来做猪头肉的。张辉从地上捡起一只空酒瓶说:我去那边公厕里接些水,你们等我一会儿。他把那只小瓶子里的颗粒倒进酒瓶,向不远处的公厕走去。

十点钟之后的夜晚凉意袭人,晚风送来一阵奇怪的味道。李青站起来,看着身后的花坛想,再过些时候就该有花开了,也许那时的空气会好闻一些。张辉把药冲开了,他拿着酒瓶对他们说,我是哥,我先喝下去了。兄弟们,咱们死的时候手拉着手,投胎的时候也一定会手拉着手投的。

刘毅说,拉着手投胎太难了吧,三胞胎也不好养呀。

李青笑了起来,张辉没有理会这个玩笑。他说,哥先喝了。他仰起头把瓶子里的液体灌进胸腔。刘毅紧张地张大了嘴巴看着他,别,别喝了,你都喝完了。

张辉停下来,看看瓶子里剩下的药水说:没喝完,还有一大半呢,给你。

李青从张辉手里接过酒瓶,他没有犹豫,把瓶口放进嘴里。略带咸味的液体涌进腹腔,带来了独属于死亡的味道,他还没有细细品味,就给刘毅抢去了瓶子。刘毅抱着瓶子,都要被你们喝完了,我喝什么?你们都死了,就剩下我自己怎么办?

李青说，我还没喝多少呢。

刘毅不和他争辩，仰起头喝了起来。滑腻的液体顺着他的喉咙一路向下，发出欢快的号叫。咕咚，咕咚，仿佛潮水淹没了天空。

喝完了所有的毒液之后他们并排躺在草坪上，静静地等待死亡。刘毅说死这回事人一辈子只能经历一次，咱们可得好好体会。他双手枕在脑后，看着漆黑一团的天空，心想今天没有星星可真遗憾，天空多一点亮光总归好看一点。

李青看了看两旁的张辉和刘毅，他决定死之前什么都不想，只想死这一件事。但当神智渐渐模糊的时候，他还是想起了他的QQ账号，和那些没有见过面的女孩。张辉和刘毅已经开始抽搐，他们呼吸急促，在地上来回翻滚。他们胡乱挥舞着手臂，似乎想说什么，却说不出完整的句子。看着他们痛苦的样子，李青的呼吸也越来越困难，在尚有一丝清醒的时候，他拿出手机拨打了120。

B

李青在医院醒来的时候，看见了一个天使，她对着他微笑，他也笑。这是他第一次进这么大的医院，他躺在柔软的床上，掐了下大腿，真切地感觉到自己的存在。然后他知道了一个消息，那个天使告诉他的，他猛然惊觉，原来天使带来的并不一定都是好消息。

她说：另外两个没有抢救过来。

他哭了。

李青出院之后受到了各方关注，记者们堵在他的出租屋里，反复问着他同样的问题。他只用一句"活得太累"敷衍他们。他们给他请了心理医生，面对那个慈眉善目的老头，他只能说自己"喜欢活着"。清净下来之后他去了一次刘毅家，他想再看看刘毅。张辉的骨灰已经被送回家乡，刘毅的骨灰被放在他们的出租屋里，他继父说过年的时候再把它带回去。李青在那个放猪头肉的柜子里看到了盛放刘毅的骨灰盒，他不顾刘毅继父的反对把骨灰盒从柜子里拿出来。刘毅说过，他最讨厌猪头肉。李青在那个狭小的屋子里转了好久，也没有找到一个合适的地方放下骨灰。最后，他只得把它放在了床底下。他想刘毅会理解他的，属于他们的地方太小了，他们没得选择。

李青辞去了豪丝美发厅的工作。他很少再到网吧去，有一次他鬼使神差地坐到了电脑前，准备登录QQ的时候他停了下来，他想起自己最后一条签名。他决定永远不再登录这个账号。他不想让人们认为这世上有鬼。

C

　　逍遥网吧是我最喜欢的地方，就像小时候喜欢家乡那条奔流不息的大河一样。后来，那条河沿岸建了很多水坝，现在，连水也没有了。街上仅存的几盏路灯像往常一样亮起来的时候，我知道自己在网吧又泡了一天。手指因为打字有些酸痛，我把那篇居心不良的文档保存下来，关掉所有网页，在电脑因为余额不足关闭之前站起来。

　　我转过头，僵硬的脖子"嘎巴嘎巴"发出响声。旁边的两个家伙还在游戏里浴血奋战。

　　辉哥，刘毅，我们去吃饭吧。

　　吃什么？

　　猪头肉。

　　我率先走出门，刘毅不情愿地跟出来。

　　小多今天的裙子挺漂亮，刘毅眨巴着眼对我说。

　　我没有停下来，也没想折回去看一看。我们走进蚱蜢街的夜晚，瞬间被热浪淹没。

不灭的少年

想起亮亮的时候，我正在床上。女友躺在一旁，已经喋喋不休地说了一个小时，我不知道她在说什么，大概她也意识到了这点，生气地挠我痒痒。我受不住痒，翻身摁住她的双手。阳光从窗帘的缝隙打在墙上，晃动的阴影一次次将它遮住。我抬起头，有只像蜜蜂一样的昆虫隔着玻璃看我。从它漆黑的眼睛里我看到自己骑在一个人身上，正不知所谓地重复着同一个动作。这时我突然想起亮亮，若干年前我也曾这样骑在他的身上，我用一只手按住他的双臂，防止他胡乱挣扎，另一只手拍着他的头，他的脸，或者揪他的耳朵。他的脸憋得通红，瞪大的双眼几乎要迸出眼眶。我又打了一巴掌，问他："服了没？"

"服了服了服了服了……"他求饶的语速像往常一样快，没有人知道他究竟说了多少个"服了"，但所有人都知道他根本不会服。

"揍他，接着揍。"我的伙伴们站在四周的坟墓上，为我呐喊助威。我们身处的墓园失去了往日的寂静，树上的鸟四散飞去，秋后的落叶像地毯一样铺满地面，我们一动身下的枯叶就"吱啦吱啦"响个不停。亮亮的半边脸被我按进落叶，只剩下一只眼睛盯着我。枯草中的爬虫四下弹跳，只有他不能动弹。

他兀自喊着"服了"。

我都有些累了。亮亮也不再挣扎，他只等着我们玩够了好将他饶恕。他脸上满是汗，头发也湿了，一缕一缕贴在脑门上。他像往常一样被人骑在身下，轻松地喘着气，他根本不在乎到底是谁骑在他身上。遇到我们这群大点的孩子，他从不反抗，而我们似乎一直都在打他——我们在放学的路上打他，在丰收后的田野里打他，在他家门前打他，甚至，在他爹的坟前打他——因为他欺负小孩，因为他偷瓜摸枣，因为他是外来户，因为他没爹没娘——我在这里打他，因为他在爷爷的葬礼上高声谈笑，语出不敬。在入葬前的酒席上，他舔着油腻的手指头对同桌的客人说："死个老的吃顿好的，这话说得真不错。好久没吃肉了，这老头不死到哪儿吃去？"

我从他身上站起来，说："算了。"

玉驹从树上蹦下来："别急啊，他那样说你爷爷，就这么算了？"

"那他妈怎么办，你说怎么样才能算了。杀了他？你敢吗你？"

亮亮正要起来，玉驹按住他的胸口，骑在他身上。他拍着亮亮的脸说，"别急啊孩子。"他抬起头，"我有病啊我杀他，我就拿他做个实验。"他看着亮亮，"你同意吗孩子？"

亮亮动了动侧着的身子，以便能更舒服地躺在地上。他转了转眼珠，说："随你便。"

"好孩子。"玉驹转过头，对他弟弟玉翔说："把蜂窝拿过来，老弟。"

玉翔用两根棍子夹着一个马蜂窝走过来。蜂窝很大，能看到里面白色的蜂蛹，仍有一些大马蜂萦绕其间不肯离去。玉翔把蜂巢放在地上，几只大蜂慢慢地落在上面。快，把镊子拿来。玉驹说。玉翔从口袋里拿出一个睫毛夹，小心翼翼地从蜂巢上夹起一只大蜂。玉驹在亮亮身上晃着身子，大声招呼我们："快来看呀，不要门票不要钱，不要你买我的十三香，免费杂技免费看，都来看我的科学实验啊伙计们。"

大家围拢过来，把玉驹兄弟二人和亮亮围在中间，问他什么实验。

玉驹从玉翔手里接过镊子，看着镊子上挣扎的马蜂说："都说马蜂蜇了人就死，你见过没？没见过！今天就让你们见识见识。"

亮亮看着那只大马蜂，似乎意识到玉驹所说的实验是什么了。他说:"要弄你他妈快点弄,啰唆个鸟啊。"他的语速还是那么快,不注意都听不清他说了什么。

玉驹笑了:"咱们的小白鼠都等不及了,那就开始吧。"

镊子朝亮亮送过去,亮亮半闭上眼睛,等着接下来的疼痛。镊子在他脖子上方停住,玉驹抬起头问大家:"咱们蛰哪呢?"

炸开了锅,说什么的都有,胳膊、屁股、大腿、鸡鸡、脸。

"好,既然说脸的多,那就蛰脸吧。"

玉翔按住亮亮的头,镊子落在汗透了的脸颊上。亮亮没有叫,他感受着那些细腿抓在脸上的感觉和那根毒刺扎进皮肤的瞬间。他把身下的落叶攥在手里,他没有叫,甚至没有动一下。蛰人后的马蜂被扔在地上,没有人再关心被蛰的人。大家看着那只马蜂,等着看它接下来的死亡。

它的翅膀破了。

它飞不动了。

它仰躺在地上。

它的脚在虚空中不停地扒。

它什么也抓不住。

它终于明白这是徒劳的。

它渐渐不动了。

它死了。

"嗨！真死了。"

"真死了嗨！"

大家笑起来。我回头看亮亮，他已经不在那里了。

"让我翻个身吧。"她说，"你压得我难受。"

"别动，就这样。"我抬头去看那只虫子，它飞走了。

下起了雨。亮亮从雨中跑过。

下雨的时候我站在家门口，朝东望去，是一片树林，仅仅相隔百米，在雨里看来却显得遥远又神秘。灰蒙蒙的树林里似乎随时会窜出什么未知的东西。林子里有一座小房子，像普通人家的厨房一样大小，房顶上常年堆放着一蓬茅草，这使得屋子看起来就像是林中的一颗大蘑菇。树叶几乎落光了，雨雾中的树林死气沉沉，这颗蘑菇反倒像是正在生长。亮亮和他奶奶就生活在这朵蘑菇里——还有那条皮毛斑秃的老狗。亮亮踩着凳子，把房顶晒干的茅草往屋里搬。他奶奶站在门口，不住地督促他快点。这位老人背驼得厉害，她站在门口，手一伸就能碰到地面。那条老狗和她并排站着，已经快有她高了。亮亮手忙脚乱地把那些干草弄到他们狭小的厨房。不一会儿,房顶升起袅袅的烟,他们开始做饭了。

我上学要从他家门前走过,叫上住在东边的玉驹一起去学校。他奶奶养了一些鸭子,门前经常湿漉漉的,经过时一不小心就会踩到一脚泥或一脚屎。我每天中午从那里走过,他们有时候在门口吃饭,有时候亮亮一个人坐在地上玩扑克牌。往屋里看一眼,只能看到漆黑的一团,屋子里只有一张床,上面堆满衣物,不知道亮亮和他奶奶怎么在上面睡觉。他们以前不住在这里,不知道什么时候这里突然多了一座房子,应该是亮亮他爸死后的事情。我以前也不认识他,他原本住在南面不远的一个小村子里。第一次见亮亮,是在他爸爸的葬礼上。他是喝酒喝死的。因为死法奇特,所以下葬那天人们争相观看。亮亮亲眼看到他爹是怎么死的,那天晚上他和爸爸从亲戚家回来,他爸喝醉了。他拒绝别人送他回家,他说他儿子会把他送回去。他们走在马路上,亮亮扯着他的衣袖往回走,没走几步他突然向路中间倒下去。"我没有拉住,"亮亮说,"他的袖子太滑了。"在即将倒下的一刻,一辆汽车从后面开过来,把他彻底撞倒了。一些腥热的黏合物溅在亮亮脸上,他把这些东西从脸上擦下来,他还没搞懂是怎么回事。他试图把他爹从地上叫起来,但是没有得到回应。

有人的头盖骨被撞碎了。

撞人的车是辆奥迪,那时候我不太懂这车有什么特别,但大人们都说这下亮亮家发财了,要赔不少钱。可结果是他们一分钱都没有得到,肇事者听亮亮说那晚他爹喝了三瓶白酒,一口咬定人是喝酒喝死的,在被撞之前就已经死了。他们闹上法庭,法官判他们解剖尸体取证。化验的结果像肇事者所说的一样,死因是因为醉酒。这样一来肇事者最多算是破坏尸体,他只给花钱做了个头盖骨。据说是陶瓷的,我没有看到。

下葬那天,我们在人群中钻来钻去,等着撒丧饼的时候抢点儿吃。亮亮披麻戴孝走在棺材前,看起来一点都不难过,而是对当时的情况感到新奇,就像在我爷爷的葬礼上一样,他甚至有点手舞足蹈。听到我们说要抢丧饼吃,他以主人家的身份警告我们,他爹的丧饼不允许外村人抢。他当时一定想不到现在会客居在我们村,在这里,我们才是主人。他爹死后不久他妈就走了,并且从此再没回来过。于是亮亮成了孤儿,他奶奶成了孤寡老人,他们合起来则被称为孤儿寡母——县里的领导是这么说的。县里的领导常来这里送温暖,我们总能在电视上看到他们。在县电视台的新闻里,领导们弯着腰,把一壶油或者是一袋面粉交给亮亮的奶奶,轻抚着亮亮的脑袋,对他们说:"我们会常来看你们的。"他们从未食言，一旦县里的新闻没东西可播了，他们就会提着一壶油或者一袋面浩浩荡荡地来到这里。

"别闹。"她说，"大白天的。"

我低下头，用舌尖轻触她身上鼓起的部分，我对它已经十分熟悉，这一次，它让我想起亮亮被马蜂蜇过的脸。

我从他家门前走过。亮亮脸上的包还没有消失，半边脸都是红肿的。他奶奶从邻家的产妇那里弄了些奶水，一点点抹在那油亮的包上。我走过时老太太叫住了我："唉，那孩子。嗯，就你。"她好像从来不记人的名字，叫我们从来都是"那孩子"。她问我，"你知道老亮的脸是怎么弄的不？"

"是马蜂蜇的吧？"我说。

"我当然知道是马蜂蜇的了，我是问马蜂为什么蜇他呢？马蜂不蜇我？不蜇你？不蜇狗不蜇鸡？怎么偏偏蜇这个没爹没娘的孩子呢？"老太太站在亮亮身旁，像个精神病人一样一边说话一边用手拍着地面。她脸上深浅纵横的皱纹，像一件粗糙的泥人作品，她说着话，被皱纹切割成一条条的皮肉似乎随时会掉下来。我想到那些板结的土块。一件黑色的、仿佛清朝时期的半长褂子永远罩在她的身上，黑色的裤子，黑色的头巾，还有黑色的鞋,她一直都是这样一身黑。只有袜子是白色的。她已经吓哭过不少小孩。晚上,她站在林子边上,只有一个模糊矮小的轮廓。她的狗喜欢和她站在一起,他们像是从遥远的童话里走出来,站在那里,吓哭了经过的孩子。

她絮絮叨叨地数落我,她养的鸭子也跟着嘎嘎大叫,老狗慢慢走到鸭群旁,它似乎把看管这些鸭子当成了自己的任务。看得出来,亮亮同样对他奶奶不耐烦,"我告诉你几遍了我捅马蜂窝马蜂就蜇我。马蜂不蜇你有本事你也去捅捅。"亮亮歪着头,用没被蜇的半边嘴说话。失去了半边脸他的语速依然很快。我一点也不惊奇他没有告发我。有人揍他,他从不说出去,他打了那些小孩也同样不会承认。欺负小孩的感觉一定很不错,他不止一次为此被打。如果是有哥哥的小孩,或者是邻家哥哥,就会为他们出头,把亮亮揍上一顿。而他永远都学不乖,他明明知道那些孩子有人庇护,却非要去招惹。他大笑着玩弄他们,让两个男孩脱了裤子,冲着对方撒尿;让一脸鼻涕的男孩猛然亲上某个小女孩一口,任他们大哭大叫,他看着这些,笑声像泪水一样溢出来。

那些弟弟妹妹被欺负了的人,从没饶恕过亮亮。殴打会变得乏味,用脚踹、用拳打,用拳打、用脚踹——

干这些只能证明自己有多么无趣。于是,惩罚变得多种多样。就像我们对蛤蟆所做的一样——关于这种动物,如果你叫它蟾蜍,没有人会笑话,关键在于你能不能把它们的肚子剖开,在里面放上各种捡来的药片,然后用你母亲用来做鞋底的针线缝上,看它几时死去。科学成果就是这么得出来的——某药比某药的毒性更大。一只活蹦乱跳的蛤蟆,如果不被踩死在路上也许会这么一直蹦跶下去,被踩死的蛤蟆全都一副模样,眼睛突出,舌头从嘴里吐出来,像个馋嘴的孩子。如果有人的鞋底足够硬,它会看起来更加嘴馋。一把刀子能干多大点事?一个杀猪的用行动告诉我们,即使某人一辈子和这堆铁片在一起,也弄不清楚它们到底能解决多少事情。他一辈子用刀来杀猪,终于有一天,他发现自己低估了这些刀子。他拿起其中一把刀子,把一只蛤蟆的皮从头到脚完完整整地剥了下来。这张皮贴在了他儿子患病的大腿根上。那只全裸的蛤蟆被扔在门口的粪池里,一身纵横交错的毛细血管暴露在外,无数只苍蝇试图落在上面,都没有成功。苍蝇飞来,它就潜入水下,因为疼痛,过一会儿它又缓慢地浮上来。它在稀释的牛粪中游了一个下午,最终死在那里,被苍蝇爬满全身。当然,它不是唯一的一个。我们、我们也有刀子。如果有人干不了这些,他会听到笑声。

蛤蟆被吊在树枝上。各种各样的蛤蟆：缝上肚子的蛤蟆，吐出舌头的蛤蟆，没有四肢的、赤身裸体的、开膛破肚的。这么多蛤蟆，都有一双红眼睛——大人们说蛤蟆和人一样有好有坏，红眼睛的蛤蟆，全是坏蛤蟆。这么多红眼睛的蛤蟆，都是死的，只有一个活着，那是亮亮。

把亮亮吊在树上，不是一件容易的事情。首先，需要一根结实的绳子；其次，树枝要足够粗而且不能太高，还得找那么一堆人，多到能把亮亮升到半空。亮亮虽然不是胖子，但个头很高，人少了无法完成这件事情。他不会像蛤蟆一样不懂挣扎，相反的，他深谙此道。但还是有人干成了这件事，他得到了大家的称赞，亮亮被吊在了树上。

亮亮和蛤蟆，他们被吊在树上。任苍蝇在周围嗡嗡飞过，任我们用棍子敲来打去。亮亮和蛤蟆，他们越来越像。蛤蟆怎么交配，谁也不知道，我们连人怎么干都不太清楚，直到有人告诉我们。一个比我们大上几岁的家伙，在树林里得意地给我们示范了一次。他攥着自己的小弟弟，反复套弄，最后射在树干上。在我们没有爱上这项运动之前，我们还不知道这究竟算怎么回事，这其中的原理又是什么。

"这就是'侃熊'。"他说。

他们管这个叫"侃熊",这帮学坏了的中学生。在他的带动下,所有人都侃起熊来。我们站成一排,有的人则坐在沟沿儿上,大家攥着那话儿照猫画虎。秋风从树木的空隙中吹过来,树上的蛤蟆和树叶一起晃动。亮亮双手扒着树枝,腰上系着绳索,为了减轻压力双脚向上拢着,他在地上的影子和那些蛤蟆没什么两样,只是大一点而已。有人已经完事了,当然,也有人一直没动静。或许他们回到家钻进被窝会再试一次,估计结果一样好不到哪儿去。他们想破脑袋也别指望体会到这其中的乐趣。他们已经听到笑声了,连亮亮都笑了起来。有人恼羞成怒,踢着树上的亮亮:"你有种下来。"

我们的导师,那位侃熊老手,他说:"你们都弄不出来,老亮这种小屁孩就更别提了。"

恼怒的人不会善罢甘休,他们把亮亮弄下来,脱了他的裤子,让他弄。亮亮没有反抗,他似乎也想试试。我们三三两两坐在地上,看亮亮捏着他那还没长毛的嫩鸟。没人指望那只小嫩鸟能有什么表现,即使它慢慢硬起来了。结果出人意料,那帮恼怒的家伙更加恼怒,亮亮不光弄出来了,而且比谁都多。

有人开始质疑我们的导师:"这么大的也行?"

侃熊老手冲着亮亮的屁股踹了一脚,说:"这狗发育得太早了。"

亮亮倒在自己的秽物上，他的上衣被弄脏了。他不止一次这样倒在地上，有时候弄脏的可不仅仅是上衣。他和大地是如此亲近，他最后一次被压在地上的时候，我也在场。他被两个人压在河岸上，我们路过的时候停在那里看。我爬到一棵树上，看看远处的羊群，再看看地上的亮亮。那似乎是一个春天，我们的心情格外舒畅，一切看起来都是那么恰到好处。我哼着歌，俯视着下面无聊的游戏。亮亮被压在地上，时不时说上一句服了，还有比这更正常不过的事情吗？我怎么也想不到这会是最后一次看到这么正常的事情。

那两个人把亮亮压在地上，干着乏味的事情。亮亮究竟打了他们弟弟还是妹妹，没有人关心。这时候玉翔骑着一辆摩托车经过，他的小短腿刚刚能挨着地面，就迫不及待地骑上了他家的125。他停在我们面前，饶有兴致地看着亮亮被揍。他和亮亮一样年纪，却比亮亮矮了一头，如果没有人帮忙，他永远都别想碰亮亮一下。

亮亮趴在地上，那两个家伙在后面踢他的屁股。亮亮早习惯了这种动作，连哼哼都懒得哼哼。为了趴得更舒服些，他的手放在头上方的石子路上，以便支撑自己的身体。在右上方，是玉翔停下的摩托车，摩托车的前轮正对着亮亮的左手。玉翔勉强支撑着车子，看着车轮前亮亮的手，他对摁着亮亮的人说："你们摁住了哈，看我从他手上轧过去。"

其中一人抬起头看了看玉翔:"你快别吹了,你敢吗?回家玩鸡鸡去吧。"

"谁不敢?你说谁不敢?"玉翔叫道,"我轧他就跟轧只蚂蚁一样简单。"

"嘿!你敢轧是吧,你敢轧我就敢摁。"

"你摁住了我就轧。"

"好好好,有种你轧。"

他们不再打亮亮,把他的手按在石子铺成的河岸上。玉翔拧着油门,排气筒冒出一股黑烟。他脚尖撑地,车轮慢慢向前移动,当快要碰到亮亮的手时又往后退一下,或者车轮向外一偏。发动机嗡嗡的声音像苍蝇一样令人生厌,亮亮似乎有些怕了,他一面低声说着什么一面想把手抽回去。那两个人摁得很紧,他们笑着,觉得这样挺有意思。

"轧呀轧呀,哈哈。"满世界都是笑声。

玉翔很得意,他听着周围的喝彩,熟练地操控着车把。"我轧,我轧,我轧轧轧。"转动的车轮时快时慢,在那只手的左右四周划出车辙。亮亮的手,那只被摁在地上无法动弹的手,紧握成拳,一直在颤抖。那是亮亮在用力,他想把它抽回去。黑色的车轮离手越来越近,眼看就要从上面轧过,亮亮会不由得咬一下牙齿,眉头随之一皱。车轮总是在这个时候突然后退或者往外一拐，灵巧地越过亮亮油黑的手，再一次回到原地。

我坐在树上，看着玉翔一脸得意地玩着这个新游戏，我想，亮亮会慢慢习惯的。我看着前方，越过他们的头顶，是一群正在吃草的波尔山羊。这些从远方引进而来的山羊，我之前从未见过。它们是如此丑陋，一身咖啡色的皮毛，耳朵上挂着塑料吊牌，头上光秃秃的，没有角也没有胡须。我甚至不愿意承认它们是羊，这么想的不止我一个，很多人和我一样，把它们看作入侵者。它们被人从遥远的地方运到这里，只为吃我们的草，占用我们的休息时间——让我们在星期天去放养它们。这丑陋的造物进食慢得像蜗牛，从天亮吃到天黑，回家的时候还有可能吃不饱，有时候我们会因此挨骂。亮亮家也有一只羊，但不是波尔山羊，是本地的一种羊，直到现在我还不知道它是什么品种。我在羊群中看到它了，它雪白的皮毛，弯而长的角，一眼就能认出来。更显眼的，是它的双角之间系着一朵塑料花，红的，很多花瓣重叠的一朵花，这只羊戴了很多年，如今依旧新鲜。

戴花的羊，哈。

亮亮被摁在地上，被一个车轱辘吓得满头大汗的时候，他的羊依旧在悠闲地吃草。它没法过来瞧瞧他的小主人，这个每天把它固定在一块草地上的人。它只能吃方圆两米之内的草，绳子只有这么长。绳子的一头系在羊脖子上，另一头系在一根粗长的铁锥上。放羊时，亮亮一手拿着铁锥一手拽着绳子，把羊牵到河岸上，选一块好草地，把铁锥插入泥土，为了不被挣脱，亮亮会找一块砖头，把铁锥深深地夯进大地。这样，无论他的羊怎样向往另一块草地，也无法挣脱他的安排——就像他现在的处境一样。他的手仍在抖动，他一直没有放弃挣扎，但看得出来，他已经不像刚刚那么紧张了。他只等玉翔玩够了好站起身来，活动一下麻了的手脚。遗憾的是，他没有得到这样的结果。

　　正看羊的时候，我突然听到尖叫。玉翔和他的摩托车冲进羊群，那些波尔山羊四散惊逃。我低头去看树下，首先看到的是刺目的红色。亮亮已经站起来了，他胸前一片血红，他右手握住左手的手腕，放在胸前。血是从左手流出来的，我终于知道玉翔和他的摩托车都干了些什么了。亮亮的左手血肉模糊，四根手指皮开肉绽，有一些皮往外翻着，血从皮肉的缝隙中渗出来。中指的指甲几乎要掉下来，只有一些皮肉连着。有一两分钟，亮亮站在那里一动不动，他张大了嘴巴，却没有发出任何声音，从嘴里吐出来的只是呼呼作响的气流。那些叫声，是围观的众人发出来的。那两个摁住亮亮的人叫得最凶,其中一人的脸上布满血点,像我们刚刚长出的青春痘。

那是亮亮的血。

叫声平息前,一切都是静止的,没有一个人动,空气中只有流动的声音。后来,开始有些小点的孩子往村里跑,他们也许是告诉大人去了。玉翔扶着摩托车,愣在那里。羊群跑到了更远的地方,只有亮亮的羊还在原地,它停止吃草,惊慌地看着我们。大家不再叫喊,玉翔终于回过神来,他咧开嘴想笑一下——像往常一样,轻松地笑一下。但他那咧开的嘴里没有发出笑声,什么声音也没有。他做出的表情也不像是笑,这种奇怪的表情,我从此再没见过。他还在嘴硬,他说:"你们,看……看到没,谁……谁还说老子不敢……"

亮亮从喉咙深处发出的吼叫打断了玉翔,这样的嘶吼,我只在电视上的动物世界里听到过。他握住自己的左手大步走向玉翔。玉翔似乎还想说点什么,但亮亮没给他机会。他一脚踹向摩托车,车子应声倒地,玉翔的下半身被压在车下。亮亮叫骂着,疯子一样屈身上前,一下一下踢在玉翔的脑袋上。每一次扬起脚,我都能看到他从布鞋里露出来的大脚趾。我们从未见过如此的打一个人。亮亮像对待一只蛤蟆那样对待玉翔。

玉翔脸上印满了脚印,他挣扎着,苦于无法从沉重的摩托车下脱身。他开始回骂，威胁亮亮。亮亮更加用力地踹他。没有人敢上前制止，我坐在树上，像鸟巢里还没有长毛的幼鸟一样探头看着下面。

亮亮骂着我们听不太清楚的话，不停踢打玉翔。"可能他想把自己的疼痛转移到玉翔身上。"后来我这样对警察说。亮亮的手还在流血，眼泪也跟着一起流下来。亮亮的最后一脚踢在摩托车上，他痛得弯下腰来。他的羊受到惊吓，绕着圈子乱跑，拴羊的绳子碰到亮亮，把他绊倒了。他站起来，像个疯狗一样四处寻觅，最后来到拴羊的铁锥前。

他把铁锥从土中拔了出来。

然后，我们听到了世上最凄厉的嚎叫，连我也跟着叫起来。

亮亮坐在玉翔的肚子上，高高地举起铁锥。绷紧的绳子拽疼了那只羊的脖子，它咩咩地叫起来。

举起，落下……

大人们赶来时，玉翔已经昏迷了。亮亮拿着滴血的铁锥站在那里迎接他们。他和他的羊站在落日的余晖里，看起来像从古战场死里逃生的骑士。

"慢点，你弄疼我了。"她用手挡住我的胯部。我慢下来。我感到疲惫。

亮亮被带走了。我们有一个多月没有听到他奶奶喊他吃饭的声音,直到一天傍晚,在妈妈喊我吃饭的时候,我再次听到了她粗哑的声音。

"明明(亮亮)——,回来吃饭啦(噢)。"

"亮亮(明明)——,回来吃饭噢(啦)。"

她们拉长的喊声重叠在一起,穿过树林和墙壁传入我们耳中。妈妈虽然年轻气盛,声音盖过了老太太,但我还是一下就听出了她在喊什么。她苍老枯涩的声音在叫亮亮回去吃饭,在告诉我们,亮亮没有坐牢,亮亮被放出来了,亮亮没有错。

亮亮就这么回来了,他的左手失去了两根手指,中指和无名指。现在,如果他冲你举起左手,你会看到食指和小指间的巨大空隙,像放大镜下的V形手势。玉翔就没那么好运了,他昏迷了三天,左半边脸留下了永久的伤疤。在未来的半年,他因为疼痛不敢发笑。

亮亮重新回到学校,依然坐在最后一排,但再也没有人在课间来到这里,把他从条凳上掀翻在地。我们也没有再见到他被罚站,或者光着脚绕着操场一圈一圈地跑。我们再也看不到这些事情了,我们从彼此眼里看到的只有四个字:远离亮亮。

亮亮,一个狠角色。他的名字将会像柳絮一样被风吹来吹去,落在每一个路人身上,被人们厌恶地掸去。

然而总有例外，并不是每一个人都对亮亮敬而远之，在学校里，有一些傻小子盲目地崇拜他。他们兴致勃勃地讨论亮亮的行凶过程，像夏日的蚊蝇一样热烈地追随亮亮，口口声声尊他为老大。亮亮并不反对，但也没有太过兴奋，他仍像从前一样一个人去放羊。看到小孩子，他仍会上前戏弄一番，当然，这样的机会已经很少了，孩子们都被大人交代过，一旦看到亮亮就会迅速跑开。

玉驹不止一次跟我们说，要去找亮亮报仇，但没有人跟他去。和亮亮擦肩而过时，他愤怒地看他走过，却没有像从前一样把亮亮掀翻在地，并笑着对他说，来孩子，咱们玩玩儿。

没有人再去找亮亮的麻烦，但麻烦并没有就此止步。在亮亮归来的第二个星期，他把我们的邻居——那个曾把自己的奶水挤在碗里，并把它们送给亮亮的产妇——就是这位善良的女人，亮亮把她家的狗杀死了。亮亮用他奶奶切菜的钝刀，把那条大狗活活打死在主人面前。这条狗被杀的理由是它咬死了老太太的一只鸭子，还有那条老狗，在搏斗中它的前脚被咬伤了。

现在我可以说说亮亮对我所做的事情了。在一个清晨，亮亮拿着那把钝刀朝我走来，他家到我家的路是如此之近，但记忆里他却走了很长时间。我看着他渐渐逼近，不知如何是好，我就那么站着，仿佛只有这样才是对的。我本无意冒犯他，我怎么也想不到和他会再有什么瓜葛。如果那只羊一直戴着那朵小红花的话，我想我一定不会陷入这种境地。没有戴花的羊，我怎么知道它是谁家的羊啊。如果一只羊吃着你家的白菜，吃到整个肚子都胀圆了，你会怎么做？抄一块砖头扔过去？这是最好的做法。我就是这么干的。不凑巧的是这只羊带有身孕，即将生产。它的行动是如此迟缓，以至于砖头落在肚子上它都没有跑开。更不凑巧的是，它是亮亮的羊。

那朵小红花，被老太太拿去洗了。为了让这只羊顺利地生下小羊，她决定把小红花洗一洗，让待产的母羊看起来更加容光焕发。小红花还没有晾干，母羊就挨了我一砖头。它今年没法生孩子了。它流产了。

老太太抱着母羊哭天抢地，亮亮拿着菜刀朝我走来，没有人阻拦，四周只有欢腾的鸟鸣。

亮亮步履缓慢，我站在门口，看他一步步走来。他走过刚刚砍伐的树桩，走过年代久远的坟墓，他破旧的布鞋荡起灰尘，身后的林子烟雾缭绕。他手里的菜刀都卷刃了，他奶奶却不舍得再买一把。卷起的刀刃冲着我，被那只完好的右手握着，一晃一晃地朝我而来。我听见风吹过刀刃的声音，我想象着刀刃划过皮肉的感觉，那是一种怎样的感觉？会不会给我滚烫的血液带来一丝清凉？会不会像女人们尖利的指甲一样，温柔地剖开我厚重的外壳？在最后一刻，我闭上眼睛，她叫了出来。指甲嵌进皮肤，柔软的双手拂过肩上狭长的刀疤，我再一次回到了那片潮湿的沼泽。

外面有什么

1

文来这里有十年了,那时候斌斌还在上幼儿园,现在儿子已然成了为害一方的学校霸王,他也从一个有志青年沦为佝偻的盗贼。有时候想起来,很多事就像是一夜之间发生的,斌斌好像突然长大,比他高出一头还多,他似乎一觉醒来变老,三十多岁的人像个六十岁的干瘪老头。只有花米丰腴如初,岁月没怎么伤害她,反而让她更加诱人了些。这就是女人,她们没有养家糊口的压力。文常常忍不住这样认为,尤其是看她刚洗过澡,湿漉漉的头发散发出工业香精的浓郁气息,暧昧的光晕笼罩着狭小的出租屋,路人的目光粘上来,像轰不走的苍蝇。文痛恨她总是洗来洗去,"你又不是鸡,洗那么干净做什么。"他这样骂她,她习惯了,不作任何反应。

初到这里,他去码头搬运钢材,她在餐厅当服务员;后来他出海打渔,她还在餐厅当服务员;再后来他去粉刷房子,去步行街清理垃圾,去办假证,去贩卖蔬菜、鞋子、盗版光盘……不管他干什么,她一直在当服务员。现在他厌倦了所有尝试,做了贼,她依旧是服务员。

这就是女人,她们胸无大志,不,是胸大无志。文恨恨地想着,竟然被自己逗乐了。她们喜欢一成不变的生活,她们害怕漂泊。文一个人走在街上,一边胡思乱想,一边警觉地观察每一个人,每一扇门。他入行不久,没有拜师学过艺,全靠自己摸索。他不敢当街行窃,那需要很高的技术,只有碰到迟钝的老人和肥胖的妇女他才会尾随其后,找机会小试身手。这些人身上没什么值钱东西,他权当练手,被发现也可以及时脱身。

在街上,他最主要的目标是门面房和居民楼,他每天的例行任务就是找到一个小区,一层层爬上去,在每一户人家的门缝里塞一根不起眼的铁丝。大约三天之后,他再来的时候发现铁丝仍在,就可以考虑怎么潜入这户人家了。

他不会开锁,只能从防盗窗爬上去。他自制了一条带有两条吊环的保险带,交替吊在铁窗上往上爬,为了防止钢铁摩擦的声音惊醒住户,他让花米在吊环上缝了棉布套。一楼的住户都会装防盗窗,装好的防盗窗距离二楼不足一米,二楼自然不会坐以待毙,于是一层层往上延伸,只有五楼六楼依仗天险,多半会省下这笔费用。这就是人们留给文的机会，危险而又稀少，必须匹配以上所有条件他才能爬上去，砸烂玻璃，大快朵颐。

这样的机会不多，一个月顶多一两次，还常常遇到空屋，里面什么都没有，只有薄薄的一层灰尘。碍于"贼不走空"的祖训，他翻箱倒柜，带一两件破旧衣服回家。有的做了抹布，有的被花米穿在身上，焕发出新的光彩。

相对而言，他还是喜欢在群租房之间转悠，徜徉其中，他身心愉快，自由自在。无论遇到谁，不管认不认识，都可以打声招呼，随便聊上几句。出租屋的锁很容易对付，他穿堂入室，如入无人之境。每间屋子都堆得满满当当，只是没什么值钱家什。他挨个搜摸人们刚换下来的衣服，积攒那些被人忽略的零钱。大多数时候，屋里唯一值得一偷的就是刚刚开封的花生油和破旧的DV播放器。

在这里住了十年之久，没人比他更熟悉这个区域了。最近几年，陆续有人来投奔他，先是岳父一家，后来大舅子和连襟一家也来了，他用过往积累的人脉给他们找了工作。亲友们同住在一条巷子里，下了班可以互相串串门，说说笑笑，共同抵御出门在外的艰辛与孤单。

在一个小区"埋好了雷"，文遛达回来。他在胡同里信步闲游，想着趁人们还没下班之前再撬几扇门。虽然他早已厌倦了花生油和零钱，可那一扇扇门就像隔着锡纸膜的刮刮乐吸引着他，谁也不知道门后藏着什么，万一碰到一对粗心的夫妇把刚领回来的工资放枕头底下了呢。这样的事不是没有过，只是他很少遇见。

他撬了一户熟人，这个人过去和他一起在码头干活，最近转做小生意了。他进了屋，床上堆着瓜子和米花糖之类的零食，他例行公事搜了衣服口袋，只有几个一毛钱硬币，掏出来时一个硬币骨碌到地上，他弯腰去捡，看到床下有一个铁罐。他拿出来，里面全是硬币，差不多有两百来块，他将其倒入随身携带的布袋，转身离开，走到门口时他犹豫一下，用塑料袋装了一袋瓜子。

他吹着口哨走在胡同里。快过年了，人们大多回了家，只有他们一家，这么多年很少回去，他们的房子荒废了，院里长满杂草。他在家无父无兄，没什么可牵挂的。花米倒是很喜欢回家，只是这么多年不回去，邻居多半生疏了。至于斌斌，他从小在外长大，根本没有家乡的概念。每到春节，这里突然冷清下来，很多出租屋空着，撬开一扇扇门，里面只有几张空床，静待主人回巢。

他路过连襟阿凯家，门虚掩着，他推开门，看到只有花美带着两个孩子在家。她穿一件紧身毛衣,正忙活着收拾衣服。他笑嘻嘻地走进去,问她今天怎么那么早下班。

"别提了。"她说,"今天和客人吵架,老板假装开除我,让我先回来了。"

"那今天的工资不会少你的吧?"

"工资少不少不知道,这个月奖金肯定泡汤了。"她嘟着嘴,叹了口气,"唉,郁闷。"

花美还是一副小孩习性。当初他和花米结婚的时候,她才十多岁,一晃数年,她已然成了两个孩子的母亲。她的脾气比花米火爆多了,身体和姐姐一样,不知道遗传了谁的高挑与丰满,她们的父亲又矮又瘦,母亲满脸雀斑,生出来的女儿却个个有模有样。这种来历不明的美在她们身上发酵,又慢慢延续下去。文的个子很矮,皮肤黝黑,斌斌却高大帅气,唇红齿白。文一向喜欢瞎琢磨,他时常怀疑斌斌是不是自己的种,"我怎么会生出这么白的孩子",他不止一次这么质问花米。花米当作笑谈,不置一词。她越不说话,文心里越没底,这两年斌斌长大了,开始频繁顶撞他,他更加多虑,觉得这娘俩有什么事瞒着他。可花米除了漂亮这一个缺点,再没有第二个把柄抓在他手里。每天在家看着这漂亮的娘俩,他惴惴不安又无计可施,他只好来到街上,用一个又一个新发现抚慰自己,比如这一罐硬币,比如这一袋瓜子。

"吃瓜子吗?"他在孩子面前晃了晃。

"我吃!我吃!"孩子们跳跃起来。

他把瓜子放在床上,两个孩子扑上去,先把各自的口袋装满,再抓在脏兮兮的小手里吃。文抓一把给花美,花美双手捧着接过去,

"在哪弄的?"

"还能到哪弄去,买的呗。"

花美不置可否,知道问也白问,只管吃。文注意到电视前除了他们的DV播放器还有一台笔记本电脑:"这是哪来的?"

"阿凯侄子的,从北京来看他奶奶。"

"他人呢?"

"出去了,天天去爬山,真不知道有什么好爬的。"花美心不在焉地抱怨,眉头微皱,一副要生气又懒得生气的样子,"阿凯对这侄子可好了,总是让人伺候的主儿竟然每天去买菜给他做着吃,两个人天天晚上红烧鱼炒蛤蜊,喝个没完。"

"你是嫁错人了,又爱喝酒又不会疼人,当初我真不该把你介绍给他。"文看着她慵懒中透出的娇憨,忍不住开始瞎说。

"都是你做的好媒,你说我不找他找谁?"

"找我啊,还有比我更好的男人吗?"他笑着,一只手摸上去。

"我 ×。"花美像触电一样跳开,"你想干什么,趁阿凯没回来你给我赶紧滚蛋。"

"我就开个玩笑。"他清醒许多,"你不要告诉阿凯。"

"有你这么开玩笑的吗,我今天就够郁闷的了。"花美摆摆手,"赶紧滚吧,看见你就烦。"

文回到家,花米正坐在床上数瓶盖,临近月底,是结工资的时候了。她将客人喝过的瓶盖积攒起来,到月底跟老板兑换现金,啤酒瓶盖一个一块钱,白酒两块。这两年严禁公款吃喝,她在瓶盖上的收益越来越差,还没有原来的一半多。

"有什么好数的?"文把装硬币的口袋扔到床上,"攒一个月还不如我一下搞得多。"

花米打开口袋,像被蜂蛰了一下,小声抗议道:"你不要给我看这些。"

"这怎么了,这就不是钱吗?"文刚坐下又站起来,"你是看不起我还是看不起钱?"

"我从来没有看不起你,也没有看不起钱,我只是不想看到这样的你和这样的钱。"花米说,"你别再跟我讲你的事了,免得我担心。"

"担心?我看你巴不得我死吧,好和你们那个小白脸经理在一块,我看你们眉来眼去很久了。"

花米不说话了,再说下去势必要吵起来。她把瓶盖数完,扯一张便签记下数量。文在旁边骂骂咧咧,看到她趴在桌上认真写下那个刚满三位的数字,他的目光又柔和下来。这个女人,他想,我什么时候才能看厌呢。他坐在儿子床上,不经意地偷瞄她。她腰身柔软,弯成很好看的弧度。她的头发垂下来,用拿笔的手挂在耳后,她手上一直戴着那枚落伍的婚戒。出门在外,这是他们家唯一的旧物,有时候,他会因此想起从前。那时候人们都很穷,穷得只剩下爱情可以追求。在学校里,花米的追求者遍布每个角落,文走到哪里都能碰见情敌。文着实费了一番工夫才从一大票狂蜂浪蝶中脱颖而出。花米选择他,完全是因为他乐观开朗,能说会道。反观现在的自己,哪还有一点少时的影子。结婚前夕,他熔了母亲的一对耳环,让同村的公杨帮忙打了一枚戒指。把戒指套在花米手上时,她哭了,文说不要哭,我一定会让你过上好日子的。时至今日,文偶尔会想起从前,只是这句话早已和年少时的豪言壮语一起忘却了。

文从后面抱住她,花米用胳膊肘抵住他的胸膛,说别闹,等会还要去买菜呢。"我去买。"文掀起她的工作服,将脸埋进去,因为和儿子同住一间屋,他们养成了白天做爱的习惯。花米把电视开大音量,床上的硬币和瓶盖激烈碰撞,发出悦耳的响声。

那天花米下班回来,在雪地里捡了一百块钱。她擦干上面的水渍,展示给路上遇到的熟人看,人们纷纷夸她好福气。她更开心了,回到家,她叫醒正在睡觉的文,说你看,我捡了一百块钱。

"捡的?我怎么从来没捡到过。"

"那是你没福气。"

"是啊,我可没有经理疼我。"

"胡搅蛮缠。"花米嘀咕一声,不再理他。

文靠在墙上,等着她反驳,却迟迟没有下文。他只好再次主动出击:"说,是不是那个小白脸给你的,还骗我说是捡到的。"

"说说你和他干了什么他给你钱,才一百块,你可真便宜啊。"

"不要脸。"花米气得不知道说什么好,她把钱递到丈夫面前,"你好好看清楚,这是我在雪地里捡的,上面还有水呢。"

"水?谁知道是什么水,你的水也不少啊。"

"下流。"花米扬起手,打了他一个响亮的耳光。

文猝不及防,一个激灵从床上蹦起来。他站在床上,总算在高度上占了绝对优势。他一把薅住花米的头发,把她按在脚下:"还敢打我,你心虚了吧。"花米使劲挣扎,委屈地哭叫着。

"快点承认吧。"文说,"承认我就放了你。"

"没有的事我怎么承认。"花米带着哭腔,想从他手里挣脱,他常年在码头工作,手上布满老茧,双臂像铁钳一般难以撼动。花米实在被压得难受,在他脚上咬了一口。文吃痛不住,推开了她。

他们各坐在一张床上,相距不足一米。花米低头抽泣,生怕再挑起战火。文怅然若失地看着她,嘴里含糊不清地骂着什么。斌斌推门进来,看到这副情景又关上门走了。

一连两天,花米闷闷不乐,不知道该向谁证明自己的清白。经理见她额头上有伤,问她怎么了,她不说。午休时他买了药水给她,她奋力推脱不要。"你是不是病了,"他说,"我看你一直心不在焉的,我可以批假给你。"花米看着这个温柔的男人,忍不住要哭,她跑到储物间,在黑暗中抹眼泪。经理跟进来,递纸巾给她,问她怎么了。

"你不要管我。"她说,"你离我远一点。"

"为什么,我又不吃人。"

"我老公总是喜欢怀疑。"

"怀疑什么。"

"怀疑——你对我有想法。"花米犹豫一下,把"有一腿"改为"有想法"。

"他的怀疑不是没有道理。"经理说,"我就是对你有想法。我喜欢你。"也许是黑暗给了他这样的勇气,他在突如其来的表白中伸出手,抱住了她。置身于比文更为宽阔的胸怀中,花米感到久违的温暖与安全。这么多年,除了在床上,文似乎从来没有抱过她。经理见她没有反抗,进一步亲吻了她。两人在满是生肉和蔬菜的房间里抱在一起,经理趁热打铁,说跟我走吧,我们去外面,我有十万块存款,我们可以去外面找个工作,或者开个小饭馆,你当老板娘,我当老板。你别哭啊,你怎么又哭了……

2

离过年还有一个礼拜,虽然远在他乡,人们多少还是要为这个节日做些准备。文买了鱼和猪肉,花米准备按照家乡老人流传下来的做法，全部油炸一遍。同住在一个村子里，大家来自五湖四海，过年的方式各不相同，湖南人炸糯米粑粑，浙江人做年糕，四川的腊肉早就腌好了，陕西的炸糕也要出锅了。同样的食物，人们以全然不同的方式吃着。隔壁的四川老太前些时候送了一条腊鱼给她，花米想着把炸好的鱼和酥肉送一碗过去。

　　她在锅里倒满油，还没有烧热，就听见一阵飞一般的脚步声往这边传来。她走到门口，看见斌斌拉着一个女孩往这边疯跑，后面一群拿着棍棒的孩子穷追不舍。斌斌把女孩递给花米，说这是我妈，你先跟她在家躲躲。"好的，你快跑。"女孩很冷静，完全不像个逃命的人。斌斌继续往前跑，一群人紧跟着追过去，后面的几个人停下来，指着女孩说，这是他家，砸！一个少年抡起棒球棍砸烂了窗户。后面慢悠悠地走过来一个高个子，在少年头上打了一下："谁让你砸的。"少年退缩一旁，不敢说话。高个子走上前，对女孩说："王蒙蒙，你知道我是什么样的人，让蔡斌小心一点吧。"

　　"你是什么人，"花米说，"大白天追着人满街跑，没有王法了吗？"

　　"你是谁？"

　　"我是蔡斌他妈。"

"我不打女人,"大个子说,"你要是蔡斌他爸今天就有你受的了。"

"斌斌怎么惹你了?"

"问她。"高个子看了眼女孩,"我们走。"

他们在狭窄的胡同里追击斌斌,地上的积雪还没完全融化,不时有人摔倒在地。花米和女孩来到外面,试图阻止他们。她们看着斌斌在眼前跑来跑去,后来他跑上马路,汽笛声响成一片,他顺着大路往山上跑掉了。

女孩待在家里等斌斌回来。花米充当户籍调查员,几乎每一句话都带问号。女孩一一回答,她叫蒙蒙,和斌斌是同学,她父亲去世了,妈妈又给她找了个叔叔,他们没有结婚,却住在一起,她一点都不喜欢这样的家庭组合,她大概有两个月没回过家了,每天住在学校里,靠在外面打点零工度日。那个追打斌斌的高个子叫孙超,本地人,是她的前男友,他一直照顾蒙蒙,让她不至于饿肚子。可她不是很喜欢他,她觉得他歧视像自己这样的外地人,在学校里,大家从一个大门走进校园,却走向不同的两栋教学楼。她是"北楼的",楼里的学生说着天南地北的方言,而"南楼",则全是说本地话的土著。这些年外地人越来越多,学校开始接收比较优秀的学生,即使如此,本地人还是不愿意和外地人混在一起。作为本地学生中的头头，孙超交了一个北楼的女友，大家虽然嘴上不说什么，还是感觉怪怪的。为了服众，孙超更加频繁地去北楼寻衅滋事，没想到却让蒙蒙喜欢上了他的对手斌斌，就在前几天，她和斌斌在一起了，孙超不依不饶，觉得斌斌抢了他的女友，两伙人已经打了好几架了。

"两伙人？"花米说，"打了，好几架？"

"是的，斌斌也有一伙。"女孩说，"和斌斌玩的是外地人，孙超那边都是本地人。"

"天呐，他们就这么拿着家伙打来打去吗？"

"有时候拿棍子，有时候拿板凳，还有人拿砍刀。"女孩说，"不过拿刀的都是吓唬人的。"

"老师不管吗？"

"老师有时候也被打。"女孩说，就像说吃苹果要削皮一样理所当然。

由于太过震惊，花米不知道说什么好。看着这个身世坎坷又异常平静的女孩，她突然发现自己根本不知道现在的孩子都在想些什么。外面有两个男孩正为她打得死去活来，她却泰然自若，一点担心的样子都没有。

"你说斌斌会逃掉吗？"花米问她。

"会，"女孩说，"孙超打不过斌斌的，即使他有那么多喽啰，斌斌发起狠来，没有人敢靠近他。"

天黑之后，文和斌斌前后脚回到家。花米做了很丰盛的晚饭。斌斌向父母介绍了女孩，文很高兴，频频夸奖他："你和我一样，"文说，"都是非班花不娶的人，你们打算什么时候结婚？"

"我们还太小。"女孩说。

"不小了，我和你妈就是十七岁结的婚。"

"所以你们才老吵架吧。"斌斌说，"我们可没那么傻。"

"你不傻，你不傻还管我叫爹。"文提高声音，他们吵起来。花米和女孩费了老大的劲才让他们安静下来。

"你应该管管今天的事，"花米说，"那帮孩子追着斌斌满街跑，这样太危险了，你说说斌斌，不要让他再这样下去了。"

"谁？谁追你？"

斌斌不说话，看着正在播放广告的电视。小时候，父母去上班时就把他锁在出租屋里，他只能一天到晚盯着电视。

"说话啊，谁追你？"

"孙超。"女孩代斌斌回答。

"孙超是谁？"

女孩也不说话了。花米只好把事情经过讲了一遍。文听了很高兴，拍着斌斌的肩膀说："行啊小子，横刀夺爱，可以啊，下次那小子再来找麻烦你打电话给我，看我怎么收拾他。"

"算了，除了我妈我没见你收拾过任何人。"斌斌站起来，对女孩说，"吃饱没有，我送你回去。"

他们走在昏暗的胡同里，有些地方没有路灯，两个人牵着手，走过坏掉的水泥路面和深深浅浅的水洼。

"你不应该和你爸顶嘴。"女孩说，"出门在外，最辛苦的人就是爸爸。"

"所以你爸累死了？"斌斌说。

"可以这么说，他以前在码头干活。"

"他怎么死的？"

"肺癌，他总在咳嗽，小时候我在旁边看他干活，他和人不停地把钢材从船上抬下来，或者把木箱子装上去，我问他什么时候回去吃饭，他说就回去就回去，干完这点就回去。我抬头去看堆得整整齐齐的箱子，那么多，好像永远也搬不完。"

"你爸太笨了，这种工作怎么能一直干呢。"

"他是很笨。"女孩说，"你以后想干什么？"

"不知道。"斌斌说，"反正不会像你爸，也不会像我爸。"

"你爸在做什么？"

"比你爸聪明一点,他是个小偷。"前面是一个台阶,斌斌拉了女孩一把,他们一下走出幽暗的胡同,来到嘈杂的街上。"你能想象吗,一个贼。"斌斌停下来,搂着她的腰,低头看着她。"我是贼的儿子,真搞笑。"

"我喜欢。"女孩踮起脚尖亲了他一下,"我喜欢这个字,贼。"

"你喜欢的总和别人不一样。"

他们走在热闹的步行街上,斌斌买了串,两人坐在街边吃。

"就像庙会。"女孩说。

"什么?"

"就像庙会一样热闹。"女孩说,"你喜欢逛庙会吗?"

"我没去过。"斌斌说,"庙会。"

"你们老家没有庙会吗?"

"有,只是我没有老家。"斌斌说,"我早忘了家是什么样了。"

"你想回去吗?"

"不想。"

"难道你想一直待在这里吗?"女孩说,她有点犹疑了。

"不知道,我也不太喜欢这个地方。"斌斌说,"你以后想到哪去?"

"我想去……我想去……"她想了好一会儿,没办法说出一个地名,"我想去外面。"她说。

"外面有什么?"斌斌说,"我没法想象。"

"算了,不要想了,想再多也没有用。"女孩说,"还是想想怎么对付孙超吧,他不会放过你的。"

"他想怎么样,整天追着我打?"

"恐怕不止这样。"女孩说,"你让他很没面子。"

"他怎么才能有面子,要我下跪求他吗?"斌斌突然提高声音,"对啊,我可以这么做,我可以答应他任何事,只要他不再纠缠我们,我可以当众跪在他面前,就算磕几个头也没关系。"

"不可以。"女孩说,"你不能这么做,我喜欢你,因为你是个男人。"

"那你说怎么办?"

"决斗。"女孩说,"你们应该以男人的方式解决问题。"

"搞笑,什么时代了还决斗。"

"一点都不搞笑。"女孩说,"为了女人决斗是很光荣的。"

"好吧,他要是不同意呢?"

"他会同意的,"女孩说,"他不怕任何人。"

"我也没有怕过谁。"斌斌说,"我只是想好好和你在一起。"

"那就把他打趴下,让他对你心服口服。"

第二天,两伙人在学校外面的操场上碰面。本地帮比斌斌这边多出一倍不止,外地人大多回家过年了,本地人也有很多联系不上,两伙人的规模比平时小了很多。寒假期间还能凑在一块打架的学生,看起来都不是善茬。在这个繁荣的海港小城,本地人都忙着做生意,外地人都忙着找活路,孩子们被扔在学校,像野生的庄稼三五成群聚在一起自然生长。在最躁动的年纪,没有家人的关怀和引导,很容易"返璞归真",崇尚暴力和爱情。他们沉浸在《古惑仔》的世界里,用假想中的杀伐铸造盔甲,吸引异性。

两伙人对峙了一会儿,很快有人开始骂阵。

"不知死活的外地×,"对方一个马仔喊道,"信不信老子一个电话让你们学都没得上。"

"有本事你们别去买煎饼吃了。"过了一会儿,才有人想到怎么回应,"外面卖小吃的全是外地人,有本事你们别买我妈妈做的煎饼。"

"谁爱吃你妈的煎饼。"对面一阵哄笑,他们相视一眼,看到自己人中有一个手里正拿着煎饼。那个少年很识相，立即扔在地上。有人冲上去，争相踩踏那张可怜的煎饼。

"别这么说，"斌斌对那个勇敢的同伴说，"这样会害得你妈妈没生意做的。"

"就是，"女孩说，"你是来打架的还是来搞笑的。"

"好了，别扯淡了。"孙超走过来，"这里没你们什么事，我只问蔡斌，你拐了我的女人，现在打算怎么对我交代。"

"他要和你决斗。"女孩说。

"不是吧，决斗？又来这一招，看来你还没玩够，"孙超笑起来，"我都——"

"别废话，就说你敢不敢吧。"女孩打断他。

"我怕过谁，不过对付这种货色根本用不着我出马。"孙超说，"大江，你出来。"

一个大个子应声而出，他长得很壮实，看上去憨态可掬。

"你只配和我最笨的手下打。"孙超说，"大江打架从不偷袭，正适合决斗。"

"不行。"女孩说，"必须你们两个打，如果大江打赢了我做他女朋友你愿意吗？"

"这我倒是愿意。"孙超说，"只能和大江打，你们没有别的选择。"

"好吧。"斌斌说,"一对一地打,你定个日子吧。"

"定什么日子,现在就开打吧。"孙超说。

"你知不知道什么是决斗。"斌斌说,"决斗是有规矩的,你要先下战书,定好日子和地点,规定能不能用武器,打成什么样才算输。"

"乡下人就是麻烦,什么都讲规矩。"孙超把自己人逗笑了,他随口说道,"那就三日之后在大滑坡,不许用武器,打到对方求饶才算输。"

"好,一言为定。"斌斌说。

"三日之后不就是大年三十吗,"有人说,"你们要在大年三十决斗吗?"

"怎么了?"孙超说,"大年三十有什么忌讳吗,我们又不是农民。"

"大年三十我有事。"大江瓮声瓮气地说,"我得去给我干爹拜年。"

"那你什么时候有时间?"

"晚上。"

"晚上几点?"

"说不准。"

"十二点你总有空吧。"孙超说,"正好大年夜睡不着,出来决斗也不错,那就除夕夜十二点,我会带着烟花为你庆祝胜利的。"

3

除夕夜,十间出租屋有八间是空的,留下来的外地人也多半在工作,不能在家里吃一顿安稳的年夜饭。花米在灶前忙活,做了一道又一道菜。这会儿她本应在酒店伺候别人吃饭,为了双倍的工资和成堆的瓶盖,还有二百块钱的红包和全勤奖,这些钱制成的蛛网将她困在那里,年年如此。今年,她回来了。看着一个个家庭围着圆桌坐满,她忍不住一次次出神,给一桌客人开酒时她打了好久没有打开,直到客人提醒她拿反了开酒器。看到一桌客人无论老幼举杯相碰时,她险些哭出来。那一瞬,她几乎要放弃这几天来的计划,一想到文,她的决心又大了些。"既然不能好好道别,那就再聚一聚吧。"她想。她决定回来给他们父子做一顿像样的年夜饭,这些年漂泊在外,他们早忘了家乡的风俗,他们忽略了这一天本来的含义,把它当作一个简单的挣钱机会。贪财的人没有抒情的权利,如她所料,这个任性的决定同时遭到了两个男人的反对。

经理十分不情愿,他怕已经板上钉钉的事再节外生枝,他已经雇好了车,就等在不远处的大滑坡,一下班他们就可以坐上车离开这里。还有三个小时就要下班了，这时候花米却要回家，他不知道她是怎么想的，"如果你老公起了疑心我们就走不了了。"在员工休息室，他反复跟她说这句话。

"没有事的时候他才会疑心，现在他只会骂我一顿。"花米说，"放心吧，他今晚也有活干，他不会浪费这个好机会。"

"那你答应我，十二点之前一定要回来。"

"我答应你。"花米说。他们相对无言，为了让这个承诺更有份量，她吻了他一下，这似乎并没有消除他眼中的疑虑。她顾不了那么多了，连工作服都没换就匆匆赶了回来。

"你脑子进水了，为了吃顿什么狗屁团圆饭连奖金都不要了，"文逮到机会，骂得很过瘾，他拍了拍正在看电视的斌斌，"你看看，这就是女人，想一出是一出，到手的钱她居然往外扔。"

斌斌没有搭话，从小到大，他习惯了不介入父母之间的争吵。他稍稍斜视，看着妈妈忙碌的背影，他不知道她还要做多少菜，他对这顿精心准备的晚餐没有多少兴趣。他掏出手机看了看时间，他不想误了赴约的时间，那样会被人骂胆小鬼，他不想这样。小时候，一个人待在黑黢黢的出租屋里，只有电视陪伴着他，那时候他的确是个胆小鬼。他不时趴在从外面反锁着的门上，仔细倾听外面的动静。外面没有动静他会害怕，有了动静他同样害怕，他不知道外面有什么，只知道屋里就他一个人，他出不去，只能等别人进来。后来长大了些，他挺拔的身板给了自己很大的自信，和父亲并排走在路上，他看着这个矮小的叽叽喳喳的男人，突然觉得很可笑，我以前在怕什么，他想，连这样的人都能把我锁在屋里在外面闯荡，我还有什么可怕的。

文断断续续又骂了一会儿，发现没人搭理他，变得意兴阑珊。大概他也觉得这是个不错的新年吧，他并不想破坏大家的兴致，只是习惯使然骂了那么多。他坐在床上，看着花米在狭小的屋子里忙碌，他注意到她还穿着酒店的制服，黑色裤子松紧得当，勾勒出她臀部的曲线，白衬衫的扣子松了几颗，红黑相间的文胸时隐时现。多会打扮的女人啊，即使是同一种衣服，她也能穿出不一样的感觉。在饭香氤氲的屋子里，他又看了看仪表堂堂的儿子，多好的一家人，他想，这样的家庭理应受到人们的羡慕。就在昨天，他去"家访"时发现一根铁丝已经在一户人家的门缝里静静度过了五天时间，是时候去一探究竟了。

外面不时传来一阵炮响，他想起小时候，父亲买来火药自制烟花。他提前几天用泥土做一个花筒出来，晒得半干之后再用蜡烛烘烤。到了除夕这一天,吃过饺子,他们没有电视可看,晚上的重头戏就是看父亲放烟花。父亲把火药倒进花筒,上面简单蒙一张白纸,他点一根香给文,让他点燃引信。文兴奋而又害怕,他举着香,像在试探一头沉睡的野兽。等引信点燃,他飞奔到父母身边,一家人专注地看着这个短暂的辉煌时刻。不规则的火花渐渐变大,又慢慢变小,最后只剩下一股青烟飘在夜空中。

他和父亲学会了怎么做花筒,却没把它传给斌斌,生活在这样的城市里,找一点干净的泥土都不太容易,更别说一颗悠闲的心了。

"斌斌,帮我买瓶酱油。"花米放下勺子,对文笑笑,"就剩最后一个菜了。"

小卖部离得不远,斌斌站起身走出去。"等等,我和你一块去。"文追上去,斌斌站住脚步,嘟囔道:"买瓶酱油还两个人一起去,你想去你去好了。"

"你这小子,我陪你去怎么了。"

"我已经长大了,不需要人陪。"

"那好,我自己去。"文知道斌斌脾气倔强,不再试图说服他。他一个人去了商店,回来时不光买了酱油,还买了些鞭炮和烟花。

"放点炮吧,"他说,"在家里吃饭前都要放炮。"

"放几挂?"斌斌从他手里接过鞭炮。

"都放了,热闹。"

斌斌站在门外,把鞭炮一串串点燃,扔到地上。他一点都不害怕,像一尊罗汉一样立在原地,任鞭炮在脚下炸开。放完了鞭炮,他把那个不算太大的烟花放在地上,要点燃时文叫住了他,说等等,喊你妈出来一起看。

花米和他们一起站在阴影里看着,这个瘦小的烟花发出清脆的响声,把几朵不太绚烂的火花打到天上。烟花飞得并不高,因为比人高,所以暂时遮住了星光。花米认真看着每一朵,这次她没有数落文瞎花钱,她一句话都没说。

吃完饭,文第一个离开,紧接着是斌斌,等他们父子走远,花米刷好碗,把剩饭盖好,也锁上门走了。在斌斌的外套里,她留了一张字条,"不要恨妈妈,不要换号码,等妈妈电话。"

新年的街道冷冷清清,只有天空还算热闹,不时升起的烟花让前路闪烁不定,一家三口朝着不同的方向走去。文背着他的工具包,尽量让自己走在摄像头的盲点里。花米一路小跑,好像一个慌张的逃犯奔向新生活。斌斌在异乡兄弟的拥护中走向战场,他的对手已经等候多时了。他们在湖岸上说笑打闹,斌斌和女孩走过去,孙超让他们再等一等,"大江还没来,"他说,"我们少安毋躁。"

"他是不是不敢来了?"斌斌说。

"他敢不来。"孙超说,"他正和他干爹吃饭,这会儿走不开。"

"得等多久?"

"最多二十分钟,放心吧,我们先烤点串吃。"

这群来自不同地方的少年暂时放弃了成见,坐在一起喝酒谈笑。女孩坐在斌斌和孙超之间,三个人看起来其乐融融。孙超不再像前几天一样气急败坏,他对斌斌大度起来,频频邀他举杯。"你就要输了。"他说,"到时候你可别恼。"

"我愿赌服输。"斌斌说。

花米赶到酒店,发现还没下班,还有最后一桌客人,那是一帮中年人,看起来不像来自一个家庭,不然不会一直互相灌酒。一个大个子少年不断起身,替他的干爹和自己的亲爹喝酒。花米把经理叫过来,问他什么时候出发。"得等他们走掉才行,"经理说,"不然没法找老板要红包。"

"都什么时候了还惦记红包,我们现在就走吧。"

"红包正好够我们的车钱,不要白不要,再等一会儿就好了。"经理说,"你放心,车已经等在那里了。"

"好吧,我最多再等二十分钟。"花米说。

文找到那个小区,再次进入楼道确认,那根铁丝仍在。他在楼道里站了一会,然后下楼去观察环境。目标是六楼,他可以沿着防盗窗一直爬上去。快到零点了,楼下不时有人放烟花,他必须要等到零点以后人们放完炮仗才能行动。他坐在树下的长椅上,等着。

大滑坡是一个面积很大的堤岸,一边是人工湖,一边是马路,靠近马路的一边是一个缓坡,人们可以坐在上面野餐、打牌,当然,也可以进行决斗。

临近十二点,大江还没有来。孙超打电话过去,一个女人接了电话,她告诉孙超,大江喝醉了,正在家里睡觉。孙超颜面扫地,没想到自己的小弟临阵脱逃。"现在是什么世道,连大江这么傻的人都信不过了。"孙超站起来,踢翻了炭火。

"那怎么办,还打不打?"斌斌说。

孙超犹豫着,在人群中挑选着合适人选,收回目光时他发现没有比大江更有把握的人,能打过斌斌的人太少了,他对自己没有多少信心。

"既然他不在,那就等明天再说吧。"

"为什么要等到明天。"女孩说,"你们到底是不是男人?"

"我OK啊。"斌斌说,"你问他,"他转而对孙超说,"你可以在这群人里随便选。"

"不用选了,"孙超说,"既然你那么热情高涨,我就亲自上阵好了,不要怪我手下无情。"

"你最好这样。"

零点了,辞旧的炮竹升上夜空,天地间像煮着一锅豆子。斌斌和孙超相对而立,一个充当裁判的少年在两人间蹦来蹦去,就是迟迟不说开始。文站在楼下,等着周围的烟花熄灭。花米跟着经理走出酒店,他们拆掉红包,把钱装进口袋,把红纸扔到地上。在那短短几分钟里,好像全世界都在爆炸,中国人就是这样,喜欢在毁灭的幻象中迎接新的一年。那个紧要的时刻过后,天空慢慢平静下来。充当裁判的少年挥动手臂,说开始!孙超抬起腿试探了一下。斌斌不为所动。文把包背在肩上,开始往楼上爬。孙超又踢了一脚,斌斌还是没动,他能看出来他踢不到自己。文把登山扣轻轻扣在铁窗上,吃力地往上爬。花米和经理走向等在大滑坡的出租车。"快到了,就快到了",经理神经质地念叨着。再过几个小时,他们就可以在另一个城市以一对夫妻的身份生活了。花米跟着他往前走,强迫自己什么都不要想,既然做出了这样的选择,就跟着他往下走吧。孙超又打出一拳,这次打中了,斌斌抓住他的胳膊,说:"我已经让了你三招,接下来该我了。"

"那我也让你三招。"孙超挨了一拳之后跳到一边。

"你们认真点。"女孩说,"你们是在决斗,决斗!"

斌斌一拳打过去,孙超躲开了。"你看,"斌斌说,"你根本不是我这样的人。"

"谁说,有种你再来。"

斌斌踹了一脚,孙超这次没动,这一脚很重,孙超一个趔趄,勉强站住了。

"怎么样,你敢像我这样挨打吗?"孙超说。

"你来。"

孙超飞起一脚,比斌斌刚刚那一下厉害多了,他还用了助跑。斌斌坦然承受,他后退几步,也站住了。

"你们这是在干嘛,小孩过家家吗?"女孩跑到他们中间,"你们要打,要真真正正地打起来。"

"你要觉得这是过家家。"孙超说,"你可以让他踹一脚。"

女孩不说话了。

孙超把她推到一边去,对斌斌说:"该你了。"斌斌站在孙超对面,看着这个瘦弱的大个子,突然有些钦佩他。他不明白女孩为什么非要他们打起来,他突然觉得这样打下去很没意思。他犹豫着,要不要再踢一脚,好把他彻底放倒。他四下看了看,平静的湖面波光粼粼,平静的路面像一块铁板,一年到头,这是马路最悠闲的时刻。那辆尼桑停在路边很久了,他们来的时候就在那里,现在,那个司机正站在路旁抽烟,他手里的烟头散发出大年夜最微弱的光芒。他是在等什么人。他想。

"快点,还敢不敢玩下去了。"孙超说。

他把目光集中在孙超身上,想着这一脚该踢在哪。就在这时,他眼角的余光瞥见两个人慌慌张张地走向那辆车子。他望过去,发现是一男一女,他们穿着酒店的黑色套装。他想起妈妈,这种套装他太熟悉了。想到这他心下一凛。他往前走了几步,想要看得更清楚些。"你干什么。"孙超说,"你还打不打了?"他往前走去,走得越近他越不敢相信。那对男女上了车,他认出了他们,那个男人就是爸爸经常骂的经理,没想到他们真有其事。他跑过去,孙超在后面追赶:"别跑啊,再跑就算你输了。"

车子发动,往高速路的辅道开去。他更加用力地往前跑,就要拦住车子时,他叫了妈妈的全名。经理和花米吓了一跳,司机看到前面来了人,猛打方向盘。"不要停,"经理说,"开过去。"

道路很宽，他们完全可以绕过他。司机的技术很好，经过斌斌时非常巧妙地躲了过去。汽车裹挟的风扑面而来，斌斌下意识地往后躲闪，与此同时他听到了孙超的叫声，"小心！"他回过头，看着孙超，突然感觉四周如此明亮，一辆接踵而至的小货车把他卷到轮下。随着一声尖利的刹车声，人们发出不同程度的惊呼。

花米坐的车开远了，她没有看到这一幕。几个月后，她从电话中得知，儿子永远失去了双腿。

文顺利地爬上六楼。破窗而入时，屋里升起的灰尘告诉他这是一间很久没有住人的房子，他带着巨大的失望走进客厅，在手电筒的细小光源里依次打量屋里的一切。他先是看到了不再走动的时钟，而后是一台老式黑白电视，再往后是一架钢琴，最后，他看到了沙发上那一具白骨。他捡起掉在地上的手电，慢慢地靠过去，这具白骨如此干净，至少已经死了十年之久。它坐在沙发上，桌子上还有倒掉的水杯和药瓶。没过多久他就大致明白了这里发生的事情，这个孤独的主人死在了自己的大房子里，过了这么多年都没人发现，如果不是他这个热心的贼，恐怕它还要一直在这里坐下去。

"真可怜。"文说。他在沙发的另一头坐下来，经过长时间的攀爬和突如其来的惊吓，他已经很累了。他和这具白骨静静地待了一会儿,一起看着窗外的烟花。后来,他拿出手机,和这堆不知名的骨头合了张影。

"新的一年了。"文说,"我们拍张彩色照片,和过去说再见吧。"

点唱机

1

街机室里烟雾弥漫，人们的喊叫淹没了机器发出的声音。哑巴正在操作八神对抗火舞，一个男孩在他身后不停地大叫"出拳、出腿、发绝招"。哑巴不为所动，仍旧固执地被虐，八神在空中痛苦地飞来飞去，让人心疼。我不知道第一次来街机室的哑巴为什么非要选八神，看着帅气的拳王无助地在屏幕上移动，如同心仪的女孩被人施暴一样痛苦。我恨恨地骂了哑巴几句，那个男孩恨铁不成钢地看着他——他不知道他是个哑巴。

哑巴活在自己的世界里。

三国志里的曹操总也打不死。我又到老板娘那里买了一块钱的游戏币，她弯腰开锁时领口扩大的内容让我着迷，为了多次看到这种景象我特意把十块钱的游戏币分成了十次来买。

哑巴仍在被虐，他玩得不亦乐乎。我对他比画着要走，他摇摇头指着手里的游戏币表示还要玩。为了等他，我决定再买一块钱的币。台前不知何时换成了一个和我年龄相仿的家伙，他应该是老板娘的儿子，或是侄子？谁知道呢，反正是有钱人的孩子。我随口向他打听了一下老板娘的去向。

她在洗澡呢。他摆弄着手里的纸币说。

我走进厕所，隔壁浴室传来哗哗的水流声。我把想象发挥到极致，脑中的画面仍是一片模糊。敲了敲坚硬的砖墙，我放弃了在上面打一个洞的想法。

隔壁的台球室有人打架。出去时一只"黑8"砸在我大腿上，我看了看那个肇事的黄发青年，他也在看我。看他没有道歉的意思，我揉着腿走出去。

外面阳光明媚，太阳的周围闪烁着无数星星，让人难以分辨这是白天还是黑夜。我走进白水公园，嘈杂的歌声瞬间充斥耳朵。那些唱歌的家伙唱得忘乎所以，他们拿着麦克风，看着电视上的字幕，神情专注，陶醉其中。这样的露天KTV公园里有很多，一个大点的电视和一套音响设备就能用来招徕顾客。唱歌的人很多，他们的生意总是那么的好。那些劣质的大喇叭很少静下来，歌声一浪高过一浪，谁家的喇叭声音大聚的人就多。

人们总是希望盖过别人的声音。

这个公园已经完全被歌声侵占了，当然，还有一种说法叫"被噪音填满了"，采用这种说法的通常是一些老人。因为歌声太吵，他们很少到公园来了。小镇上只有这一个公园，这么说来，他们是完全失去了公园。想要散步的话，他们只有到城外的公路上去。那里没有歌声，汽笛声也不小。

我没有目的地走，走几步耳边的歌声就变一变。刚进门时是《老鼠爱大米》，几个男青年摇头晃脑地唱着，捡到钱一样兴奋。他们的头发普遍染成红色，还有一个是黄，屎一样；走几步之后《老鼠爱大米》的歌声逐渐被《两只蝴蝶》掩盖；再往前，是刀郎的歌曲，我站在原地听了一会儿。那个男青年在唱《2002年的第一场雪》，他身旁站着一个穿短裤的女孩，正含情脉脉看着他。我猜想他们是男女朋友，看着那个女孩裸露的双腿，我不知为何感到失落。

我来到小圆的摊位前，一个男人正在她这里唱《离别》。小圆冲我笑了笑，说，他还有一首《月亮之上》。我说，没关系，我等等。她今天穿一件牛仔短裤，黑色的紧身T恤上印着一个外国人的头像——后来她告诉我，这人叫列侬。我对外国人没什么概念，只是隐隐感觉此人也许和列宁是什么亲戚。

她的头发仍旧披散在肩头，在我看来这种装扮显得如此别致。我所认识的女孩几乎千人一面，每个人脑后都扎着一个马尾。在我们那儿，披散着头发给人的感觉是不太正经，为了证明自己是乖女孩，她们只能把头发扎起来。她们的样子让人厌倦，工作时我尽力不去看她们，避之不及的时候我也只看看她们的脚，相对于头来说，脚还算有些新意，有时会看到不同式样的袜子。

开始唱《月亮之上》了，最近这歌很火，我听电台时总会听到。我喜欢听电台，上班下班都听，在这里电台几乎是我的全部爱好。我听评书，单田芳说《乱世枭雄》，张作霖真是个英雄，他不怕日本人。我听相声，马三立太好玩了，他要是我爷爷该多好。我听最流行的歌曲，我学得很快，听两三次就能唱给大家听。张全说因为没有电视你才喜欢电台。我和他吵了半天，这家伙说话总是喜欢戳人痛处。男人终于唱完了这首歌，小圆收下他的钱，放在身上的挂包里，问我今天唱什么。

我已经是她的常客了，每次来公园我都会到她这里唱一首——当然，有时候也会唱两首，这要看她的客人多不多。我唱歌她是不收钱的。"我就喜欢听你唱。"她说，"这就是理由。"我并不认同她给出的理由，当然，我也不反对。一个月四百块的工资并不是很高，我一般都是能省就省。

"唱一首《从头再来》。"我说。我喜欢这种正气的，忧国忧民的，在女孩面前更要唱这样的歌。

"《从头再来》，我看看……没有。白水公园没人唱这首歌，我没下载。换首别的吧。"她说。

"那就来一首《精忠报国》。"我只能拿出自己的拿手曲目。我在书上看过,一代名将岳飞,小时候被他母亲摁在澡盆里,在后背刻下"精忠报国"四个字,长大后戎马一生,为国捐躯,多么悲壮而又有意义的一生啊。可惜我妈没什么文化,没法跟我说那么多,好在我读了些书,我知道好男儿要志在四方,这样才能让女孩看得起。

"怎么又是这个,你就不能唱点别的吗?"

"别的,《男儿当自强》行吗?"

"算了,你还是《精忠报国》吧。"

我开始唱的时候,她在我身旁坐了下来。她身上有一种不知名的香,她的手臂时不时碰到我,带来一阵细腻的触觉。我突然觉得无所适从,拿着麦的手不由地颤抖。这真让人羞愧。她就在我的身旁,吐气如兰,我却不敢扭头看她一眼。我只能把所有力气放在唱歌上,慷慨激昂,尽显男儿本色。

  马蹄南去 人北望

 人北望 草青黄 尘飞扬

 我愿守土复开疆

 堂堂中国要让四方

 来贺

我唱得声嘶力竭，青筋暴起。小圆在旁边傻呵呵地笑，给我打着拍子。

一曲终了，她站起来，说："为什么你每次唱都那么激情澎湃，感觉你就是岳飞本人。"她说着就笑起来，我摸不准她是在夸我还是调侃我，但我不太接受她这种玩笑的态度，这首歌多神圣啊，怎么能笑呢。可我又喜欢看她笑，她一笑，我就开心得不行。

"因为，这是首好歌啊。"在又开心又生气的情况下我尽量让自己严肃起来，"唱这样的歌，就要全身心投入。"

"是是是，你说的对。"她依旧笑着，"再唱一首吧，以前没怎么留意听这首歌，听你老这么唱，没想到还别有一番味道。"

"是呀，我特别喜欢。"

"多听听吧，"小圆说，"将来还会有更多你喜欢的。"

她的话总让我无从回答。这时候来了几个黄发青年，他们的屁股瞬间覆盖了所有椅子，屎一样的头发对着我，我一阵恍惚，以为此刻正置身于某个公厕。还好小圆的声音及时传来，把我从脏乱的环境中打捞出来，她指着我说，他还有一首歌呢。

我说："算了，让他们唱吧。"

一个青年转过头，对我说谢谢。他的口音很怪，我判断不出是哪个地方的。我只知道两个地方的方言——河南与河北。他不是河南的，也不是河北的，那我就不知道他是哪的了。看他裤子上沾染的布料颜色，我可以断定，他和我一样，也是做包的。白水的年轻人只有两种，一种是做包的，另一种是房东的儿子。

小圆问："你们唱什么歌？"

一个男青年问："唱一首歌多少钱？"

小圆答："两块。"

另一个男青年问："那情歌对唱是多少钱？"

小圆说："看你唱什么歌了，唱到我喜欢的可以不要钱。"

男青年说："唱《甜蜜蜜》呢？"

小圆说："十块。"

男青年惊道："那么贵！《水晶之恋》呢？"

小圆说："十五。"

男青年又是一惊，也许是他这次放假碰到的最奢侈的消费了。他说："这个怎么还贵些，你说的那个不要钱的是什么歌？"

小圆说："那是我心目中的歌，怎么能说给你听？"

男青年想了一会儿，说："《纤夫的爱》。"

"五十。"

男青年也许惊到了极限,他张大了嘴巴,不甘地问:"为什么?"

"不为什么。"

他们商量了一会儿,最后决定唱《甜蜜蜜》。小圆选好曲子,拿着麦坐到他们之间。看着小圆与那几个满脸青春痘的青年一唱一和,我一阵莫名难受。小圆唱歌的声音有一些沙哑,她不太适合唱这样的歌曲。男青年唱得兴起一脸深情地望着小圆,他看到的只不过是一个后脑勺而已。小圆出神地看着屏幕,说不出是麻木还是厌倦。我把目光移向别处,在不远的地方有一个书摊,书摊旁站着一个小女孩,她正在挖自己的鼻孔。看着她把挖出来的东西一一填进嘴巴,我忍不住走过去对她说:"小妹妹,这个是不能吃的。"她狐疑地看了我一眼,转身跑掉了。她可能是怕我抢她那些好不容易挖出来的东西。

书摊上摆着武侠书和言情小说。我看了好久,哪本我都想要,最后买了一本叫《神拳》的小说——我只是单纯喜欢这个书名。

老板要十块,我给了八块。在这里,我已经养成了爱讲价的好习惯。

拿着书往回走的时候,我看到了张全,他站在路边的小摊上吃酸辣粉。我走过去,问他:"你怎么现在才吃东西？"

"萌萌这会儿忙了，她让我先出来。"

萌萌是张全听电台时认识的一个姑娘。在一串交友信息里，我们听到女主持人念了萌萌的一条，那条信息写道：我是萌萌，最爱我的哥哥去世了，我想找一个爱我的哥哥。在众多找男女朋友的信息里听到一个找哥哥的，张全很好奇。他往主持人播报的号码里发了一条情真意切的短信，成功顶替了一个死人的位置，成了一个陌生女孩的哥哥。那段时间，工作之余，他的全部时间都用来和萌萌发信息。他们还互相发了照片，在手机屏幕里萌萌是一个还算漂亮的女孩，只是看起来她更像张全的姐姐。张全在照相那天特地洗了头，为了有一个好的背景，我们走遍车间内外，最后走到露天旱厕的后面。这堵墙是绿色的，张全站在墙壁前，在他脚下是满坑的粪便。我按下快门，他被永远定格在了这个看似美好的地方。在一次放假时，张全和萌萌见了面。那天晚上在我为他照相的厕所里，他兴冲冲地告诉我，他再也不是处男了。为此，我第一次妒忌了他。

张全吃完东西，说："你们先回去吧，不用等我了。"

"还要去找萌萌？"

"是呀，一个月才放一天假，见一回容易吗？"

我说："是呀是呀，你去吧。"

他答应着朝花街走去。看着花街前的男人们,我不免替他那根刚满十七岁的家伙担忧,那个东西经得住一天两次的爆发吗?

这是个问题。

小圆坐在她的摊位前看一本书。电脑里仍播放着歌曲的伴奏带。看到我回来,她问:"你怎么还没走?"

我指指门外的游乐厅,说:"我还有一个伙伴在那里。"

"哦。"她问道,"你们只有放假才来镇上吗?"

"是呀,平常都没有时间,上班要上到夜里十一点。下班之后倒是有时间,但早上七点又要上班了。"

她点了点头:"是呀,都是这样。你们不能请假吗?"

"可以,但我没有请过。"

她看到了我手里的书,说:"你买的什么书?"

我递给她:"我也不知道,书摊上看到的。"

她翻了翻:"你平常都喜欢看什么书?"

"都是在书摊上看到的,一般都是买武侠,我们那的人都看这个。"

"除了武侠呢,还喜欢什么作家,比如说海明威……"

"什么?"我不由得问她,"海明威不是唱《老人与海》的那个吗?他还写过书?"

她笑笑，说："不是这个，是美国的那个。喏，一个老头。"

我说："这个不知道，美国人我就知道有一个叫小布什的。"

她又笑了起来："中国的作家你总该知道吧，贾平凹，看过吗？"

她的笑容让我感觉像是嘲笑，还好，这个贾平凹我知道。我还在地摊上买过他的书呢。

"什么书？"她问。

"《野狼滩的女人》。"

她又笑了。我终于忍不住对她说："什么事那么好笑，你能别笑吗？"

她用手遮住嘴巴，说："不好意思，你实在太可爱了。《野狼滩》不是贾平凹写的，是本伪书，别人冒名写的，不过写得还不错，你觉得呢？"

哦，原来她笑是因为我太可爱的缘故。我顿时高兴起来，以至于忘记回答她的问题，她又重复了一遍，我才含糊地说："是呀，很不错。"关于这本书的交谈让我心虚，有一段时间我常常看着书中的部分段落自慰，直到张全手机里多了一些视频之后，我才舍得把这本书当厕纸。

哑巴终于从游乐厅出来了，在远处他就冲我快乐地招手。小圆说:"这就是你朋友呀。"我说:"我们在一起上班。"小圆问:"他都喜欢唱什么歌?"我说:"他不能唱歌,他是个哑巴。"小圆说:"哦,抱歉。"

哑巴走近了,他用双手快速地比画着一些什么,我没有看懂,最后他扬起头大笑了一通。我才知道他在说自己玩得很高兴。然后他又把双手放在胸前,弓着手揪起衬衫——我不知道他是在说游戏里的火舞还是刚刚遇到的哪个女人,他的手势总是让人一知半解。我们很少能正确理解他所表达的全部意思。我理解他得不到理解的痛苦,但我无从安慰他。

他走到我们身边,笑着和小圆打了个招呼。小圆摆摆手,也笑着说嗨。我能看出哑巴眼里闪烁的淫光,也许回到车间他会用刚刚那个手势向大家介绍小圆,好在通过他那个手势只能看出他要说的是一个女人,至于是个什么女人,大家只能根据自己的需要想象了。

哑巴的手势把小圆逗笑了,小圆打着手势回他,哑巴第一次遇到会跟他打手势的人,更加兴奋地打回去。两个人竟然用手势热火朝天地聊起来。我在一边也看不懂,只能傻呵呵地跟着他们一起笑。

一个瘦高的男青年走过来,他长得很帅,穿得也不错,很时尚的 Nike 鞋,看他这个气质,不像是我们在地摊上买的那种十五块钱一双的假货。

"你现在长能耐了,哑巴的生意都能做了。"男青年走过来,抓住小圆的手。

小圆看到他,脸上的笑意立刻不见了,想要挣开他的手,男青年抓得很紧,小圆挣不开,男青年拽住小圆腰间的包,去拿里面的钱。我和哑巴都愣住了,以为是抢钱的,我想到的是收保护费的,我想要上去英雄救美,可是脚不听使唤,站在原地动不了。

"你干什么?"小圆说,"早上刚给你一百就花完了。"

"我做任务呢,"男青年笑嘻嘻地说,"不能断,再给五十,明天我就还你。"

"我信你才怪。"小圆任他把钱从包里拿走,没有过多阻拦。

男青年兴冲冲地跑了,留下我们三个面面相觑。

"他是谁?"我忍不住问小圆。

"一个朋友。"小圆淡淡地说。

太阳悬在公园西面的高墙上,只剩下半边脸,我们必须向今天的它告别了,想要下一次在这里见到它,我们还要等一个月。和小圆说再见的时候,她向我要手机号码。我窘迫地表示自己还没有手机,只能给她留了张全的号码。

小圆说:"你应该买一个。"

"嗯,下个月放假我就去买。"

"为什么非要等到下个月?"

"只能等到下个月。"我说。

坐在哑巴讲好六块钱把我们拉回去的三轮车上,我向暮色中的城镇告别。在我身边,坐着两个扎马尾的姑娘,她们正在计算今天一共花了多少钱。天色越来越暗,离我们赖以生存的车间也越来越近,此刻我突然好想从车上跳下去,再也不回那里去。可我也知道,除了那儿,我还能去哪呢。

钱超坐在车间的桌案上和大家开会,他是我们的老板,我和张全就是被他带到这里来的。那是我第一次坐火车,在车上这个人的言谈让我对即将到达的地方充满向往。他问我为什么不上学了,我没法跟他解释那么多,只能仿效大家潇洒地说,上学没用,什么也学不到。他看了我一会儿说,好,好见识。现在,他坐在我们面前,晃着他的大长腿,对我们开着不知所谓的会。这是他第六次开这样的会了,在以往的五次会议里,其中有三次是为了加班;一次要取消假期;还有一次,是让我们为他即将出世的女儿起名字。我们聚在一起想了好久,最后他采纳了我想的名字——当然,也没有完全采纳,他只是保留了前两个字,而我的意思是,那个还在娘胎里的小妞可以叫钱塘江。

为此，钱超额外给我放了一天假。那是我第一次一个人上街，就在那一天，我在小圆那里唱了三遍《精忠报国》，她乐得不行，最后没有收我的钱。

这次没那么幸运，钱超的女儿已经出生了，不会再有起名字那么好的差事。这次他要说的是加班。这意味着在一段时间内我们每天晚上十一点半的下班时间将不复存在。钱超拿着一个样板稍显激动地说："这个活很重要，你们都知道，白水那么多做包的，人比活儿多，我接的这个单子很大，就是急了一点，一个星期交货，我们只有十个人，不加班完不成任务。大家都辛苦一点，熬过这个星期，我请大家到北京旅游。"

"大家有意见吗？"钱超补充道。

没有人说话。我们从来不知道该怎么拒绝，尽管私下里已经拒绝过无数次。

"好，那就开工吧。"

电动缝纫机的声音一如既往地响起来，在每个晚饭过后的夜里。隔壁车间里，张全和踩缝纫机的姑娘们大声说笑，钱超走进去，他的声音戛然而止。钱超走出来，车间变得死水一样寂静，只剩下缝纫机的声音，时长时短，像荒野里的风声。

我独自坐在质检室里，我的工作就是检查做好的箱包是否合格。在我工作的台子上放着我的收音机，为了让它出现在这里，我和钱超费了不少口舌。钱超觉得听收音机影响工作效率，我表示没有收音机我就没法工作。在工作的时候，我就听着它，否则我无法安静下来——我的意思是，没有收音机，我就会不由自主地唱歌。我的歌声已经不止一次吵醒钱超的女儿钱棠了，这个不识好歹的小家伙竟然不知道她的名字是我给起的。

"关于这一点，"张全说，"她也许永远不会知道。"

晚上八点，我调了下收音机的频率，单田芳开始讲张作霖当土匪时的故事了。

张全在隔壁喊道："把声音调大点。"

单田芳的声音越来越大，透过缝纫机的噪音传到大家耳中。当然，哑巴是听不见的，他心无旁骛，一心工作。他脚下的缝纫机从不停歇，论做包，他是高手中的高手。在哑巴的带动下，缝纫机的声音此起彼伏，大家都知道，想要少加点班，就得拼命地干。

我们的夜晚开始了。

2

哑巴是这里资历最老的工人，他已经干了五年了。从十七岁开始他就在这里，只有每年春节他才会回家几天。他的父母把他托付给钱超，希望钱超能给哑巴找一个媳妇。钱超为此做了不少努力，我们这每来一个残疾的姑娘他就游说人家嫁给哑巴，但都没能如愿。哑巴的人缘太差了，或者说，哑巴的自尊心太强了。人们大声说笑的时候，哑巴总以为在取笑他，为此他还和我打过一架。姑娘们都觉得他脾气很差，谁愿意和这么一个不好相处的人结婚呢。现在我只对他微笑，这样他就会认为你很尊重他，哪怕你骂他，也要微笑地看着他，他会对你报以同样的笑容。工龄仅次于哑巴的是三个姑娘，她们分别是瞎了一只左眼的阿玲和瘸了一条右腿的冬梅，另一个，是钱超的妹妹雨花，一个身高一米七零的美女，在刚见到她的那一段时间里，我自慰时总不由得想到她。后来，不可避免的，我乏味了。阿玲和冬梅都遭到过钱超劝婚，在得知对方是哑巴后，她们都果断拒绝了。这些哑巴不知道，他在毫不知情的情况下被人拒绝了好多次。他的父母并没有放弃努力，听说他们在老家为他领养了一个五六岁的小女孩，据说那个女孩是为了养大后给哑巴做老婆的。

当然我们也只是听说而已。

你听他说、我听你说、他听我说，谁知道真的假的。

除去哑巴和那三个姑娘是老干将之外，我们都是新来的。这里每年都会有人走，有人来。在我们这批新人里，张全最大，十七岁；杨歌最小，只有十四，他的个头也就一米四几，每次来了检查人员钱超都谎称他是自己儿子，杨歌这时候总能一脸惬意地坐在一旁看着我们干活。他多想当钱超的儿子啊，而事实是，他爸爸在他刚出世时就死了，他妈妈因为太爱他一直没有再嫁。他因此没有机会叫任何人一声爸爸。说到这，我真有点羡慕他。

介绍完这些人之后，我想用一句总结性的话来做个结束：在钱超租来的大院子里，有六个房间，三间被用来做车间；在车间里工作的一共有十个人，四个男人、六个女人、三个残疾人、六个未成年人、一个堪称完美的女人（至少从外表上看是这样）、两个单亲家庭的人、一个没有双亲的人——如果你觉得多了几个，恕我不再多做解释。

在白水，钱超所开的这种小作坊多如牛毛，作坊里的人员组成，可以根据上述条件展开联想。钱超还有一个表弟，也在这个村子里开一个相同的作坊。他的生意总不如钱超，原因是他从不让自己的工人做工到夜里一点，也很少让他们加班，还时常给工人们包包饺子什么的。在我们日夜赶工做钱超接下的那批货时，他曾带着他的工人来帮过我们。他家清一色都是女孩，并且个个身材高挑，虽然其中也有一两个像冬梅那样的瘸子，但并不妨碍她们整体的美。有一个叫燕子的女孩因为太笨被分到我这边做质检,看到她的时候,我终于确定了传说中所谓"胸大无脑"的说法。那些天,我熬得通红的眼睛一看到她就精神焕发,于是,我的性幻想对象又多了一个。

在每天两个小时的休息时间里,我和张全热切地谈论燕子。某天晚上,杨歌听到后一脸鄙夷地说:"就那个燕子呀,浑身疙疙瘩瘩的,有啥好看的?"

我和张全大笑不止,张全摸着他的头说:"想当年,哥也像你一样清纯。"

哈哈哈哈。想不到我们还能笑出来。而雨花——钱超的妹妹,在第五个加班的夜里,忍不住大声哭泣。钱超走到车间,允许她去休息一会儿。她一走,我们就再也坚持不住了。当我拿着一只包睡意蒙眬的时候,钱超叫醒了我。我真想把那只包摔在他脸上,吼一声"老子不干了",但我没有动,我只是用力地眨了眨睁不开的眼睛,带着哭腔说"我想回家"。那一刻我一定是忘了我的混蛋老爹。钱超笑着说:"再坚持坚持,还有两天就完事了,要不你们先休息一会儿。"

我没有说话。

他走到大车间宣布:"大家休息一个小时。"

一个小时,这就是我们争取到的。

张全已经没时间给萌萌发信息了，他只有在上厕所的时候才能干这件事。我从来没有见过一个人那么渴望上厕所，车间的那张白纸上其中有一句是这么写的：禁止长时间逗留在厕所里。那段时间，张全如愿以偿地患上了便秘。我由衷地祝福他。

有一天张全对我说，他收到了一条署名小圆的短信。我急切地想要看看，他告诉我，他以为是人发错了，就删掉了。

"那信息里说些什么？"我问。

"问我最近在干什么。"

"你怎么回的？"

"我怎么回？我都不知道我在干什么，我怎么回。"

我们终于熬过那七天，睡了一个五小时的整觉。把我们的战斗成果一包一包抬上货车的时候，我突然觉得我存在的意义与我没有什么关系。在给那些包挂上合格证的时候，我常常做一件蠢事，把一些事先写好的纸条塞进包里。如果是学生包，纸条上通常会这样写：小家伙们，你们一定要好好学习天天向上，不能像我一样；如果是皮包或者旅行包，我一般会这么写：如果你是记者，请来白水看看。我不厌其烦地干着这些蠢事，从来没有得到过回音。后来我才知道，这些包都是出口的，卖到尼泊尔或者印度。张全说,那里的孩子很多都不上学。我不服气,那他们要学生包干什么?

钱超履行了他的承诺,决定带我们到北京看看。出发前一天,他给了我们一天假期,让我们到镇上买一身好点的衣服。

"给首都人民一个好印象。"他说。

我向他支取了一千块工资,我决定买一部手机。把一千块揣进口袋,我的心狂跳不止,好像这钱是偷来的。第一次拥有处置这么多钱的权利,这真让人害怕。

买一部手机,对我们来说绝对是一件大事,所以大家都跟着我,想要看看我会买一部怎样的手机。我们一行人浩浩荡荡走进镇上的一家手机专卖店,机灵的店员显然看多了这样的大部队,她问道:"请问你们哪位要买手机?"

我笨拙地走上前,说:"我。"

她又问:"你想买一个什么价位的呢?"

我说:"买个一千块的。"

她继续问道:"你是想要滑盖的还是平板的?"

"能玩游戏能拍照能下载歌曲的。"

我一口气说出自己的要求,她拿出来一款,开始向我介绍。跟我同来的姑娘们四散开来,对着玻璃柜里的东西指指点点。售货员详细介绍完之后,问我可不可以，我问她："这个手机都有什么游戏？有没有赛车的？"她帮我调到游戏频道，说："没有赛车的，只有连连看和连连变。"

"什么是连连变？"我从来没有听说过这个游戏。

"你看。"她有点神秘地把我拉到跟前，调出那个游戏说，"你摇一摇，它就变一变。"她轻轻摇了一下手机，屏幕上的美女少了一件衣服。我倍感新奇，拿过手机说："我看看。"我连摇了几下，屏幕上的女人只剩下一件内裤了。我准备再摇一下的时候售货员抓住了我的手，"这个游戏你回家再研究吧。"

"就要这个了。"我想我绝对是冲这款游戏买下的手机。

阿玲说："这么快就买了，一千块怎么花得这么快，不说多看几家。"她今天认真修饰过，额前的长发正好遮住她那只瞎了的眼睛。

我懒得跟她解释，我的钱我作主。我最烦她们那种左挑右拣犹豫不决的样子，花个钱还让人看不起。

"好了，买完手机了，你去找老张下载歌曲吧。"张全说。

"又去找萌萌？"

"知道了还问。"

张全迫不及待地与我们分道扬镳。我和哑巴还有小杨歌去公园附近的小巷子找老张。老张在那里有一间小门脸,卖一些手机的周边用品,另外给不会玩电脑的人下载东西。张全每次放假都会来这里更新手机里的音乐。老张看见我,热情地打招呼:"怎么样,张老板没来?"

"他有事。"

"下歌曲?"

"嗯。"

"哟,新买的?"

"是啊。"

"下什么歌?"

"什么价钱啊?"

"老价钱,下满五块,自己挑歌十块。"

"我不挑歌,就挑歌手行吗?"

他犹豫了一下,说:"这个呀,没人这么干过呀,不过你是熟人,你挑吧。"

"我想下屠洪刚的全部歌曲,还有刘欢的、刀郎的。"

他抬起头,说:"品味很独特,现在很少有年轻人听刘欢了,多么凛然正气的一个艺术家,没人欣赏得来。"接下来的时间他一直呈亢奋状态,喋喋不休地说着如何如何喜欢刘欢这个好汉。

我不耐烦地问他:"内存卡满了吗?"

他说:"还没有,再下点吧,凤凰传奇的要吗?《香水有毒》有了吗?"

"不要。"

"庞龙的呢?"

"不要。"

我突然想起什么:"列侬的,你给我下列侬。"

"列侬是什么?"

"是个人,外国人,唱歌的。"

"哦,那我得搜搜。"老张在网上把列侬的名字转换成英文,在播放器里一搜,出来一大溜歌曲。

"这个外国人太能唱了,你内存恐怕不够。"老张说。

"那你随便挑点下吧。"

"我也看不懂啊,都是外国字。"老张说,"这样吧,我给你下前面的十首歌,前面的都是热门歌,好听的。"

"下十五首吧。"我说。

歌曲下完之后,他说:"还有一点空间,你想下点什么?"

我想了想:"没什么要下的了。"

他说:"三级片呢,要吗?"

"有……吗?"在电脑屏幕里,我看见我的脸红了。

"有呀,给你下点吧,动画版的,很好看。"

"有不是动画的吗?"

"动画的很好看呀,你看看——"他打开一个视频,狭小的屋子立刻充满了莺声燕语。小杨歌不好意思地走出门去,哑巴仍在欣赏墙上的半裸挂历。

"还是下真人的吧,动画的没意思。"

他好像有些失望,若有所失地"哦"了一声。

来到公园时小圆依旧在忙,看到我她有一点惊愕:"好像还没过一个月吧?"她说。

"出了一点意外。"

"什么意外,你们老板破产了?"

"恰恰相反,他大赚了一笔。"

"哦,那他还算仁慈。"

"仁慈什么,他的钱还不都是我们赚——"

"别这么说。"小圆打断我,"在谁手里就是谁的钱。"

"是啊。"我努力让自己笑起来,"你说得对。我买手机了。"

"那你可以给我打电话了,看到我给你发的信息了吗?"

"没有,被我朋友不小心删掉了。"

"哦,你上次要唱的《从头再来》我找到了,现在要唱吗?"

"好哇。"

我坐在小圆身旁,看着漆黑的屏幕(这首歌没有MV),拿起麦克风。

唱到一半,小圆伸出手和着我的歌声打起了拍子。哑巴看着我们突然邪恶地笑了起来,我不知道他看见了什么,在我们四周只有歌声而已。

我告诉小圆明天要去北京,她没有我想象中的惊讶,只是让我从香山给她带回来一片枫叶。

"要一片枫叶干什么?"我问她。

"我想看看它有没有变红。"她说。

"好吧,我会给你带回来的。"说出口之后我才发现我的回答有点郑重其事。

"再唱一首歌吧,现在没有人。"小圆提议道。

唱什么呢,我想了很久也没想出来,我对小圆说,这样吧,你把我当作你的点唱机,随便点一首歌,看我脑海里有没有储存。

小圆说:"我要听的估计你没有。"

我说:"你说说看,万一我有呢。"

小圆说:"梁静茹的《燕尾蝶》你有吗?"

我说:"没有,听都没听过。"

她笑了，说："那我唱给你听吧。"

小圆开始唱了，这歌听起来很时髦，很跳跃，歌词就像她含在嘴里的跳跳糖，一个一个俏皮地往外迸。副歌的高潮来得毫无预兆，一个突然的休止停顿，小圆潇洒地拉远了麦克，气势如虹的伴奏再度响起，小圆的歌声仿佛具有了灭世的力量。"你是风，你是火，你是织网的恶魔。"我不太懂歌词，一会儿是风，一会儿是火，一会儿是织网的恶魔，难道说的是毒蜘蛛？后面一句马上打破了我的疑问，"破碎的燕尾蝶"，原来讲的是一种我没见过的蝴蝶，它破碎了，"还做最后的美梦"。我突然感到一股巨大的悲怆，小圆唱得那么投入，忽而平静如春水，忽而悲鸣如秋虫，大概她把自己当作那种她正在歌唱的蝴蝶了吧。她想自己是风，是火，无拘无束。她愿自己是恶魔——为了不被伤害先伤害自己。她不知为何破碎了，不能再飞了，还要把最后一个美梦做完。我没有想过，看起来那么完美的小圆似乎也有伤心事。我的伤心事更多了，数都数不完。此时此刻，听她唱歌，我为自己的无知而伤心，我都不知道燕尾蝶是什么，她已经在唱了。我不懂她口中玄妙的歌词，也唱不出那么时髦的旋律。我能感到她的伤心，却无能为力，甚至都不知道她的伤心来自何处。我看着她，感觉自己越来越渺小，她最终变成云彩里的神仙，我唯有仰视——云彩稀薄时——才能隐约见她。

"你怎么了?"小圆柔声问我。

"没有,没什么。"

"你怎么流泪了?"

"风,风太大了吧。"

钱超包了一辆旅游车,我们在天亮之前到达北京。

雾气浓重的天安门广场聚集了一群看升旗的人。多年以前,我在小学课堂上朗诵"我爱北京天安门",心里充满向往。这是个多么神奇的地方啊,即使从未见过也都在口口声声说爱它。现在,我站在这里,看着金水桥下浑浊的河水和斑驳的城门,有一种说不出的失落,当然,比我更为失落的是张全,从昨天到现在,他几乎没有说一句话,我甚至怀疑他是不是变成了哑巴,这对钱超来说未尝不是一件好事。

我们进了端门,走过午门。我第一次看到外国人,普遍身材高大,脖子上挂着相机。一个外国老太太体态臃肿,脚脖子却很细,看她稳稳当当站在地上,我暗自惊叹于他们神奇的身体构造。外国人、外省人、老人、小孩汇聚成新的人流,走在这皇帝曾经的居所。皇帝都是坏人,他们曾剥削劳动人民,可是走在这里,我仍不敢随地吐痰。我只是一个小人物,走在这样的大地方,不免有些害怕。姑娘们倒是很活泼,她们全无敬畏之心,到处拍照,这就是女人比男人勇敢的地方吧,心安理得地接受各种变化。我们走走停停,在需要门票的故宫前停下脚步,钱超去前面问了问,回来后说,走,我带你们去别处逛逛。我们来到曲池子大街,在那里看到了许多好车,钱超双眼发亮,啧啧称赞。后来我们干脆坐在路边,对过往的车辆指指点点,互相显摆谁认识的车多。

在这过程中我也变成了哑巴,对于车,我只认识东风拖拉机。整个上午,我没有看见一辆。

下午我们去了动物园,我对动物没有什么兴趣,只是觉得气味难闻,他们还在逛,我先出来了。我宁愿在大门口等着。在路边卖麻辣烫的小店,我看见了一个吃麻辣烫的女孩,她穿一条杏黄色的热裤,长发披肩,交叉着双腿坐在热气升腾的柜台前。吃一串拿一串,她辣得直吸气,用纸巾擦掉嘴唇上层层的红油,又拿起一串。她悠然自得地吃着,好像这条街就是她的家,好像整个北京都属于她。作为一个外来客,我偷偷看着她,起先只是流连于她曼妙的身材和裸露的腿,看着看着,我有些心虚,她的样子让我想起小圆,同时,也想起小圆的嘱托。

我问钱超:"我们什么时候去香山呀?"

钱超趴在狮虎山的水泥围栏上,看着下面那只体态臃肿的大熊,说:"下一次再来北京的时候,今天不行了。"

我说:"那怎么行呢,我还想看看枫叶呢。"

钱超说:"看枫叶干什么?"

我说:"我想看看它是不是红的。"

钱超指着远处墙上的爬山虎说:"那不就是红的吗,就是那样的。"

爬山虎的叶子被小圆认出来了,在她家里,她让我看了她收藏的枫叶,那是她从香山带回来的。

"你有了为什么还要我给你带?"我说。

"是啊,她说,所以你给我的爬山虎,才成了意外的惊喜。"

"Surprise。"她说。

3

从北京回来,张全终于说话了。那天,在他告诉我他被破处的厕所里,他对我说破了他处的女人是一个妓女。

"鸡。"他咬牙切齿地说,仿佛还没说出口,已经把这个字咬碎了。

不会吧？我难以置信，一个妓女怎么会让一个人白上那么多回。

"是真的。"张全痛哭流涕。

我没有见过他这么难过的样子。我试图安慰他，是就是呗，你没有认识萌萌之前不是一直想找个妓女破破处吗，现在找到了，还不要钱，多好。

"去你妈的。"张全大声骂我，"你他妈什么都不懂。她从来没有告诉过我她是，我还好奇来着，为什么她会住在花街那种地方，原来她真的是。"

我说："那你想怎么样呢。"

张全说："我让她从花街搬出去，她不搬。"

我说："她一定有苦衷。"

张全说："她有什么苦衷，她就是不想进厂做工。"

我说："那怎么办呢？"

张全抹干眼泪，半晌，说："我要和她分手。"

我和张全请了一天假，张全去花街对萌萌说分手。我到小圆那里等他回来。小圆对我说："你终于敢请假了。"

我说："因为我的伙伴，他要和他的女朋友分手。"

小圆说："那你是来给他加油助威的了。"

我说："我是来保证他的安全的，我怕他因为爱情寻短见。"

小圆说:"如果是这样的话他一定不会分手。"

我没有告诉小圆张全的女友是干什么的,我为知道这件事而苦恼不已,这不是一件可以轻易说出口的事情,对张全来说也是这样。

小圆让我唱一首歌,我没有兴致,但还是唱了。《一埋朕》(Imagine),列侬的歌,我学了好久才会唱。我不懂英文。每天下班,等大家都睡了,我趴在床上,点一根蜡烛,戴上耳机反复听他唱出的每一个音节,在本子上用汉语写下来。我对照着汉语跟着手机一句一句地学,这让我觉得自己很笨,却很有成就感。等到能完整唱下来,我搜索了这首歌的介绍,大概是讲这个歌手的想象,他想象出一个世界,没有天堂也没有地狱,每个人都一样简单,每个人都快乐地生活着。"一埋朕"的英文就是想象的意思,这确实符合想象,埋了皇帝,人人平等。岳飞也不用做英雄了,和大家一样做个快乐的普通人就好。刚开始,我不太同意,甚至可以说是愤怒,如果不为做英雄而活,活着还有什么劲头,快乐又有什么意义。后来我想到小圆,她衣服上印着这位歌手的头像,想必她是同意的。我从各个角度去想,想让自己同意,可越想越不同意,越想越痛苦,感觉只有和小圆绝交才能免除这种痛苦。可是,不做英雄,和小圆快乐地生活在一起我会不愿意吗？况且，我只是想做英雄，也许永远都做不了。这么一想，我豁然开朗，马上同意了列侬的想象，我愿意和小圆在这样的想象中快乐生活，可想象是止不住的，紧接着我又想到小圆愿意和我快乐生活吗？如果她不愿意，我在这想象中还会快乐吗？

忍不住的胡思乱想让我心乱如麻，奇怪的是，一唱起这歌，我又平静下来，原来只是想象就已经如此迷人。

> 一埋朕贼儿子挠海蚊
> 一腿子一贼义父由踹
> 挠海鸥比楼啊斯
> 鹅爸屋噷雷斯盖
> 一埋朕嗷了皮剖
> 离蚊否特对
> 唉——啊——唉唉啊

见我真的能唱出来，小圆惊奇又欣喜，她拿起另一支话筒和我一起唱。和她唱着这首陌生的歌，好像在新奇的风景中探险。在我们那，管南方人都叫蛮子，更别说外国人了，我只知道他们组成的八国联军，像野蛮的强盗，没想到也有动听的歌曲。和小圆的目光无意中交会，我们互相不好意思地一笑，我心都要化了，一种无以言表的幸福笼罩下来。曲终，如梦醒，我想要抓住还未消散殆尽的碎梦，请求她再唱一曲。她问我唱什么，我不知道，"你想唱什么就唱什么。"她被我愚钝的急切逗笑了。"好，以前都是别人点什么我唱什么，现在我想唱什么就唱什么。"

一整个下午，我都在听小圆唱歌。她做回点歌台的主人，不做一单生意，只为我唱歌，只为自己唱歌。大多是我没听过的歌。她像一个法力无边的女巫，把一个一个新奇的世界捧到我面前。我听傻了，入神到听不清她在唱什么，脑中似乎只剩下一段隽永的旋律在循环播放。我看着她，由衷地希望这旋律永远不要停下。

直到天黑，张全也没有回来。我开始担心他是不是被萌萌杀人灭口了，或者他杀了萌萌然后自杀，或者他们两个相约一起自杀……我突然意识到爱情的严重性。靠着不是很好的记性，我在花街找到了他。他们面对面坐在床上，眼睛通红，看得出来两个人哭了很长时间。张全对我说："你先回去吧，告诉钱超我明天再回去。"

我说好。转身走出去又走回来，已经抱在一起的两人又赶紧分开。我说："你们有事好好商量，可不要想不开。"

"什么想不开,你说的什么鬼话,"张全骂道,"你赶紧滚。"

从花街出来,我满心欢喜。我不知道在为谁而高兴,我从没有为别人高兴过,相反,别人高兴的时候我常怀嫉恨。这一次,我是真的高兴。

我找到小圆,告诉她,如你所说,他们没有分手。

我跟随小圆来到她家。她住在镇上一个居民小区里。在我浅薄的认知里,住楼上的都是有钱人,天生和我是两类人,就像是两组平衡线,没有交叉的可能。我上了楼,感觉自己那条线被硬生生扯断。我进了门,生平第一次换上拖鞋。那条线已经断成无数截,恐怕再也连不上了。

小圆住的是一个90多平米的两居室,家具齐全。她告诉我是租的,我并不关心。我只是好奇,露天KTV真的能挣那么多钱吗?

屋子有些乱,客厅有舒服的沙发,沙发上有两把吉他,地上电线杂乱,桌子上的烟灰缸里塞满了烟头。"你抽烟?"小圆把烟灰倒进垃圾桶,没有说话。她带我参观了她的卧室和阳台,卧室的墙上挂满了她的照片,各种各样的表情和风景。除此之外,我还发现了一台电脑,不是她用来连接点歌机的那台,是一台崭新的台式机。

"你真有钱。"我冒昧地说。

"这不是我想要的。"小圆说。

"那你为什么在白水公园摆摊,那么辛苦。"

"为了赚钱呗,"她说,"也为了收集声音。"

"收集声音?什么意思?声音能卖钱吗?"

"你的关注点能不能不要一直放在钱上。"她点击鼠标,打开一个声音文件说,"你听听。"

激昂的歌声四散开来,一个男声在唱:马蹄南去人北望……

"听出来是谁在唱吗?"小圆问道。

"不会是我吧。"

"就是你。"小圆说,"那天你把这首歌连唱三遍,我就知道值得收藏。这是我在白水收集的第一组声音。你再听听这两个,看看有什么不同——"

她播放了两段声音,第一段是一个妇人在唱《九九艳阳天》,第二段是一个老头在唱同一首歌曲。

"听出来有什么不同吗?"

"没什么不同啊,都是同一首歌,都没有跑调。"

"怎么会没有不同呢?一段是男的唱的一段是女人唱的,这是最大的不同。"

"这个呀。"我有一种被戏弄的感觉。

小圆说:"这两段一个是在北京录的,一个是在杭州录的。北京只有老太太才唱这首歌,在南方,男的也喜欢唱。"

"哦,这样呀。"我说,"你怎么去过那么多地方。"

小圆没有说话,被另一段响起的歌声吸引了,一个青年声嘶力竭地唱《一无所有》。小圆的表情黯淡下来,我有些慌张,感觉她要哭出来,我不知道她为何伤心,这让我更慌张。

"你怎么了?"

"没什么。"她回过神来,迅速关掉了声音文件。

"是这个歌声让你难过了吗。"我说,"你收集这些声音干什么呢,恐怕不好的回忆也收进来了。"

"小时候,我就喜欢听人唱歌。"小圆说,"再普通的人,唱歌也有动听的时候。我妈妈唱歌很难听,她只有在厨房做饭的时候才唱,有时候我偷偷听,她能把一两句歌词唱得很有味道,和别人都不一样。就像做饭,每个人都有独特的味道,我想搜集到不同的声音,留下每个人闪光的时候。"

"你想做歌手吗?"我问她。这心情就像问一个人,你想做皇帝吗,如果是肯定的回答,我就要跪下来,从此只能仰望她。

"这是我的梦想,"小圆说,"我在攒钱。"

"干什么？"

"去留学。"小圆说。

我不光跪下，还磕了个头。

"你呢，你想干什么？"

我不知如何回答，我没想过这个问题，如果这个问题是指小学时候写的作文，那我倒是想过，我想干得很多，科学家——因为这个词听起来比较悦耳，感觉上能耐也大；作家——感觉也很厉害，具体是干什么的也没想过；英雄——更抽象了，有点像傻子的梦想，和小圆唱过《一埋朕》之后我更不敢说了……当然在这样的谈话中这些全作不得数，小圆说的梦想是具体的可实现的，我的只是一些空想，甚至是乱想。

"我也不知道，"我说，"我不知道自己能干什么。"

"你总得有些爱好吧，"小圆说，"特长，生活中你有什么比较拿手的事情，你为之骄傲的。"

我更努力地想，生活中我没什么出挑的地方，大家干活我也干活，大家听收音机我也听收音机，大家看武侠小说我也看武侠小说，因为一个月只出来一次，大家的武侠小说很快就会看完，我自告奋勇写了一个叫《龙门剑客》的小说给大家看，现在还在连载阶段。似乎写小说算是我的一个特长。我还会写顺口溜送给大家，把每个人的特点编成顺口溜，像童谣一样唱出来。我的套路一般是这样,前半部分调侃,后半部分抒情,调侃让人不高兴,抒情可以转而将之感动。

"我写武侠小说,算吗?"

"算呀,那你想不想当作家?"小圆突然眼睛发亮地看着我。

"我小时候就想,但是不知道怎么才能当。"

"你写作,就是作家啊。"小圆说,"你写得好不好看,手机里有没有,给我看看。"

手机里还真有,每写完一回,我就拍照分享给大家。我把手机给小圆,小圆从厨房里端出一杯咖啡给我喝,她坐在对面看我的武侠小说。我喝了一口咖啡,又香又浓,略带苦涩,我知道,这是外国人喝的东西。他们不喝中药喝这个,可见人们的生活多多少少需要一点苦涩。小圆捧着手机很认真地看,时不时咯咯地笑。

"你笑什么?是不是写得很烂。"我忍不住问她。

"不烂,很幽默。"小圆说,"你的武侠小说很现代。怪不得你老去买书,你对文字很敏感,你就这样多看书,写下去,一定是个受欢迎的大作家。"

"真的吗?"

"真的!作家都是对人类有益的,比歌手还厉害,人们会研究你的思想，学习你的著作，到那时候，你可就是大明星了。"小圆愉快地畅想下去，说得眉飞色舞，我们一起笑个不停，好像她说的不是胡话，而是现实。笑着笑着，我们停下来，然后是突如其来的沉默。我们对视，彼此都有些尴尬。她拿着我的手机，也没有要还我的意思。我让自己不去看她，东张西望想找些话说，我看到沙发上的吉他。

我问她："你会弹这个吗？"

小圆说："当然了，想要我给你弹一段？"她把琴抱在怀中，说，"《阿尔罕布拉宫的回忆》。"

流水般的旋律缓缓响起，她纤细的手指快速地撩拨琴弦，圆润的三连音绵绵不绝地流淌出来。我想起一句诗中说，嘈嘈切切错杂弹，大珠小珠落玉盘。

我问她："这琴能边弹边唱吗？"

小圆说："这是一把古典吉他，不过也可以弹唱。"她拨动琴弦，唱起一首陌生的歌：应该去想一想／一只鸟的走向／应该去想一想／一群猫的彷徨／应该去想一想／妈妈的厨房／应该去想一想／未来的模样……

我问她："这首歌叫什么名字？"

小圆说："没有名字，我瞎唱的。"

沉默再度降临，我放弃了找点话说的努力。我坐在沙发上，浑身僵硬，像木头一样盯着墙上的钟表，九点了。

良久,小圆放下吉他,站起来伸伸懒腰,她露出的肚脐吓得我赶紧低下头。她收掉空了的咖啡杯走进厨房。我抬起头去偷偷看她的背影,她突然从厨房探出头来,说:"对了,你喜欢看电影吗,我电脑里有很多电影,可以拷到你手机里。"

我吓了一跳,说:"好呀,我可以下班之后看。"

我取出手机的内存卡,小圆把它插在电脑上,说:"清理清理还可以下两部电影,你有什么不要的东西吗,这个《麻辣教师》是什么电影,还要吗?还有这个《种族大战》,你不要的话就删掉。"

她边说边打开那个视频,我来不及去阻止她。那个黑人女郎狂野的叫声响彻房间,我的脸跟烙铁一样又红又烫。我努力做出解释,想和屏幕里的男女撇清关系,我对她说我从没有见过他们,一定是我的伙伴张全弄的这些。

小圆淡然地关掉窗口,又打开一个视频说:"别紧张,你看,我也有。"

看着屏幕里蠕动的同类,我无话可说。

小圆继续问道:"你还要吗,我也可以拷点这个给你。"

我连忙说:"不,不要了。"

就在这时,外面传来开门声,一个高大的青年背着吉他走进来,我认出了他,就是那天在公园找小圆要钱的那个。我们看到对方都有些错愕,尤其是电脑里还播放着小圆收藏的视频,这让场面更显尴尬。

小圆倒是很淡定,或者说是冷淡,她没有看他,说:"不是说走了就不回来了吗。"

"他是谁。"青年倒是没发火,声音也不大,但话说得很阴沉。

"把钥匙留下,你可以走了。"小圆依旧淡淡地。

"他是谁?"青年把目光投向我。我不敢和他对视,去看别处,电脑里视频还在放着,在两个剑拔弩张的人面前看这个视频似乎不太合适,看小圆感觉也不对,低着头就更不对了,好像我怕了他。转了一圈,我决定和他对视,最起码这样像个男人。

"你是谁?"青年紧走两步到我面前,我只得站起来,个头差了不少,气场也是。但我知道,气势绝对不能输,我不能乖乖回答他的问题,最好的反击就是问回去。"我是她男朋友,你是谁?"没想到他这么干脆就回答了,又迅速把问题抛回来,我慌了神,"我,我是唱歌的。"说出来之后我也觉得可笑。青年先是一愣,继而大笑起来,他弯下腰对小圆说:"这是什么玩意儿,你们是来搞笑的吗,就算你寂寞空虚,也不用找个傻子来侮辱我吧。"

"你管不着。"小圆说,"这是我朋友,你放尊重点。"

"我管不着?你朋友?你就和朋友看这个。"青年突然大怒,抓起一只杯子砸向屏幕上的男女。

杯子碎了,屏幕暗了,我和小圆都吓了一跳。我冲上前护在小圆面前,大声质问他:"你想干什么?"

"没你的事。"青年只是轻轻一拨,我也没看出他用了多大劲儿,我就摔倒在一边了。小圆去扶我,为了表现男子气概我赶紧爬起来,作势要去打他。小圆连忙拉住我。我让她拉住,站在原地。

青年在屋子里来回走动,怒气未消,"我是你男朋友我管不着,你带陌生人来家里看这个我管不着是吗,这还是我下载的呢,你要脸吗?"

"从今天起你不是了。"小圆说,"我要和你分手。"

"分手?"青年笑了,"你说过多少次了,哪次不是你求着我回来。"

"这次不会了,你走吧,我再也不想见到你。"

好好,青年点着头,困兽般来回走动,嘴里一直嘟囔着"好"这个字,后来干脆不说话了,只是走动。半晌,他站住,冷静地说:"你把钱给我,我走。"

"我不欠你的。"小圆说。

"你讲讲道理好不好,"青年说,"设备是我买的,生意是我教你做的，你所有的钱都有我的一半。"

"你的钱早被你花完了。"小圆说，"我不想和你算这种账，除了要钱，你去过一次吗？"

"不是你不让我去那种地方吗？"青年说，"我怎么能忍受一帮白痴在我面前唱垃圾歌曲，不是你口口声声说要支持我的梦想——"

"你的梦想就是去网吧打游戏吗？"小圆打断他，"算了，不说了，你走吧。"

"你说了不算。"青年说，"拿不到我的钱我哪都不去。"

青年在门口坐下来，点了根烟。

三个人之间的沉默比两个人要来得可怕。青年抽着烟，显得更笃定一些。我和小圆木然站着，像两个犯错的孩子。最终还是小圆打破了僵局，她从墙角的包里拿出钱包，扔给他。"钱是吧，"小圆说，"都给你，希望你能走得远一点。"

"不能给！"我不知道自己什么时候变得如此迅捷，突然窜出来从空中接住钱包。我紧紧抓住钱包，对小圆说："不能给他，这都是你的辛苦钱。"

"小子，没你的事，滚远点。"男青年站起来，不知道是要来打我还是抢我手里的钱包。

"要拿钱先弄死我再说。"我不由得后退。我自知打不过他，一边后退一边寻找武器。我捡起水杯的玻璃碎片，冲着他才发现这碎片太小，似乎对他构不成威胁。我把碎片比在自己脖子上，一手举着钱包。

"你知道小圆挣这些钱多不容易吗，不管刮风下雨她都守在公园，笑脸相迎每个人，别人点什么她就唱什么，她唱歌也很好听啊。你知道她要拿这钱干什么吗，她想攒钱去留学，去学音乐，那样她就可以唱自己的歌了。你说，你凭什么要她的钱。"

我一口气说完这些，因为紧张，我说得不太顺，大致是这个意思。小圆打断了我，让我不要再说了。我看到她流泪了，但看起来依然坚决，她说："给他吧，用钱看清一个人太值了。"

青年呆立在原地，良久没有说话。我倒是希望他快点拿个主意，一手举着钱包一手拿碎玻璃比着脖子，保持这个姿势太累了。他不动，我也不敢动。最终，青年转过了身，重新背起他的吉他。他柔声对小圆说："希望这次你不要再后悔了，本来我回来就是告别的，每次我要走，想到你哭的样子我都不忍心。我很失败，不能给你幸福，还把自己过得像鬼一样，也许分开对我们都好。钱我不要了，我可不是被这个傻子吓到的，本来我也没想要你的钱。相反，是我欠你的，欠你的，我以后会还。我走了，保重。"

青年抱了抱小圆，转身离开。听到外面响起关门声，我才放松下来。小圆坐在地上,脸埋进双膝,肩膀抖动着。我当然懂,谁分手都会伤心。我无从安慰,终于理解了奶奶常说的那句话,哭出来就好了。我怕地上的碎玻璃伤到她,一片一片捡干净。擦干桌上的水渍,电脑是没法拾掇了,看起来已经报废,我忍不住一阵心疼。

"好饿啊。"小圆不知何时站在身后,她抓起我拿着抹布的手,"别收拾了,走,我们吃饭去。"

半夜里,小圆带我来到一家灯火辉煌的餐厅。她点了一大桌菜,狼吞虎咽吃了好多。我一直担心她是不是还在伤心,然而她看起来一如往常,甚至比往常还要高兴些,最终我也受到她的感染敞开吃起来。买单的时候我原本想抢着付钱,服务员及时的报价避免了尴尬。我口袋里的钱根本解决不了这顿夜宵,这是我第一次到这种地方吃饭,在这之前,我都是去拉面馆。

吃完饭,我们来到白水公园。相比白天,夜晚的公园安静如谜。我和小圆并肩走在荷塘边的小路上,月光下的影子缓慢游动。走到那个茂密的小树林前,我习惯性停下脚步。这个树林是恋人的圣地,我和张全多次见到那些男女在这里搂搂抱抱,卿卿我我。每当这时,张全总会说,"我们冲进去,把男的打跑,女的放倒。"当然只是说说而已,我们没有进去过,这树林不属于我们。很多时候我们只是坐在树林外，看着那些男人对他们的女人上下其手，左啃右咬。有一次我们把一个男人看毛了，他丢下那个女人来打我们。我们像兔子一样跑了。这些事情发生在张全认识萌萌之前，有了萌萌之后他就不用站在外面眼热那些人了，他也成了其中的一员。在这之前，我们对男女之事充满好奇，我甚至趴在墙头偷看钱超的妹妹上厕所，由于角度不对，我只看到了她的头顶。现在想来，幸亏只是看到头顶，不然这种龌龊事得让我后悔一辈子。

见我站在树林外，小圆问我："你怎么不进来？"

我说："这里面都是谈恋爱的，踩到他们怎么办。"

小圆说："那你就看着点脚下。"

我们进了树林，月光顿时被切割得零零碎碎。地上满是落叶，走在上面柔软而蓬松。"咦！"我大叫一声，以为自己踩到了人，回头看时，才发现是一双鞋。我看了看四周，没有找到鞋的主人。

小圆说："看你大惊小怪的，我们坐下吧，免得你真的踩到人。"

我们在一个斜坡上坐下来。世界好像从没这么安静过，四周只有昆虫的叫声。月亮悬在头顶，和小时候的月亮一样，洁白神圣。沉默片刻之后，我还是忍不住问起今天的事，小圆清清淡淡地告诉了我。那个青年叫李骏，他们在高中的琴房认识，两个人都喜欢音乐，都长得漂亮，互相喜欢也是很自然的事。后来他们谈恋爱被老师发现，请来了家长，李骏被家里强行转了学。小圆因为早恋总被老师拿来说事，忍不住顶撞了老师，赌气退学在家。后来有一天李骏来找她，让她陪他去外地参加一个选秀节目。刚开始李骏成绩很好，进了前五十名，还在电视上露了脸，后来李骏被淘汰，小圆准备回家，才发现回不去了。李骏是跑出来的，他偷了家里的钱，不愿意再回去，又利用上电视骗了家里更多钱，更没脸回去了。小圆只好陪着李骏，辗转各地，为了音乐梦想拼搏。拼搏了两年，李骏越来越倦怠，每天泡在网吧打游戏，脾气也越来越差，两个人的生活也越来越难堪。

"所以有了你刚刚看到的一幕。"小圆说，"你呢，这么小，怎么也不上学了？"

我犹豫了一下，还是决定正面回答这个问题，这意味着我要把我那个混账老爹的事情全部说出来。这让人难以启齿，但我无法拒绝她的问题。

小圆说："你爸怎么了，他也有暴力倾向吗？"

我说："没有。"

小圆说："他和你妈妈离婚了？"

我说："我倒是希望这样，他只是打我妈，打死也不愿离婚。"

小圆说:"你妈就让他打吗?"

我咬了咬嘴唇,说:"我妈太软弱了,她的缺点就是太能忍了,我也没办法。我爸好吃懒做,爱赌钱,他不让我上学了,说反正也上不出个好歹,不如挣点钱等以后好盖房子娶媳妇。"

小圆说:"你知道他不对,可以找他聊聊,不能他让你干嘛就干嘛。"

我说:"我才不要娶媳妇,我发过誓,难道以后也要像他一样打媳妇吗?"

小圆笑了:"我不是说这个,你不能因为你爸的错惩罚自己,娶媳妇本身又没有错。"

我说:"女人太软弱了,男女就不应该在一起,一点好处都没有。"说完我才意识到小圆也是女人。

小圆说:"你觉得我软弱吗?"

我说:"不,不,我不是说你。"

小圆说:"你觉得这样不好吗?"

我说:"怎么样?"

小圆抱住了我。她细腻的双臂绕过我的脖子,柔软的胸脯贴过来。我感到血在一瞬间都涌向了头部,我甚至听见了自己的心跳。我伸出双手,将她抱紧。月亮挂在树梢,好像随时会掉下来。小圆觉察到我发抖的双手,把我抱得更紧了。"这样。"她在我耳边轻唱。

次日的晚上,我在张全告诉我他不是处男的厕所里告诉他我也不是了。我们经过讨论发现,破了我们处的女人都被别人破了处,但这并不影响我们的喜悦。张全真诚地向我道贺。哑巴站在旁边看着欣喜若狂的我们,也跟着一起高兴。

从镇上回来,钱超又开了一个会。会议主题不是加班也不是放假,而是我和张全。钱超郑重其事地告诉大家,我和张全的行为是不对的,我们不应该夜不归宿。

"这次就算了,下次再出现这种情况我可就要严惩了。"

"怎么严惩呀?"张全接过话茬问道。

钱超脸憋得通红,却说不出话来。他一定想像别的老板一样说"开除你们"这种话,但又不敢这么说。

4

北方的冬天总是来得很突然,没有任何过渡。我坐在清冷的车间里,把合格证挂在一个个旅行包上。电动机器的声音枯燥乏味又绵绵不绝,我的收音机就放在对面,它已经没有电了。

我看着窗外的枯树，期待着一个假期。有一个月没有见到小圆了，我急切地想要再见到她，再听她弹琴唱歌，如果可以的话，再和她去一次小树林。

不幸的是钱超又开了一个会，他要取消假期。我和张全气愤不已。我们没有请假就擅自去了镇上。白水公园里歌声依旧，我找遍整个公园都没有看到小圆。她的摊位已经被一个卖烤串的新疆人占领。我找到她家，开门的是一对中年夫妻。他们告诉我，这是他们租的房子，至于之前的租户是谁，去了哪里，他们无可奉告。门被关上之前，我往屋里看了一眼，那里的墙上，已经没了小圆的照片。我这才意识到那天早上她为什么不给我她的电话号码，"你每次放假都能见到我，把积攒了一个月的话和新鲜事告诉我，不是很浪漫吗？"也许那时候她就拿定主意要走了，除了她收集的歌声，她没打算带走任何事。

小圆就这么消失了，只留给我一段不太真切的回忆。我突然就想不起她确切的样子。我用力挤压大脑，逼迫自己记起关于她的事情，可怕的是，越用力，往事就越模糊。

我在萌萌的床上找到张全，对他说："我要走了。"

"走？到哪去？"张全坐在萌萌身边，像依偎在母亲怀里一样安详。

我也不知道，我说："也许我会去见一见我爸。"

张全说:"见你爸爸,别扯了,你不是决定恨他一辈子吗?"

我说:"我准备找他谈谈,再决定恨不恨他。"

走出花街,白水公园的歌声一浪浪传来,在人们跑调的歌声中,我离开了这个地方。

也许我再也不会回来了。

第二辑

U型故事

有时候
我只是想讲个故事
完全当不得真
有时候
我就是想讲个故事
你不当真，我会伤心

我只是个鬼,什么也干不了

天黑得要死,两个醉鬼走在柏油路上,没有手电,他们根据感觉走着直线,责怪对方不带手电。他们醉得东倒西歪,互相搀扶着往前走。对面偶尔开来一辆卡车,刺得他们睁不开眼睛。他们走得太慢了,不知道什么时候是个头。

他对他说,回去干什么呢,我们又还不了钱。

他说,总得想想办法吧,欠十一的钱谁敢不还。

他对他说,明天是最后期限,你说十一会拿我们怎么办。

他说,还能怎么办,你看看他对四十二怎么办的。

他对他说,四十二?这都多少年了,难道他还敢剁手指吗?

他说,你什么时候见他剁人手指了,你得自己剁。

他对他说,自己剁,难道我一根手指就值一万块吗?

他说,你还想值多少,十根就是十万,你能值十万吗?

他对他说,十万!太多了,我值不了那么多。可我还是想要我的手指,没有手指,什么都干不了了,特别是大拇指,我以后还怎么摸牌。

他说,不摸也罢,要不是你手气太差,我们也输不了那么多。

他对他说,都怪你,不该找十一借钱。

他说,只有十一有那么多钱,他家里到处都是现金,除了他还有谁会借给你……

两个醉鬼互相埋怨,互相扶持着往前走,在前面的大树上,他们看到了一个真鬼。

他对他说,你看前面是什么鬼东西?

他揉揉眼睛,骂了句脏话,是我眼花了还是风太大了,为什么那里有个人在飘?

他对他说,是不是一件衣服?

他说不是,衣服会对我们招手吗?

他们走过去,站在树下,抬头看那个飘在空中的人。他手里拽着一根类似绳子的东西,一端连着树,一端握在手里。看到两个醉鬼,他显得很激动,使劲晃动身子,但是没法下来,就像狂风中的鲤鱼旗,无法停止地随风飘扬。

他说,怎么回事,风没有那么大吧?

他对他说,你在上面干什么,你他妈的是人是鬼?

我是鬼。上面的鬼答道,鬼和人吹的不是一路风,我们的风是往一个方向刮的，所有的鬼都统一刮到一个地方。

刮到哪去，两个醉鬼很好奇，难道不是牛头马面来找你们吗？

牛头马面没来找过我，我也不知道会刮到哪里去。鬼说，我死活拽住这棵树，已经坚持七年了。每一天，好多鬼魂从我眼前刮过，他们羡慕我有这棵树，但他们不知道我有多累。

七年了！两个醉鬼叫道，你就这样在我们头顶飘着，为什么我们从来没有见过你。

我今天刚学会显形，以前都是透明的，是最轻的魂。鬼说，幸亏有这棵树，我被车撞死的时候一片头盖骨掉在树下，我的魂就附在这片骨头上。日久天长，我吸收这棵树里面一种粘糊糊的东西，让自己变得越来越重，后来又用粘糊糊的东西做了一条绳子，这才敢从树下出来，一出来，我就天天被风吹着。我飘在这条路上，为了看见一个我想念的人，可是不知道怎么回事，她从来没走过这条路，倒是你们，三十六和二百，我经常看见。

你怎么会知道我们的名字。两个醉鬼叫道，你他妈是谁。

你们把我放下来就知道了。

怎么放？

拽住这根绳子，不费力气就能把我拽下来。

两个醉鬼犹豫了一下，你不会害我们吧。

我只是个鬼，什么都干不了。

两个醉鬼商量了一下，最后石头剪刀布，输了的三十六爬到树上，扯下了那根粘糊糊的绳子。

真轻。三十六说，跟什么都没有一样。

这就是魂，鬼说，对你们活着的人来说，我们已经不存在了。

你到底是谁，现在可以说了吧。

你们凑近了瞧瞧，看看还认不认得我。

这么黑，瞧个鬼啊。二百摸出手机，把屏幕点亮，刚刚还是灰白色的鬼，被光一照变成了淡蓝色。二百把手机放在头的位置，那里什么都没有。

我日！两个醉鬼吓了一跳，不由得后退一步。

小心点小心点，鬼叫道，千万别撒手，那样我就被刮走了。

连个头都没有让我们认什么啊。

妈的，你们鬼除了吓人还能干什么。三十六骂道。

谁说我没有头。鬼说，你们往下看。

往下看？三十六嘴里念叨，难道你的头长裤裆里了。

二百把手机往下移,发现那颗不太完整的脑袋被一只手托在胸前。脑袋的上半部分支离破碎,像碎掉的瓷器被匆忙扫在一起,各个部件完全错了位,骨头碎片堆在大脑里,一只眼漂浮在脑浆里,另一只掉出来,挂在嘴巴处。整个脑袋就像煮得乱七八糟的火锅,鬼就这么理所当然地举在胸前,如同沙场归来的士兵举着自己的钢盔。

姿势还挺优雅,三十六说,你以为你是托塔李天王啊。

你们这些鬼真邋遢,就不能收拾收拾吗,把眼填进眼眶,把头装在脖子上,那样不是显得好看些吗。二百有些恨铁不成钢,好像他自己有多干净一样。

不行的,鬼说,就像人一出生就是单眼皮,塌鼻梁,我死的时候是这副样子,必须这样存在,让人一看就知道我怎么死的。

我知道你是怎么死的。三十六说,但我不知道单眼皮是怎么生的。

那只是个比方。鬼说,不要和一个鬼较真。

虽然从这副鬼样子认不出来你是谁,但我还是知道你是谁了。二百说,是四十二吧。

是的,鬼说,你怎么知道的?

你以为你是侦探吗。三十六说。

稍微动动脑子就知道，二百说，首先，你的左手没有大拇指。

是的，鬼说，我自己砍掉的。

其次，七年前在这条路上被撞烂脑袋的只有你。

是的，鬼说，那天我从街上喝酒回来，就跟你们一样，高高兴兴的。

我们可不高兴。三十六说，就跟你以前一样，我们也欠了十一的钱。

多少？

两万，平均每人一万。

那你们最起码得削掉六根手指了，平均每人三根。

现在时代不同了，二百说，三千块已经买不到手指了。

现在多少一根？

一万。

那就是两根，鬼说，平均一人一根。我就不明白，难道我连做一个反面典型的资格都没有吗？我是第一个剁手指的人，难道就没有人吸取教训吗？

吸取教训从来都不是我们该干的事。三十六说，我们只是想赢钱。

你们打算怎么办？鬼说。

我们没有打算,所以去喝酒。三十六说。

我倒也想喝点,鬼说,这么多年了,连酒味都没闻过。

我身上味道大着呢,你可以尽情地闻。三十六把绳子缠在手腕上,几乎和鬼合二为一。

闻不到。鬼说,我是鬼,闻不到人间的东西,你们倒是可以给我烧点。

怎么烧?

你们有笔吗?

没有。

纸呢?

也没有。

等会你们找张纸,在上面写个酒字烧给我就行了。

这么简单。

是啊。鬼说,你们觉得简单的事情对我们来说比登天还难。

那我们每年给祖宗烧纸钱他们能不能收到?三十六说。

恐怕收不到,鬼说,第一,他们都被刮跑了,不知道现在在哪;第二,钱对我们来说没有一点用处,所有鬼都一样可怜,不分高低贵贱。

每天被大风刮着,是够可怜的。二百说。

今天碰到你们,也算是缘分。鬼说,我就像压在五指山下的孙悟空,天天等着老唐僧。今天总算把你们盼来了,我坚持这么多年,就是想见七十八一面。

见别人家老婆干什么?

别人的老婆?鬼说,她嫁人了?

嫁给七村的四百零一了。二百说,已经生了两个孩子。

怎么可能?鬼说,她说要等着我的。

你都死了,等你投胎吗?

那我也要见见她,我要问问她还爱不爱我。

爱不爱你又有什么用,三十六说,你一个鬼能干什么,我看还是让风把你刮走吧。他把绳子突然放长,鬼一下子飞到半空,吓得哇哇大叫。三十六笑着,又一点一点把绳子拉回来。

不要开玩笑,鬼惊魂未定,大口喘着气,要是就这么被风刮跑我会死不瞑目的。

你已经死了,还想干什么。三十六说。他还沉浸在恶作剧的快感中,浑身都在笑。

求求你们,带我去见七十八。鬼说。

带一个鬼去见别人老婆,我们图什么,三十六说,你能给我们什么好处?

我只是一个鬼,什么都干不了。鬼说。

好吧,我们带你去。二百说,反正顺路。

两个醉鬼带着一个真鬼上了路。醉鬼的酒醒得差不多了,他们把真鬼夹在中间,在漆黑的乡道上蹒跚而行。一路上,他们都在盘问真鬼有什么本事,除了样子比较可怕之外。真鬼说自己只是个鬼,什么都干不了。无意中,他显露出一招绝技,他可以变得完全透明,隐没在空气中。

隐身术。三十六叫道,这一招厉害。

所有鬼都会这个。鬼说,我们死来就是这样,谁也看不见,我修炼了七年,才让自己被人看见。

也许你这一招帮得上我们。二百说,既然你可以隐身,那就大模大样走进十一家,把他的钱全偷出来。

对啊对啊。三十六叫道,我怎么没想到。他拍了拍鬼抱在怀里的脑袋,就像拍进空气里,什么感觉都没有,别再说自己没用了,你都不知道自己的用处有多大。

我真的没有用。鬼说,我能抓住的只有这根绳子。再多的钱放在我眼前都没有用,我抓不住,也拿不动,人间的一切对我们来说都太重了,一张钞票就像一座铁塔,我连让它动一下都不行。

两个醉鬼失望至极，对真鬼一下子丧失了兴趣。

你真的很没用。三十六说。

是的。鬼说，我只是一个鬼。

那你等会怎么去见七十八？

需要你们带我去。

我们又不是神汉，跟一个鬼在一起算怎么回事。我们以后还怎么做人。

鬼面露难色，不知道该怎么办，那只吊在脸上的眼睛流出眼泪。

看在往日的情面上，就当帮我一个忙吧。鬼说，我会报答你们的。

你一个鬼，什么都干不了，怎么报答。

不要这么说，二百说，举手之劳，谈什么报答呢，我带你去。

谢谢，鬼说，万分感谢。

我只是逗逗他。三十六说，别当真啊四十二。

我不当真。鬼说，你爬到树上把我救下来，我会永远记得你。

别了，被一个鬼记着有什么用。

他们边说边走，不一会儿就到了七村。在七十八门前，鬼隐身，两个醉鬼敲开了门。四百零一看到这两个不速之客，很是诧异。他们死皮赖脸进了门，坐在温暖的客厅里。七十八已经睡了，四百零一把她叫起来。她在睡衣外面简单披了件大衣，出来见客。

还记得四十二吗？二百问她。

突然提那个死鬼干什么。七十八说。这个哺乳期的女人身上有一股好闻的奶香气，可惜鬼闻不到了。

他想见你。二百说，先别骂我们神经病，也不要害怕，他只是一个鬼，什么都干不了。

你神经了吧？七十八说。

出来吧，四十二。二百说，出来见见你的女人。

什么都没有。

他们在温暖的客厅里等着。七十八身上的温度要比客厅更温暖，他们能闻得见。

出来吧你个狗日的，三十六骂道，再不出来就把你放了。

还是什么都没有。

七十八睁大眼睛，看着这两个醉鬼，渐渐失去耐心。

这个狗日的耍我们呢，三十六去夺二百手里的绳子，看我把他当气球放了他还耍不耍了。

别别，二百转过身护住手里看不见的绳子，他不出来就算了。

你们玩够了没有,七十八说,喝醉了就滚回家待着去,不要到我这里发疯。

好的,二百说,我们现在就走,你睡觉吧。

他们走出七村,鬼现了形。三十六很生气,又打又骂,全打进空气里了。

对不起。鬼说,我突然改变主意了,我只是一个鬼,没必要去问爱不爱这种问题,爱不爱都不重要了,她过得开心就好。谢谢你们让我看到了她,我不想打扰她,我跟那股风对抗了七年,见她一面就足够了。现在你们把我放了吧,我需要那股风。

忙活半天你还是要被风刮走,三十六说,鬼真是一个不可信的玩意儿。我们说自己见鬼了,没一个人会相信。

是的。鬼说,放手吧,我已经做好准备了。

把他扔了吧,三十六说,白忙活半天,我们还是保不住自己的手指头。

也许能保得住。二百说。

怎么保,你到哪去搞两万块钱?

我们搞不到钱,但是我们有鬼。二百说,这就要看四十二愿不愿意帮忙了。

能帮我一定帮。鬼说,我说过要报答你们的。

那就好。二百说，我们可以把你送给十一抵债。

算了吧，三十六说，他要一个鬼干什么？

他会要的，有钱人就爱养个宠物什么的。

你要把我送给十一，鬼说，当宠物？

是的，你愿意吗？二百说，你说过要报答我们的。

如果非要这样的话，我愿意。鬼说。

十一同意了这笔交易。

有好看点的吗？十一坐在沙发上，脚下蹲着他的德国牧羊犬。他用手抚摸着狗头，又看了一眼二百牵着的鬼，这只鬼太难看了，会吓到小孩子的。

所有鬼都被大风刮跑了，全世界只剩下这一个。

好吧，十一说，留下这只鬼，你们可以走了。

二百把绳子交给十一，告诫他千万不能撒手，鬼随时有可能被风吹走。十一接过绳子，把鬼和德牧拴在一起。

太难看了，十一说，隐身。鬼应声不见了。十一兴致勃勃，又说出来，鬼立即出现。

三十六和二百从十一家出来，三十六不敢相信这是真的，没想到那么容易就解决了麻烦。

二百没有忘记承诺，去商店买了纸和笔，在纸上写了酒字烧给鬼。点火的时候,三十六发现一张纸上写着"七十八的奶香",问二百是什么东西。

比酒还好的东西。二百说,他会喜欢的。

唯有跑步才能拯救宅男

电脑是宅男的鸦片,家是蛹。

——题记

我要说的这件事还没发生,但不远了,如果今夜我进行一次无套性爱,二十年后就会噩梦成真。是的,我梦到了我儿子,我准备给他取名叫动动,希望他长大以后多运动,不要像我一样悲观,懒惰,只会无休无止地变胖。我希望他是一个没有大脑的运动员,这就是我全部的希望。我没跟任何人说过。就在昨天,我梦见了他,梦中的他全然不是想象的模样,把我活活吓醒了。我不能接受这样的孩子,我宁愿把他射到墙上。

梦境是如此清晰,容不得我质疑它的真实性。我看到我的儿子动动长时间坐在电脑前一动不动,那时候的电脑已经大不一样,不用再手动操作,只需要意念控制。刚开始我只是站在远处看,他就像一件静物,已经和家具融为一体。我走近了些,发现唯一在动的就是他的眼球和电脑屏幕。

我一向喜欢偷窥，对自己的儿子更加兴趣盎然。我偷偷摸摸走到他身后，看他在干些什么。他在玩一个叫"盖高楼"的游戏。游戏里，他身兼数职，从烧制砖头挖掘铁矿到施工建造和设计装修，事必躬亲。他一面到处挖矿，一面学习建筑知识，忙得不可开交。他们永远都在竞争，想把自己的楼盖得又高又大。动动已经盖了一百多层，下面的房间装修好了，上面还在接着盖。动动把最高那层作为自己的卧室，从窗口往外看去，瞧不见多少天空。周围都被高楼填满了，他必须马不停蹄地盖才不至于让自己淹没在茫茫楼海里。

他把装修好的房间卖出去，用换来的钱去挖矿和学习技能，再不断把楼盖高。听起来枯燥无味，但我完全看呆了，这可比我玩的CF高级多了。这个游戏没有规则，人们怀着各种各样的心思盖楼。我看到一个天才把楼盖成迷宫，进去的人再也出不来；一个科技狂盖了座大温室，在里面培育各种新鲜植物；还有一个人在自己的楼底下埋了上百吨炸药，等到盖得差不多高了，他引爆炸药，大楼轰然倒塌，砸断了旁边那座九百多层的高楼。原来他盖楼是为了报仇。

所有这些我儿子都不会，他只是老老实实盖楼，靠着自己的努力尽可能把楼盖高。我看到他的个性签名：奋斗再奋斗，为屋顶洒满阳光而奋斗。

真是个有志气的孩子。我想，这孩子可比我强多了。

盖了一上午楼，到了午饭时间，动动乘坐电梯来到顶楼的房间，在明亮的开放式厨房给自己做饭。电脑屏幕上显示出蔬菜种类和各种佐料，动动选了莴苣和金枪鱼，然后是佐料，橄榄油20克，盐7克，各种香料什么的选了两到三克不等。最后他勾选了做法，游戏里的"他"开始忙活，不一会儿饭就做好了，只是闻不到味道。他该怎么吃呢，我想。没过多久，屋子有了一些响动，声音越来越近，在电脑前有一根管子，食物从里面滑了出来，一个船形的餐盒，里面装着盖浇饭，根本没有莴苣和金枪鱼。我开始为动动担心。

"这不是骗人吗？"我对他说。他不理我，一边吃饭一边指挥自己在电脑里挖矿，每当挖到好东西，屏幕上方就燃起一串鞭炮，一派喜气洋洋的景象。电脑里的"他"围着矿物欢呼雀跃，电脑前的他目不转睛地咀嚼食物。我想，即使给他吃屎他也不会吐出来，在现实中，他的身体已经失去了知觉。

我就是这时候吓醒的。这么早醒来，除了打开电脑似乎没事可干，我日复一日坐在电脑前打游戏，刷微博，听音乐看电影，每天总有干不完的事，我忙活来忙活去，除了身体越来越胖，别的一无所获。突然有一天，我被镜子里的自己吓了一跳。我不由自主骂了一句,这他妈还是我吗。我接受不了这种变化,想干点什么来挽回自己的身体,于是我开始跑步。

每天夜里,等到人们都睡了,我就出来跑上一个小时。大地一片寂静,除了星星不时眨动眼睛,微风悄悄拂动树叶,只有我一个人是活着的,而且还动着。我享受这种和自己独处的时间,想平常不会想的问题,回忆就快要忘掉的事情。没人打搅的感觉可真好,特别是没有了电脑,我的眼睛再也不会酸涩肿胀,我的头脑再也不会混乱不堪。

我天天跑。每天跑的时间越来越长,北京的天气不好,有时候看不见星星,也没有风。我想象自己是开天的盘古,在混沌中狂奔,寻找一把能够劈开世界的斧头。有一天雾很大,我跑的时间长了点,周围看不清楚,也不知道自己跑到哪里了。因为还有力气,我就一直跑。渐渐地,路上人多了起来。大家都在跑步。我很好奇,从来没有见过这样的景象。和一个女人并排跑步的时候,我转过脸问她,今天是什么日子,为什么那么多人出来夜跑?

她很有礼貌地慢下脚步,向我颔首道:我们每天都会跑步,你是新来的吗?

她说的是日语,可我却全能听懂。我用英语回答了她:我一直住在这里,也是每天都来跑步,怎么从来没见过你们？

你真的没见过我吗？她扭过头面对着我，那你一定是新来的。

你！你是饭岛爱！我吓得半死，以为自己眼花了。我睁大眼睛看着她熟悉的容颜。是啊，就是她，这个无数次被颜射的女人，我怎么能忘记她呢。

是我。她又鞠了个躬，请多多指教。

你不是已经死了吗？

是啊，这里不就是死人待的地方吗。

什么！我吓得魂不附体，连忙分辩说我没有死，我只是喜欢跑步。

听我这么说，她停下来，用手来摸我的脸。被昔日女神这样厚待，我一下子将生死置之度外，竟然有了反应。我告诉她，其实我一直都很喜欢她。

很多新来的都这么说，她笑道，尤其是从中国来的。

可我真的没有死啊。

我明白。爱爱说（我日后就是这么叫她的），你是跑错了轨道才来到这里的。你每天在阴气最重的时候跑步，渐渐沾染了我们的气息。现在更深雾重，鼓阳门识别错了你的身份，竟然放你跑了进来。

那该怎么办，我还能不能回去？

也许可以吧，这事以前没有发生过，如果你朝着相反的方向跑，一边跑步一边撒尿，兴许还能破了鼓阳门再跑回到你的世界。

一边跑一边撒尿？这有点难吧，况且我也没有那么多尿。

你可以多喝点水。爱爱把我带到一个水井旁，你可以边喝边尿边跑。

这难度似乎更大了。我说。我不知道为什么非要有尿才行，不过初来乍到，听一个老鬼的话总归没错。

我按照她说的喝了不少水，把尿接在袋子里，边跑边洒。我跑了几步，脚下出现一条红线。"沿着红线跑。"爱爱在后面对我说，我回过头，她变得越来越模糊，在蒸腾的水汽中像蜃景一般。听着她熟悉的声音，我突然有些不舍。我收住尿，红线渐渐消失了。

你为什么还不走？她说。

我们才刚见面。我说，我一直喜欢你，可惜无缘得见，这次阴差阳错相遇在这里，怎么能说走就走呢。

那你想怎么办？她睁着纯洁的大眼睛看着我，很真诚。

这里能结婚吗？我说，在这个死国里，我们能不能在一起，如果可以我就不回去了。

不可以的，她说，我们只是跑步，跑步比什么都幸福。

比爱情还幸福吗？

是的，她说，不过我倒希望能过得痛苦一点，就像在世时那样，也许你可以带我跑出去。

可以吗？

不试试怎么知道。她勇敢地握紧拳头，我也想回去看看了。

那好吧，我说，我们一起跑出去。

先别着急，她说，带着我你就要多储集一些尿了，那点恐怕走不了几步就用完了。

为了储集更多尿，我不停喝水，在那里待了不知多长时间。等到终于足够多了，我把爱爱背在肩头，她很轻，柔若无物。我一边跑一边泼洒尿液，地上的红线向前蔓延，我必须趁它还没消隐往前飞奔。爱爱在我后背上，痛苦得大声喊叫，就像在她的作品里一样动人。那些叫声给了我很大动力，我得以坚持不懈地跑下去。等到红线终于消失，我们跑出那团迷雾已经是清晨，一个卖菜回来的大妈撞上我们，被我洒了一身尿。她不依不饶，非要让我赔她的菜。我转头去看爱爱，后背空空如也，什么都没有。我吓得魂都没了，死命泼洒剩下的尿，大妈见和我无处理论，骂了声神经病跑掉了。我把尿洒光，还是没有看见爱爱。

这之后，我还是一个人跑步。

我不知道爱爱是在跑的过程中死掉了还是没有跑出来,她让我明白了一个道理,即使是尿,也有其重要的一面。也许没有救出她来,是我尿得还不够多,不管怎么样,我爱上了跑步。像鬼一样跑步。

"只有跑起来,你才有可能遇见饭岛爱。"把这一句话与千千万万宅男共勉。至于我儿子,如果他不托梦告诉我他要改过自新,我是不会生他出来的。

坏笑

我们的脚总是凉的。我们不在乎。冬天里，没有暖气，没有太阳，地上只有黑色的雪和泥。我们裹着大衣，拿着手电，往同一个地方靠拢。那里有赌桌，有女人，唯独没有火炉。只有钞票才能让我们暖和起来。

人还不够多，我们等着。

院子里，有几个陌生人在抽烟。那个小个子是个老板，在北京租赁建筑器材。他很有钱。他一点都不讳言这个。

"今年把钱都投到电梯里了，六百多万，还没有收回成本。"

他说的是塔吊。他叫它电梯。

"每一年，我都要输掉一百多万，那让我开心。"

一百万，大家一起称赞。我们一辈子都挣不来那么多。

"来，大家抽烟。"

我们接在手里，借着灯光打量滤嘴上的商标。

"我赌钱从来没赢过，你们可以放心。"

嗯，放心。我们摸了摸怀里的刀。刀比我们的脚要热。

我抽完那支烟,进了屋。床上坐满了人,烟雾在头顶旋绕,没有办法散去。三个孩子坐在床中间,一个还不会走,躺在那,哭累了就歇歇。大点的孩子坐在枕头上,看喜羊羊。人声盖住了电视声。我的朋友在玩斗地主。我打了阉人一巴掌,他抬头看看我,打出一张大王。他要输了,他还不知道。

"外面有个大款。"

"我们这从来不缺大款。"

"我们喜欢大款。"

"谁都喜欢大款。"

胡帅说他老婆没有奶水。我们不信,那个女人乳房那么大,怎么会没有奶水。

"就是没有,不信你去看看。"

"算了,我们还有正事要干。"

来了一个女人,嗓门很大,问我们怎么还没开始。

"你急什么,皇上不急太监急。"

"我不是太监,虽然我也没有老二。"

她笑了。她的声音很大。她就像在山谷中笑,就像唱歌。

女人总能赢钱。抓住时机下注,赢了钱就走。男人全都输在脸面上,赢了不走,就只能输掉。

好在我们有刀。

我们把主位让给老板，谁让他有钱呢。他洗牌，掷骰子，手法熟练。他缺了一根大拇指，那让他更灵活。

"好了，开始下注。"他站在板凳上，看着我们，桌上突然堆满了钱。

屋里挤满了人，这是全村最暖和的屋子。只有我们的脚还凉着。

第一局，我们赢了。第二局，我们又赢了。但我们不相信运气。我们只相信刀。

第三局，女人们下了注。她们赢了钱，在旁边看着，等待下一个机会。

只有文翰输钱，输了一千，又一千。全都是他借来的钱。总有人借钱给他。他很有面子，所以可以一直输。我们不行，我们输不起，所以我们走哪都带着刀。

站累了，输怕了，就到隔壁的卧室歇歇。婴儿还在哭，喜羊羊还在放，他们的妈妈没空照顾他们。她在外面收彩头，碰到机会还要下注。他们的爸爸喜欢看赌局，不喜欢看他们。

老板一直在输，我们信了他说的话。他的钱输完了，打电话叫人送来。文翰终于赢了钱，赢最多的就是他。他太高兴了，决定做一会儿庄家，让老板等着送钱的人。我们不想赢文翰的钱，赢了也要被他借回去。我们下很小的注，等着给老板送钱的人。

我们等来了劫匪。

那三个人,他们蒙着脸,用的是同一个人的条纹西裤。有一个人的面罩上面有一个口袋,我们都笑了。

他们拿着火枪,还有火炮。他们先在院子里放了一枪,我们没注意到,以为是哪个孩子放的炮仗。于是他们先喊了一句打劫,接着又放了一枪。

那枪是自己做的,我们不信能打死人。我们抽出刀,准备把这伙儿搅局的赶走。给老板送钱的人就要到了,我们还想再赢一点。

"不要动!我们的枪没长眼睛。"

"我们的刀也一样。"

"刀有枪厉害吗?"

"比比就知道了。"

"不要乱来。我们还有手榴弹。"

"那是炮仗吧,你们自己做的?"

"是的,但是威力很大。"

"那放一个看看。"

"只有一个。"

"为什么不多带几个?"

"都怪大宝,他在半路上放了一个。"脸上有口袋的劫匪说。

"不要讲我的名字。"大宝说。

"没事，叫大宝的人太多了。"

"也是。"大宝说，"幸亏我不叫春寒。"

"不要讲我的名字。"春寒说。

"是。"大宝说，"我忘了咱们正在打劫了。"

"我也忘了。"脸上有口袋的劫匪说，"我们不该和他们废话。"

"我们先换换位置。"春寒说。

"干什么？"

"别让他们知道我们是谁。"

他们转了几圈，我们果真不知道谁是谁了。除了脸上有口袋那个，但我们不知道他的名字。

"好了，你们可以把钱交出来了。"

"凭什么，我们赢的钱为什么要给你？"

"我们有枪，你们有吗？"

"我们有刀。"

"刀有枪厉害吗？"

"比比就知道了。"

"不要乱来。我们还有手榴弹。"

"那是炮仗吧，你们自己做的？"

"是的，但是威力很大。"

"那放一个看看。"

"只有一个。"

"为什么不多带几个?"

"都怪大宝,他在半路上放了一个。"脸上有口袋的劫匪说。

"不要讲我的名字。"大宝说。

……

他们在院里转圈。我们看累了,冲出去砍他们。脸上有口袋的劫匪对天开了一枪,把我们又吓回来。钢珠噼里啪啦落在地上,像是冰雹。

"好吧,我们让你们看看这颗手榴弹的威力。"大宝或春寒说,"如果厉害,你们就乖乖把钱交出来。"

我们同意了。我们都想看看手榴弹是怎么爆炸的。他们要炸掉院里的猪窝,房主不同意,那里面还有猪,他叫道,是母猪。

"你把猪牵出来吧。"

"不行。它不能没有窝。"

"那我们炸什么?"

"炸厕所吧。"房主说,"没有了厕所,我们还可以到别处拉屎。"

"好吧。"脸上有口袋的劫匪说,"春寒,你来炸。"

"不要叫我的名字。"春寒气得跺脚,脚太冷了,他疼得弯下腰。

他们转了几圈,我们又不知道谁是谁了。然后,不知道是春寒还是大宝,点燃了引信,把火炮扔进厕所。

"大家捂住耳朵,注意安全。"脸上有口袋的说,"里面有铁渣,大家最好捂住眼睛。"

"到底是捂耳朵还是捂眼睛?"

"都捂住。"

我们捂住耳朵,等了一会儿,炸弹爆掉了。没有铁渣,只有屎尿,幸亏我们在屋里,三个劫匪身上落满了屎。厕所的一面墙倒了,房主说没关系,明天一下午就能修好。

"现在,你们可以把钱交出来了吧。"脸上有口袋的说。

我们喜欢钱,但是更喜欢命。

他们两个人守住门口,交一个就放一个。一个人在院子里看管已经交了钱的人。我们的口袋空了,他们的提包满了。他们收完钱,开上门口的摩托车跑了。

我们气坏了,但一点办法都没有。谁让我们没有枪呢。

我们问老板,为什么送钱的人还不来。老板打了个电话,说他们来不了了。

"他们被打劫了。"

"是同一伙人干的吗?"

"是同一伙人。"老板说。

我们只能回家去。踩着乌黑的雪和泥,裹着大衣,打着手电,回各自的家。家里的女人和孩子已经睡下。我们回到家,没有热水,也没有热饭。我们躺在床上,饿着肚子,凉着脚,看《非诚勿扰》。

还记得那个故事吗?

下午没事儿,我给光明打电话,我们从没有打过电话。我从他妹妹那里要来的号码,他妹妹是城里的中学老师,他姐姐是高中老师,他是一个空调装机员——有时候也卖空调。我找他不是为了买空调。

光明,是我,我是李青。

李青啊,咋想起来给我打电话了?有事吗?

我想问你个事。

啥事?

你给我讲过一个故事,还记得吗?

什么故事?噢,你说"小三放牛"啊。("小三放牛"是光明常讲的故事,不过不是"小三放牛"。)

不是小三放牛,是另一个故事。你还记得吗?有一年夏天,在你家院子里,你妹妹在,你姐也在。我们四个在玩牌,你讲了个故事,你还记得吗?

不记得了,什么故事?

这么多年我一直没忘。洗牌的时候,你讲了这个故事,把我们都吓坏了。

什么故事?你提个醒。

你妹妹第二天去打了耳洞,还有印象吗?打耳洞之前,她说了你们邻居的事。那个女孩睡在豆子上,睡得太久了,耳朵硌在豆子上,硌出了一个洞。听到这个我们都深吸了一口气,你还记得吗?后来那个女孩在豆子硌出来的耳洞里戴上了耳环。你妹妹很羡慕,所以决定去打耳洞,你还记得吗?

好像是有这么一天,豆子把耳朵硌穿,我们当时都觉得疼,都大口吸气,我记起来了,还是我给的五毛钱,让小娟去打耳洞。

对,就是那一天。

她叫乔乔,我记得这回事。

不是这个故事,是你讲的故事。你妹妹说完乔乔的事,你给了她五毛钱之后,你又给我们讲了个故事。你再想想。

不要一口一个你妹妹你妹妹的,她叫小娟,你不认识她吗?你平常都叫她什么?

我还能叫她什么,我叫她小娟。

那就叫她小娟啊。

好,我叫她小娟。

你们现在怎么样?你和小娟,你们还不打算结婚吗?

你别打岔。我现在不想说小娟的事,我就怕你问小娟的事才说的你妹妹。我找你不是说小娟的事,我想让你给我讲讲那个故事。

什么故事？你和小娟是不是出什么事了？

没有出事，没出任何事，我和小娟很好，你能别提小娟了吗。

没出事为什么不让提？我跟你说，小娟可是个好姑娘，她都没有谈过恋爱。

我知道，我知道小娟是好姑娘，我很喜欢她，你尽可以放心。现在你能跟我说说那个故事吗？

什么故事？我一点印象都没有。

怎么会呢，我一直都记得。是你讲的故事，你当时还比我大三岁，你怎么会不记得？

你记得？那你跟我讲讲不就完了。

我以为我记得，我一直都以为我记得。我经常突然想起来，我们在葡萄架子下面打牌，先是小娟说了耳洞的事，我们都觉得疼，然后你说了那个故事，把我们都吓坏了。每次我想起来，都以为记得那个故事，我没有细想，我以为那个故事就在我脑子里。前几天我又想起来这事儿，本来可以像以前一样想一下就过去了，就去干别的事了。那天我太闲了，我在车上，我想把整个故事都想一遍，这时候才发现，我想不起来了。

想不起来就算了吧，也不是什么要紧的事。

不是闲着没事嘛。这种感觉你肯定也有过，越想越想不起来，很难受，你肯定有过这感觉。

你就是太闲了，为什么非要想起来？想起来有什么用？你找工作了吗？没有工作你怎么结婚？小娟是个好女孩，你不要让她吃苦。

怎么又扯到小娟了！光明，故事可是你讲的。你能不能放松点，像小时候一样，就像小时候你跟我们讲故事一样。你讲"小三放牛"的时候提过小娟吗？

现在不是小时候了。再说，小时候你也没跟小娟谈恋爱啊。

我要求你——我请求你，我求你，就当现在是小时候，能不能跟我聊聊那个故事。就聊那个故事，别的什么都不要说。你要是再说小娟，我现在就打电话跟她分手。

好，你别激动，你就爱激动，我不说小娟了，好吧。

谢谢你。我是有点激动，我先挂了，平静五分钟再给你打，你趁这会儿好好想想。

想什么？

想想那个故事！

我挂了电话，我又有点控制不住了。这两年不知怎么回事，我跟他们说话特别容易生气。这里的他们包括所有人。在北京的时候，我跟人说话从不生气，只是单纯地觉得没意思。在小酒吧和路边的小饭馆里，我可以和任何一个朋友聊任何算不上事儿的事儿。我们可以聊一晚上，不管聊什么都能聊得津津有味。随便一个话题我们都能像对待哲学问题一样全神贯注。我们随着话题的深入而感到兴奋，好像已经触摸到思维的娇蕊。后来有一天，我突然觉得没意思，我意识到这个让人沮丧的事实：我们好像在聊一件事，其实我们在聊八件事，那七件我们根本不想聊的事情伪装成我们想聊的那一件事情，搞到最后我们都不知道自己在聊什么了。所有聊天都是这么结束的，我们突然忘了原来在聊什么。我们偷偷地看对方一眼，觉出尴尬，迅速道别。

从北京回来，我没有别的考虑，仅仅是想换换心情。我想到闲人更多的地方去，和闲人聊天，不抱任何目的，当初的快乐就是这么来的。他们看我开的车，以为我是富人，其实我就这么一辆车，还是朋友给的。刚回来那阵确实快乐，我开着车四处游逛，看到个闲人就去跟他聊。大爷，钓鱼呢？这有鱼吗？然后我就开始听大爷给我讲鱼，鲫鱼是怎么从土里生出来的，泥鳅为什么也吃钩。作为回报，我告诉大爷在美国，他们都钓鳟鱼。鳟鱼个头很大，有十多斤，要钓鳟鱼，得用好线。大爷不服气，跟我讲他年轻时候钓的草鱼，足足十七斤六两。年轻人，你可知道，猪大三百斤，鱼大无秤称，再大的鱼，我都不稀奇。这样的谈话让我快乐，"猪大三百斤,鱼大无秤称",我第一次听到这话。我听到,并感到稀奇,再一想,觉得有理。

我找人聊天,不分对象,只是饶有兴趣地聊天。两个月后,我谈起恋爱,这是个意外。我跟小娟,得有八年没见过了吧,第一眼,我没有认出她来。"姑娘,听歌呢?能给我听听吗?"在北京,我绝对没有这种胆子,我从没有搭讪过女孩。那些天我到处找人说话,胆子确实大了不少。在傍晚的人工湖边,我看到她一个人坐在亭子里听耳机,我突然想到,还没找女孩说过话呢。我找大爷说话,找大叔说话,找大妈说话,就是没找大姑娘说过话。敏感的男女问题约束了我的热情。就在那一刻,我下了决心要找她聊聊,就像跟大爷大妈们聊天一样自然。那时候我怎么会想到,这次聊天还是造成了男女问题。她抬起头,看着我笑,并把一只耳机递给我,然后我听到了中学的英语:Where would you like to go? "你在学英语?"她还是笑。"我是英语老师,我在备课。"我跟她说起我们小时候学英语的方法,给单词下面写上汉字,按汉字的发音念,go是狗,to是兔,go to school是:狗兔死过去,去用括号括住,老师抽查的时候只念:狗兔死过。我说话的时候,她一直笑着看我,看得我有点不好意思。她不算美,不过笑起来很好看,嘴里像含着糖,不像别的女孩,都是抿着嘴笑。"你真的认不出我了？我是小娟啊。"我这才知道她那种笑，是故人相逢的笑。我们从故人再度成为熟人，她就不那么笑了。

光明，怎么样，想起来没？

没有，我一点头绪都没有。

怎么会呢，你到底有没有想？你是不是干别的去了。

我在算账。

你算什么账。

空调的账啊，我在算提成。

你能不能把工作放一放，先想想故事。

我真想不起来了。

你没想怎么说想不起来，你想想啊。

我想了，现在我就在想，我想不起来。

我真服了。你讲的故事你都想不起来，小三放牛你想得起来吗？

那还用想吗，小三放牛我熟得很。

小三放牛这样的破故事你都记得，为什么想不起来那个？你是不是在骗我。

我骗你干嘛，就是小三放牛我也好久没讲了。我现在不讲故事了，我给我儿子都不讲。

你都在干嘛，你连故事都不讲了，连你自己的儿子都不讲。那时候你讲故事，可不管是谁在听。现在你儿子到了听故事的年纪，你都不讲了？

有电视，讲故事干嘛，看电视多好。

那能一样吗？故事可是你亲口讲的，就像这个故事，要不是你讲，我怎么会记那么久。

……

我给你提个醒，这是个古代的故事，记起来了吗？故事说的是儿子吃太多包子了，当爹的一巴掌把儿子的脑袋拍下来了。这么惊险的情节你会不记得？

我哩个娘！这是什么故事？我怎么会说这种故事，这也太恐怖了。

就是你说的，小娟说了耳洞的事之后，你讲的。

好，我讲的，我忘了还不行吗。

现在呢，记起来了吗？

为什么非要我记起来，你记得不就行了。

我就记得这么多，我忘了前因后果，儿子为什么要吃那么多包子？当爹的为什么要打他？他的头为什么一拍就下来了？

我怎么知道为什么，为什么吃包子，他饿呗，饿就吃呗。

对！肯定是他饿，他饿才会吃包子。

你吓我一跳。这有什么稀奇的，饿就吃嘛。

你觉得这不稀奇？你太久没讲故事了。这很重要，他饿,所以他吃,所以我们知道了,他饿肚子,而且是长时间饿肚子。

是,古代人经常饿肚子。

他为什么饿肚子呢?

他是穷人呗。

你又说对了,他肯定是穷人,这是个穷人的故事。

穷人都会乱吃东西。

对!天呐,你还说你不讲故事了,你简直就是讲故事天才,你一语中的。他肯定乱吃东西了,这就接近故事的真相了,他乱吃东西,所以头一打就掉。

你在熊我吧,什么讲故事天才,我讲的故事都是从书上看来的。

我熊你干什么,我在认真跟你聊这事儿。你能不能也认真点,像装空调一样认真地讲故事。

你也知道我装空调,我装空调有钱拿,不认真能行?讲故事有什么用,讲故事要拧紧螺丝吗?你这种想法,不是我说你,你就是不知道轻重缓急,你有这时间怎么不把房子装修装修?我爸就这么一个要求,让你装装房子,你怎么不知道着急呢?小娟都多大了,她可等不起了……

我把电话扔了出去。这是惯性使然,以前,和女友吵架的时候,为了让她闭嘴,我会扔手头的东西。在小娟面前我还没扔过东西,我不确定是她脾气好还是我们没到那一步。我正努力发现她的优点,好下定决心跟她结婚。我不是装修不起房子,也不是不想装,我只是故意拖延。光明的意见就是从这来的,他一定是觉得我散漫惯了,他怕小娟跟着我受苦。我也怕小娟受苦。有多少看起来无比合拍的结合,到最后不欢而散。我和小娟还算不上合拍,我一直在北京,她一直在老家;我心里隐约还有点梦想,妄图通过写作闻达于世;她对生活大体满意,习惯了攒钱和评职称……我喜欢她,但不确定这种喜欢能支撑多久。我得尽可能多地从她身上找到让我离不开的地方,以防日后变心。反之,我觉得小娟也应该考察考察我。但我不能这么说,这么说就显得很鸡贼,好像我没有那么爱她。我爱她,毫无顾虑地爱,我爱她,所以顾虑越来越多。这种话跟光明怎么说呢,他现在连故事都不讲了。手机掉在书桌与墙的夹缝里,他的声音从那里面钻出来。

你到底有没有在听,别一说这事儿你就打马虎眼。

光明,能别说这事儿了吗?

那你说怎么办?

什么怎么办?

你和小娟的事,怎么办?

照你说的办,你说怎么办就怎么办,挂了电话我就办。

那好，就这么办，我挂了。

窗外传来孩子声，他们在花园里追逐打闹。他们的笑和惊叫特别大声，能这么叫一定很痛快。这世界对他们来说太新了。快要被抓住的人大叫，抓住了人的大笑，他们玩什么都那么专注，听故事也是。世界对他们太新了。我还保持着打电话的姿势。我只是想重温一个老故事，为什么要遭受这样的屈辱。像光明这样的人，我宁愿一辈子不和他说话。我站在窗前看了好久的孩子，直到他们跑出视线。他们跑到远处的树影，消失了。我又站了一会儿，等寂静再度完整地降临，我第三次打给光明。

光明，跟我聊聊好不好，算我求你。

瞧你说的，还求我，咱们什么关系。

那我们好好聊聊行不。

好啊，聊什么？

聊聊那个故事。

好，你说吧。

我们刚刚说到哪了，我想想……

乱吃东西，我说穷人就会乱吃东西。

对，你说得很对，穷人就会乱吃东西。现在我们要想想，他为什么乱吃东西？

这还用想吗，他穷呗。

我知道，光明，我们不要那么急着下结论，我们要多想几种可能，穷肯定是一方面，除了穷呢？要知道，天下的穷人多了，为什么这一个穷人被讲成故事了呢？这里面一定有它的特殊性。

能有什么特殊的，饿了就吃，这不是天经地义吗。

是，是天经地义，但我觉得事情没有那么简单。他是个孩子，一般来说，孩子吃东西都是跟着大人吃吧，为什么大人没事小孩就有事了呢？

抵抗力强呗，大人的身体肯定比小孩棒。

这也是一种解释，不过这个解释不构成故事，大人比小孩身体棒也是天经地义的事情，天经地义的原因不是故事的原因。

那什么是故事的原因，有人给小孩下药了？这是故事的原因？

这是故事的原因，不过这个原因又太强了，这么强的原因肯定不是好故事。你当时讲的绝对是个好故事，不然我怎么会记那么久。

小三放牛你还记得吗？

当然记得。

你不是说那是个破故事吗，怎么也记那么久。

……

你真行，光明，你把我问住了，你抬起杠来倒是有一套。我收回那句话，小三放牛不是破故事，只是我听得太多了。你那时候总讲小三放牛小三放牛，我耳朵都磨出茧子了。

怨我吗？是你们老追着我让我讲的。

不怨你，我还要感谢你，你讲故事很棒，真的。

这有什么好感谢的，你现在说话怎么都是酸溜溜的。

一点都不酸，我是认真的，你不要怀疑我的诚意好不好。你想想，那时候为什么我们一帮孩子都愿意跟着你玩，因为你会讲故事。

不是因为我比你们大吗？小孩都爱跟着大点的小孩玩。

不是，大点的小孩多了，为什么跟着你——好了，别说这个了，我们回到正题，我再问你一遍，他为什么乱吃东西？

我怎么知道，我说什么你都不满意。

你只管说，我不是对你不满意，我们在讨论问题，我是对答案不满意。你再想想，答案肯定不止一个。

好，我想，他为什么乱吃东西？他是穷人家的孩子所以他乱吃东西，他跟着他爸乱吃东西，他爸没事他有事，那他应该不是和他爸一起吃的东西，他肯定是在家里吃不饱才跑出去乱吃东西，他爸不给他做饭吃吗，他爸是不是工作很忙……

停停，你提醒我了，他妈呢？

我怎么知道，你也没说过他妈的事啊。

这里面就有文章，我们从头到尾都在说这一对父子，完全没有提过孩子他妈，他妈去哪里了呢？

他妈死了？

对！这就是故事了。他妈死了，这很关键。

怎么关键了？

你想啊，故事一开始，就有一个人死了，这就很故事，有多少好故事一开头就死了人，尤其是死了亲人。这个女人对于爸爸来说，是妻子，对于儿子来说，是母亲，她死了，对这两个人肯定是一件大事。

这倒是，不管是死了老婆还是死了妈，对人都是重大的打击，说是天塌下来了也不为过。

天塌下来了，这个孩子还小，可能还不太伤心，对于爸爸来说，肯定是伤心死了。他英年丧偶，要一个人抚养孩子，以前不会做的事，都得学着去做，他去做妻子做的那些事的时候，怎么能不想到她。他肯定想到她了，想到她有多好，多勤劳，她永远都回不来了，他能不伤心吗？

他肯定伤心死了。

人在伤心的情况下，是提不起精神的。他一定是每天昏昏沉沉的，干什么都没心思，工作估计都没法干了，说不定还会借酒浇愁，又伤心又喝酒，哪还顾得了孩子……

对！是！他借酒浇愁，我想起来了。他借酒浇愁。

你想起来了！

我想起来了。

你真想起来了？

我真想起来了。

我就说你肯定忘不了。

我确实是忘了，是你说借酒浇愁，我想起来了。他在河边借酒浇愁，当时我还担心，怕他掉水里淹死，八贤王不就有一次喝多了掉到沟里去了吗。八贤王是天生爱喝酒，他是借酒浇愁，我记得这个词儿。我是第一次看到这个成语，书上好像是这么说的，"他终日地借酒浇愁"，我记得，当时我觉得这句话很好，终日地借酒浇愁。终日我也不太明白，还查了词典。

我就说，我就说你忘不了。

我也没想到还能记起来，我那时候喜欢记成语嘛。我床头还贴着一张成语接龙你记得不。

我记得，你还教我成语。

对，我那时候喜欢成语，我还有一本成语小故事呢，我跟你们讲的故事就有从那上面看到的。

我知道,你讲过"掩耳盗铃"。

对,对,掩耳盗铃,那个太好笑了。

我们都笑惨了,其实我们一开始没觉得好笑,你又给我们比画了一遍我们才笑。

对,是的,太好笑了。

好了先别笑了,你赶紧给我讲讲,别又忘了。

讲什么?掩耳盗铃吗?

什么掩耳盗铃,我说那个故事,借酒浇愁,你不是记起来了吗?

我是记起来了,你说完我才记起来的。

那你给我讲讲啊。

讲什么?

借酒浇愁啊。

这有什么好讲的,不是你先说的吗,借酒浇愁。

你不是说想起来了吗?你想起什么了,给我讲讲啊。

不是借酒浇愁吗?你说完我才想起来,借酒浇愁,那个男人死了老婆,他借酒浇愁。

然后呢?

然后?然后……我就不知道了。

你这叫想起来?你就想起来这一个成语?你再想想。

我真想不起来了。

你肯定能想起来，你都想起借酒浇愁了。顺着这个往下想啊，他死了老婆，他伤心得要死，他借酒浇愁，他不管孩子，然后呢？

然后……然后他不能再这样了，再这样日子就过不下去了？我记起来了，有个人跟他说，你不能再这样了。

你又记起来了？

我记起来了，他的邻居，是个老头，跟他说，你不能再这样下去了，这样下去不是办法啊，你还有小孩。对，一个老头说动了他。他幡然醒悟，这又是一个成语，因为他老喝酒嘛，所以是这个词儿，幡然醒悟，有一种酒醒了的感觉。人的酒一醒，就注意到以前喝酒的时候有多邋遢了，他也就注意到自己的儿子有多饿了。所以他带着儿子到街上，给他买吃的。他儿子别提有多高兴了，他喝酒的时候，他儿子都没饭吃，天天叫饿，叫得烦了他就骂他，可能还打过他，我不记得了。反正他儿子可怕他了，再也不敢去烦他，饿了就自己出去找吃的。那一天，他幡然醒悟，又恢复了理智，带着儿子去街上买吃的。那孩子可高兴了，他爹又开始疼他了，别看他饿，他走路都带风。他恨不得让街上的每一个人都看看，他是跟着他爹出来的，他爹带他买吃的。他们来到包子铺，是那种马路边的包子铺，桌子摆在外面，我记得清楚，书上有一幅插画，画的就是他们在路边的包子铺吃包子。他们来到包子铺，爸爸对儿子说，想吃多少吃多少。儿子别提有多高兴了，他又饿又高兴，他特别想表现给他爹看，看看他有多能吃。他们吃的是南方那种灌汤包，包子里面都是热汤，刚出锅可烫嘴了。那孩子狼吞虎咽的，吃了一个又一个，都是囫囵个吃进去的。旁边的人看了都觉得奇怪，奇怪他为什么不觉得烫。他爸也看不下去了，觉得他吃得太急了，给自己丢脸了。他让他慢点吃，别烫着。儿子一边吃一边说："一点儿都不烫，一点儿都不烫。"他爸还琢磨，是不是老板卖给他们剩包子，怎么一点儿都不烫。他也学着儿子那样大口吃了一个，结果烫得吐出来了，他觉得儿子在蒙自己，明明就很烫却说一点都不烫。他一巴掌打过去，骂他儿子骗自己，没想到这一巴掌下去，把儿子的头给打掉了。

是的，就是这个故事。光明，我服你了，你终于把这个故事讲出来了。就是这个故事，太好了，这个故事太好了，太神秘了，还很悲伤，是不是。

我也没想到还能记起来。这么一说确实有点古怪。这个故事很古怪，也很悲伤。

可还是有一个问题没解决，那个孩子的头，为什么一打就掉？

是啊，为什么一打就掉呢？是不是为了突出他们的惨，旧社会的穷人都惨。

也可以这么说，不过要是这样，这个故事就太高级了。你那时候还看不到这么高级的故事。其实我也记起来了，你讲完这个故事，我们都吓坏了，我们问你，他的头为什么一打就掉？这就是这个故事存在的原因，就是为了让人问，他的头为什么一打就掉？你还记得当时是怎么说的吗？

不记得了。

你说，因为孩子吃得太急了，他连碟子都吃到嘴里去了。碟子硌在他的脖子上，就像豆子硌在那个女孩的耳朵上一样，所以他爸爸一巴掌拍下去，他的头就掉了。

是吧，我好像是这么说的，因为小娟讲了耳洞的事嘛。

当时我们都信了，那时候小嘛，讲故事的人怎么说就怎么信。现在我才知道，又听你讲了这一遍我才知道，其实不是这么回事，把碟子都吃进去，太牵强了。

什么牵强？

就是勉强，把碟子都吃进去，这说不通，绝对不是因为这个。真正的原因你还记得吗？

不记得了，你不是说你知道了吗，你说给我听啊。

好，我跟你说，他的头为什么一打就掉，因为他吃了太多的生东西了。他爸不给他做饭，他只能去外面找吃的，他们是渔民，他很自然地去河边找吃的，又因为他是个小孩，他不会捕鱼，他只能找到河蚌、田螺、蛤蜊这些东西，他也不会做熟了吃，都生吃了。这些东西身上都有很多寄生虫，日久天长，这些寄生虫就寄生到了这个孩子的喉咙里，这就是为什么他吃灌汤包不会觉得烫。因为长期被寄生虫寄生，他的脖子已经空了，所以一打就掉。

妙啊，这就说得通了，就是这样，我想起来了。

肯定是这样，这就是这个故事成立的原因，看起来很有科学依据。其实也很牵强，不过一般人不会注意这个，水里的东西，谁能搞得明白呢。

是的，听起来很新奇，也很可怕，可不敢乱吃生的了。不过我也想问问你，你怎么知道他们是渔民？

我猜出来的。

猜出来的？怎么猜出来的？你怎么知道你猜的是对的？

这么说也不对，不是我猜出来的，是你讲出来的。

讲出来的？我没有讲渔民啊。

你讲了，你说他们吃灌汤包，这是南方的食物，你说他在河边借酒浇愁，你为什么提到河，因为河很重要,他们以河为生,所以,这个死了老婆的男人,他是一个南方的渔夫。

厉害啊你,头头是道的。我记起来了,这个故事的开头就是这么说的,一个渔夫,他死了老婆。

这就连起来了。这是个不错的故事,你应该记住它。

是不错,不过也没有什么好记的,我现在不讲故事了。

再讲一次吧,光明,再给我讲一次小三放牛吧。

驻马店女孩

她走在前面,高跟鞋敲击地面,像个玩乐器的。我紧走几步追上去,问她:

"你知道附近哪有可以坐坐的地方吗,咖啡馆什么的。"

"咖啡馆?离这里很远。"她笑笑,"你得坐车去。"

"不想坐车,我有得是时间,刚好借此机会在驻马店走走。"

"路七拐八弯,不太好走,告诉你恐怕你也找不到。"

"你告诉我个大致方向,我边走边问就是了。"

"对啊,你真聪明。"她表现出很大的惊奇,以此表示对我的刮目相看,"不过既然你只是想坐坐,为什么非要去咖啡馆,不嫌弃的话去我店里也可以。"

"是吗,你店里卖什么?"

"卖。"

"卖什么?"

"卖。"她说,"什么都卖。"

"什么都卖的店,我还真没见过。"

"去了你就知道了,我也会冲咖啡。"

像一场艳遇,我担心没有时间消化。离发车还有三个小时,我往往需要四个小时才能搞定一个女孩。前半个小时谈各自城市的天气。后半个小时谈沿途的风景。第二个小时谈童年,第三个小时谈现在。童年让人敞开心怀,现在让人伤心无措。第四个小时分两份,前半小时用来沉默,后半小时用来做爱。如果还有时间,可以留五分钟用来告别。

她带我穿过狭窄的巷子,走过热闹的温州街。惧怕阳光的大妈罩着黑纱,不知疲惫的小贩重复叫卖各自的商品。住在乡下,驻马店就是我们的首都。人们来这里求学,看病,探望亲友。商人来这里进货,官员来这里朝贺。去驻马店办事,办的必然是件大事。后来我长大了些,从这里坐车去更远的地方。很多次到达这里,又坐上火车匆匆离开。身为一个驻马店人,我只是驻马店的过客。印象最深的是十七岁那年,我坐在车上,看到一对学生在路边拥吻。路灯下除了他们空无一人,他们瘦弱,矮小,沉浸在童话般的爱情世界里。我想起我喜欢的女生,我们分开,都没说声再见。我们那里没有路灯,也没有嘈杂的马路,我们就着月色在田间漫步,说不上谁比谁更幸福一些。分开总是在所难免。我们的父母在不同城市，做着不同的活计。一旦分开，我们就变成截然不同的人。你成了广州的电工，我当了北京的司机，她呢，也许在上海，也许在天津，日日守着一台油腻的机器，造出千篇一律的商品。我喜欢的女孩，她去了深圳，穿着笔直的黑色套装，对每一个走进门的客人说欢迎光临。说话的时候，你必须要微笑。她对我说，必须要弯下腰。

驻马店的情侣不用担心分离，驻马店再破旧也是一个城市，从一个城市去另一个城市，他们不用像我们那么慌张，那么盲目。他们可以从容计划，可以甜蜜相约。大多时候，他们甚至不用离开，待在家乡，找一份能养活自己的工作，不慌不忙地谈情说爱，结婚生子。就像那对路灯下的少年，他们长大了依旧可以在路灯下漫步。在熟识的地方，不用刻意去想，就能记起从前。

我看着走在面前的女孩，她属于驻马店，驻马店也属于她。这是风光路，那边是乐山大道，风光路商铺林立，进来买东西必须要讲价钱。那些运动品牌，多半是假货。乐山大道马路很宽，一个肮脏的流浪汉，几十年如一日站在马路中央，流着鼻血，向每一个过路的司机要一块钱。如果司机不给他，他就把口水吐在挡风玻璃上。他不怕挨打，只怕要不到钱……她充当导游，漫不经心地介绍沿途的风景。乐山大道的阳光太过强烈，我们戴上墨镜，糟乱的城市变得柔和，她的棕色皮肤看起来充满弹性。生活在驻马店，总要遭受曝晒，她说，女孩们生下来是白的，在成长中一点点变黑。

"黑色皮肤健康。"我说，"你看我，回来几天就晒坏了。"我掀起衣袖让她看，经过阳光锻造，手臂断成两截，T恤覆盖的位置白嫩如初，连寒毛都是白的，裸露在外的部分黑里透红，点缀着蚊虫叮咬的伤疤。

"你不像个驻马店人。"她说，"驻马店的阳光和蚊子当然不会放过你。"

"我离开得太久了。"我说，"每次回来都是冬天。"

家里的夏天是儿童乐园，几乎所有美好回忆都发生在夏天。去河里洗澡，在树下钓鱼，潜入水底捕捞田螺，蹚过河去对岸偷瓜。我们光着屁股在太阳下奔跑，把偷到的瓜扔进水里，再跳下去享用。我们不怕太阳和蚊虫叮咬，不怕贫穷和家庭作业，不怕时间太快，也不怕天光过长。我们活着，只是快乐地活着而已。我们把屎拉在河岸上，过不多久裹挟其中的瓜籽就会长出瓜苗，到了秋天，结出不大的果实，有些得上天眷顾，散发出成熟的香气。我们偶尔经过，摘下这无心插柳的收获，坐在田埂上与同伴分享。一个小小的西瓜，也许每人只能分到一口，那不重要。重要的是分享。用拳头砸开，每人一口，依次传递下去，汁液粘在手上，瓜籽沾在脸上，我们抹一把脸，又在裤子上擦一把手，然后站起来，继续漫无目的地闲逛……

"真好。"她说，"我外婆也在乡下，但我没有过这样的童年。"

"是啊，特别是女孩。"我说，"女孩不喜欢走很远的路。"

"那现在呢。"她说，"你回来，有没有找到童年的感觉？"

全变了，河床干了，树木少了，唯一增加的就是楼房，人们像搞竞赛一样盖楼，把村庄弄得面目全非。我回来，连回家的路口都找不到了。

"是会变的。"她说，"人们挣到了钱，就会想着改变自己的家。你看那边——"

我望过去，看到那个流浪汉，他蹲在烈日下，一袭黑衣，好像已经和马路融为一体。

"他的名字叫得春。"她说，"小时候我们都怕他。"

"现在呢？"

"现在也怕，他从不说话，总是面无表情。"

"为什么他可以一直流着鼻血？"

"不知道，也许是一种功夫吧，听大人说，以前的乞丐都有一两手绝活。"她没有刻意看他,带我轻巧地穿过马路。"前面是骏马街,牛家大院的烩面很好吃。"

我不爱吃烩面,我不爱吃家乡的食物,但我没有说。

"你对驻马店真熟,"我说,"身为天中人,我还是第一次深入这座城市。"

"一座破烂城市而已,"她说,"越熟悉你就会越讨厌。"

"是吗,我们驻马店可是名声在外,虽然小一些,可绝对称得上是全国知名城市。"

"哈哈,你说的是那句顺口溜吗,'十亿人民九亿骗,总部就在驻马店'。"她掩面而笑,骏马街树木很多,她摘下墨镜,饱满的面部留下两个小小的红点。"驻马店招谁惹谁了,如果我们会骗,至于那么穷吗?"

"不光那句顺口溜,很多段子手都以驻马店人自居。他们不遗余力地推崇驻马店,鼓吹一种驻马店式的时尚。当然啦,他们是在搞笑。"

"别人拿我们搞笑,说明什么?"

"什么?"

"说明我们真的很搞笑。"她说,"我常常会忍不住笑出声来。"

"为什么?"

"你随便看看任何一个人,都会觉得可笑。"她说,"看看这些人,我常常想,他们忙来忙去,究竟在忙个啥。"

"忙着挣钱吧。"

"挣钱有什么用,连件衣服都舍不得买。"她指指前面,"看,那是新玛特,驻马店最大的商场,那些忙来忙去的人从来不敢来,即使来了,他们也不买东西。"

新玛特,我看过去,很热闹。总有人愿意花钱,即使是在贫穷的驻马店。进门处有家绿野仙踪,我完全可以去那里坐坐,喝杯东西,歇下脚,然后奔向北京,做一个老老实实的外乡人。如果我进去,后面的事也就不会发生了。可我喜欢和这个女孩聊天,我想去她什么都卖的店里看一看,看她都卖些什么。

我们拐进春晓街。路面被小贩弄得肮脏油腻,一个老头把浸泡菠萝的水缓缓倒在路上。她从上面跨过,没有一丝停顿。她习惯了这样的环境,尽管面无表情,动作中还是透着一些嫌恶。

"既然你不喜欢这里,为什么不到别的地方去看看。"我说。

"每个人都有自己的位置,我的位置就在驻马店。"她说,"有时候我也想,既然北京那么好,为什么大家不都去北京。世界那么大,为什么每个角落都有人?有的地方穷一些,有的地方富一些,有的地方冷,有的地方热,有的地方脏得要死,有的地方犹如仙境。不管什么地方都有人生活在那儿。人们种地,打渔,挖矿,采药,吉普赛人到处流浪,索马里还有海盗。大家待在不同的地方,过着不同的生活。也许有一天我不用工作了,也会到处走走,可是现在不行,在这里,我活得如鱼得水,到了别的地方恐怕就不灵了。旅行对驻马店这样的城市算不上什么好事,大家忙忙碌碌地活着,偶尔想想明天,但不会思念远方。我们对世界没有什么感情,只守着眼下这一亩三分地过活就足够了。"

这番话她说了一里路那么长,如果我愿意,可以用一万条正能量的句子来反驳她,身为一个年轻人,世界如此壮丽,怎能甘做井底之蛙呢。特别是你,那么漂亮,理应去更宽广的世界看看。就这样待在驻马店,待在这号称天下之中的地方,除了驻马店人,很少再看见别人。她说得轻描淡写,让人不好意思反驳。必须得承认,我被她说服了。我在北京待得烦闷,才想到回家看看,没几天烦闷又找上门来,于是只好再次返回北京。这个女孩,她愿意一直待在驻马店,说着熟悉的方言,度过只有一次的青春。我不知道她会不会有遗憾,难道多去几个地方,多谈几场恋爱就没有遗憾了吗。我想起那句老话，弱水三千只取一瓢饮。我想她是真的懂得这句话。

"是啊，"我说，"弱水三千，只取一瓢。世界再大，也大不过驻马店的一条街。"

"那句是形容爱情的。"她说。

"哪句？"

"弱水三千，是贾宝玉说给林妹妹的，不过你用在这里也不错。道理大家都明白，只是做到的太少——我们到了。"

她在巷子深处停下，带我走上台阶。这是间不大的门脸，做工粗糙的塑料招牌上写着"珠人美甲"，经过风吹日晒，有些地方已经褪色。

她蹲下，拉开卷帘门，稍显肉感的腰部露出来，我注意到上面的刺青，"土不人"，过了好一会儿，我才意识到那是"坏"。坏人。

店里很阴凉，她让我坐在深红色沙发里，问我喝点什么。我说随便。随便意味着无限可能，其中就包括失望。

"那就红茶吧。"她说，"我拿手这个。"

"红茶好，我喜欢。"

她进屋忙活，我陷在沙发里打量这间小店。褐色的地板上立着朱红货架，朱红货架上胡乱放着几瓶粉红指甲油，在对面水红色墙壁上，挂着一幅很大的海报，上面只有一粒红得发黑的指甲。置身于这样一个红色房间，时间久了难免伤到眼睛。恐怕顾客也不会喜欢这么让人紧张的氛围。看货架上的样子，这里似乎很久没有营业了。

"为什么房间里全是红色？"我提高声音问她。

"这样比较好打扫。"她走过来，把杯子放在茶几上。红茶装在红杯子里，显得比平常要红一些。

"不明白。"我抬起头，希望发现点不那么红的东西放松一下情绪。

"以后你就会明白的，等你也开一个这样的店。"她说。

"好吧，这间屋子倒是非常凉快，事实上有点太凉快了。"

"下面是个冰窖。"她说，"我们给这条街供应冰块。"

"怪不得。"我说，"指甲店生意还好吗？"

"都关门了。"她笑笑，"想必你看得出来。"

"看得出来，我只是不相信，你的技术应该挺好的，怎么会关门。"

"这个跟技术没关系，包子店火爆可能不是因为包子好吃，很多这样的事情，挺莫名其妙的。"她这一次笑得稍显苦涩。

"看来挺复杂的,我明白你的意思。"我抬头看她,突然不知道接下来说些什么。有时候,女人的美会带来非凡的魔力,能让时间静止,能让乾坤颠倒,能让百灵失语,也能让哑巴发出爱的元音。她的美是苦笑过后的短暂沉思,什么事情把她拉向远方,只留下些许忧伤在脸上。房间里各种红汇成一种新的颜色,给她麦色的脸庞打上一层模糊的光晕。此情此景,恍然不似人间。我想起身去吻她,可又不想打搅这少有的安静。

我静静坐着,等她回过神来,等她发现我这个陌生人。

"喝水吧,"她说,"看看我的手艺怎么样。"

"为什么叫'珠人美甲',很奇怪的名字,但是很好听。"

"你的问题可真多,先喝口水我再告诉你。"

我拿起杯子,喝了一大口,刚要放下,她说再喝点:"你喝得还不够多,不足以听我说完这个悲伤的故事。"

我一口气喝下半杯。温热的液体在体内流淌,熨开每一个毛孔。炎热的阳光被挡在门外,我坐在这间立于寒冰之上的屋子里,听她说起自己的爱情故事。

我叫刘珠,他叫怀仁,朋友们取谐音,叫他坏人。我喜欢红色,他喜欢白色,以前这里不是只有红色,他走之后,我撤掉所有白色,只剩下红。这时候我才发现,一种颜色再好看,少了另一种颜色的陪伴也会显得单调乏味,甚至让人讨厌。不止一个人表达过对这间屋子的厌恶,好在他们都没再走出去。我不想让人讨厌我,尽管我知道自己有多讨厌。你不是问我卖肾吗,我卖,我们做的就是这个营生,但我不会卖给你,你是我的猎物,是我的供应商。在街头的拐角,有一辆小货车,不知道你看到没有,那里有人正等着你的肾脏。以前我和坏人做这生意,并不会取你们的性命,现在他走了,我觉得麻烦,抛尸容易,把你们救活却很麻烦。在这里,你只有两个选择,拿钱出来保你的肾,或者让我们摘了你的肾卖钱。你不用说太多话,说多少都没用,还是听我说吧,还有半个小时,我不知道能说到哪,说到哪算哪吧。我还挺喜欢和你聊天的,你很聪明,知道怎么抓住女孩的心。这一点就像他,可以深情,也可以轻浮,感动女孩的时候还不忘撩拨她们。你们是天生的爱情贩子,你们制造爱情,又将其贱卖。我曾以为你们这样的人不会有真爱,没想到他为了一个初次见面的女孩离开了我。离开我,跑得远远的,好像我是杀人不眨眼的巫女。可别忘了,做这一行,是他的主意。爱着他的时候，什么都愿意去做，即便亡命天涯，只要和他在一起，也会觉得安全，满足。

你的问题可真多，我会说到我们是怎么相遇的。是，爱情最美的是相遇。那是在高中，他从附近的农村转学过来，他虽然长得很强壮，却总受欺负。他妈妈身体不好，为了供他上学在学校附近的街上卖烤香肠，每天被城管追来追去，带着滚烫的热油东躲西藏。他没有嫌弃她，每天放学都会过去帮忙。同学们从那条街上回家，有人会买香肠吃，我也买过。他穿着洗得很旧但很干净的白衬衫，给烤好的香肠刷上酱料。他很少说话，不管是碰到看不起他的男生还是喜欢他的女生，他都敬而远之，不卑不亢，好像他根本不属于这里，他也不想融入我们。

他的冷漠让那些想要欺负他的人感到害怕，让想要亲近他的女生望而却步。他的尊严还是为他迎来了朋友。那天，他像往常一样帮妈妈卖香肠，学校里的几个混混想看他出糗，暗中叫来了城管。城管没有像往常一样开车来。他们突然出现，让小贩们猝不及防。人们四散奔逃，妈妈慌张地收拾铺面，他却不慌不忙。城管过来，要推走他们的三轮车。妈妈拽住车把，怎么都不肯撒手，一个城管上来掰她的手，掰开一只另一只又抓上去。她油腻的双手像泥鳅一样难以掌控。那个城管最终放弃了,他站在一旁,拿纸巾擦自己的手。

看到他们那么狼狈,那几个使坏的男生站在路边窃笑。几个更坏的男生路过,其中有学校最有威望的头目段坤。得知情况后,他们也站下来看。坏人一定也注意到这些看热闹的同学了,他平日维护的尊严正面临崩盘的考验。我和几个女生站在不远处,紧张地看着他如何应对这场危机。

城管决定这次两个人一起掰妈妈的手。她知道自己抵抗不了多久了,却依然没有放弃的意思。她不会争辩什么,只是反复说一句"再饶我一次吧"。一开始,坏人只是站在旁边看着,后来他走到妈妈身边,对两个城管说:"这是我妈,让我来跟她说。"

城管不知道他要说什么,他们没有松手,但松了力气。

"让他们把车推走吧。"坏人说,"我们触犯了法规,被逮到就只能接受处罚。"

"真怂。"一个男生说。他们想看更大的热闹。

妈妈不为所动,她慢慢哭出声来,依旧死死抱住车把。坏人把刚刚的话重复了几遍,见她不听,他上去掰她的手。他脸上没什么表情,但看得出来用的力气比城管还大。围观的人们起了议论,对这个儿子的反常举动指指点点。妈妈像对付城管一样对付儿子,掰开这只手另一只又攀附上去。坏人有些怒了,他抱住妈妈使劲拉扯,"松手啊。"他附在她耳边说,声音不大,但足够我们听见。三轮车剧烈晃动,一些香肠滚来滚去,有的掉在地上。

"这位大妈,还是听你儿子的吧。"一个城管出来打圆场,"你这是非法占地经营,我们也是依法办事。要不然这样吧,你答应以后别来摆摊了,今天我们就饶了你。"

"好好好。"妈妈一下松开了车子,连连点头,这样的承诺她不知做过多少次了。

"下次她还会在这里摆摊。"坏人说,"除非你把她抓起来。她身体有病,干不了别的,只能卖香肠。这里学生多,可以多卖点。我的分数够上这所全市最好的学校,可我的家庭是全市最差的。我只有这么一个妈妈,她失去了太多东西,我不想她再因为我失去尊严。你们把车推走吧,我们服从管教。但下一次,趁你们不注意,我们还是会在这里卖香肠。我们别无选择。"

"说得好。"段坤突然喊道,他使劲鼓掌,旁边的混混们犹豫了一下,也跟着拍起手来。段坤走出人群,像个杂耍演员一样环视四周,对众人说,"多感动,你们不感动吗?这么一对母子,为了生活相依为命。他们做什么坏事了吗?烤香肠犯法吗?相反的,这还是做好事，我们上了一天课，放学回来刚好要买点吃的垫垫肚子，你们把他们清理了，想要饿死祖国的花朵吗？"

段坤总是巧舌如簧，人长得也帅，很讨女孩喜欢。他的学习成绩很好，但人有些坏，他喜欢恶作剧，喜欢别人对他俯首帖耳。看得出来他有些欣赏坏人，后来他说是因为坏人这个绰号，他觉得有个兄弟叫坏人是件很酷的事情。他这次挺身而出，让坏人成了他很好的兄弟。在他的煽动下，众人齐喊"放了他，放了他"，城管真的放了他们。那个胖胖的城管苦笑着，出了一脸的汗："看来以后还是开车过来好了。"他说，"这样走着太累了。"

和段坤走到一起，说不清算好事还是坏事。他们整日混在一起，干些不大不小的坏事。有些事让女生尖叫，有些事则让人害怕。他们对我使坏时，坏人及时阻止了他们。我们很快就在一起了。一年后，他妈妈死于病痛，他一个人孤零零的在驻马店，无亲无故，每天靠着段坤那帮朋友接济，勉强过了一个学期，他最终还是离开了学校。他去了妈妈治病的医院，做了一个仓库保管员。每天面对那么多药材，他记得很快。他自学英语，看和医药相关的书。他想弄明白妈妈死于什么，面对疾病，人们是不是非死不可。他看了好多好多书，最后却学会了怎么摘除肾脏。他想要的太多，会的太少。

当段坤提议他做器官生意时,他犹豫很久,还是答应了。那时候我刚毕业,爸爸帮我开了这间美甲店。这里地方太偏,一天到晚没什么生意。他对我说:"为了我们的幸福,为了离开这个地方,让我们疯狂一把吧。"他眼里闪着希望的大火,让人不忍浇灭。

于是我成了诱饵,我在车站搜寻猎物,假装一个善良的热心人。大多数男人都不会拒绝来我这里坐坐,有时候也会有女孩。他们被我阳光的谈吐欺骗了,就像你,人们为什么会被欺骗,是因为太相信自己的眼睛。我带他们去随便一个地点,给他们喝下一杯水后就没我的事了。坏人和一个黑医进来,他们把猎物带到简陋的手术室,取走一只肾之后给他做简单缝合,然后开车载到别的城市,把那些少了一只肾脏的人扔在地上,任他们自生自灭。

后来,我带回那个女孩。她很漂亮,礼貌周全,说话轻声慢语,好像从没着过急。这样一个女孩,出现在驻马店的车站,显得那么格格不入。周围全是行色匆匆的旅人,只有她走得很慢。她的白裙子在人海中显得太过浮夸,很难让人不注意到她。出了车站,她四下张望,好像是第一次来。这样的女孩,让人不忍下手,我也只是带着羡慕的目光看看她而已。直到她向我走来,我都没有打算把她当作猎物。

到处都是人，你们为什么偏偏找我问路。

而这个女孩，她问的路是我家。

"你好，请问春晓街怎么走？"她走到我对面，先是点下头，然后轻声问我。声音不大不小，刚好可以听到。

面对送上门来的猎物，我有些恍惚。这样的女孩，我想到她细嫩的皮肤被刀子划破，从此留下无法复原的伤疤，她不该遭受这样的劫难。我本想敷衍过去，让她去问别人，可我突然想到，这些天我在这里表演好人，把一个个无辜的人带进魔窟。我自己都要忘了，以前那个热心带他去医院的女孩还是不是我。如果没有做这件事，我会帮她指路吗？我想多半会吧。那就让我再做一次好人，把她平安带到春晓街。我当时就是这么想的。可一路上，走得越近，我越害怕，这个女孩，她到底要去春晓街做什么？

"她要去做什么？"我说。差不多过去了半个钟头，我没感到药效发挥作用。之所以还坐在这里，是被她的故事吸引了。我告诉过她，我是一个作家，我对故事上瘾。

"见一个人。"她说，"一个我害怕她见到的人。"

"谁？"

"不过我还是让他们见了，她从很远的地方过来，一定很想见他。"她沉默片刻，目光变得涣散，眼里有泪，但没有流出来。对于一个犯罪分子来说，现在不是伤怀的时候，她全然不顾这些，一度沉浸在回忆里。对于失恋的女人，回忆像鸦片一样迷人，可怕。我老老实实坐在这个危机四伏的地方，等她继续讲述，等待药效发作。

她看了看表，又看看我。"你怎么还没昏倒？"她走过来，用手拨开我的眼帘，"现在感觉怎么样？"

"很难过。"我说，"我不相信你是一个坏人。"

"没问你这个，我是说你有没有感觉头脑昏沉，眼皮越来越重？"

"没有，我能感觉到你的伤心。"

"你不需要感觉这个。"她说，"你现在需要昏过去，他们就快来了。"

"昏不过去怎么办，你总不能把我打昏吧。"

"我没有这么干过，但不排除这个可能。"她走来走去，小声嘀咕，"怎么会呢，难道过期了？"她走到里屋，想要查看剩下的药。我站起身，活动一下手脚。就在这时候，屋里发出一声惊叫，我吓了一跳，以为她发现我站起来了，为了配合她讲接下来的故事，我又跌坐在沙发上。

"我真糊涂!"这四个字用方言来说有些可笑,她也确实是苦笑着的,"竟然忘记放药了。"她晃晃手里的纸包,"你太像他了,说话的方式也像。我想着赶紧和你聊聊天,是你让我忘了自己是个坏人。"她看着我,深情的目光让我不知所措。"我都一年半没见过他了。"她哭了,像被水呛到的小孩一样哭出声来。那声音真让人心碎,我不由得起身抱住了她。我只想让她哭的时候有个肩膀依靠。她把眼泪抹在我肩上。她拽住我的头发,轻咬我的脖子。我抬起她的脸,四目相对,然后是突如其来的吻。这个伤心的女人,这一刻,我愿意为她献出包括肾脏的一切。

我将手伸进她的胸衣,我已经误了火车,我不想再误了她。

"不是这样的。"她一把将我推开,"不是这样的。"她做出哭的表情,没有眼泪也没有声音,"不是这样。"她低头整理自己的衣服,擦去我在她脸上留下的口水,"他会先脱我的裤子。"她说,"他不像你们这么虚伪。"

我一屁股坐下来,感到筋疲力尽,就像刚刚点燃引信的烟火,一下被水浇灭,短时间内再也点不着,也不想再点。

"没有两个完全一样的人。"我说。我没想说服她,只是客观论述。

"全都是错觉,我都忘了咱们为什么在这里了。"她用手臂抹了下眼泪,没有擦干净,脸上布满泪痕。她打开纸包,把里面的白色粉末倒进我喝剩下的半杯水里,她用手指搅动均匀,红茶还是红的,即使加入了那么多白色。

"来,现在可以喝了。"她说,"睡着了你就不会那么痛苦了。"

"我为什么要喝?"我说,"我完全可以一走了之。"

"是啊。"她如梦方醒,"你看我连门都没有锁。算你走运,你走吧。"

"现在还不行,我要听完你的故事,那个女孩,她来春晓街干什么?"

"我为什么要告诉你?"她说,"你就要一走了之了。"

"我不会。"我看着她,拿起面前的毒药一饮而尽。

"现在你可以说了。"

谁打跟谁斗

1

"说说，为什么杀人。"

"她叫唤，还骂我，她叫唤的声音太大了，我害怕。她不让我走，把我的衣服都拽烂了。她跟我要钱，我没有，我没有一分钱——"

"从头说。"

"哪是头？"

"从你走出监狱大门开始。说吧。"

2

我说，你们让我说什么我说什么。是，我是坏人。我偷东西。我屡教不改。在监狱里，他们打我，因为我还不够坏。我只偷东西，从没想过要杀人。这次回去，估计没人再打我了，该我打别人了。我会的，这辈子挨的打太多了，我没打过任何人，连我儿子都没打过。他叫蹦蹦，脑子不太灵光，是遗传他妈的。他比他妈强多了。他上了学，虽说不怎么写作业，但认识不少字。我老得到学校给他交罚款。一次不交作业罚一毛钱，罚够一块我就去交一次。我交了钱，顺道接他回家。我知道老有人打他，我不说。像我们这样的人，既然打不过别人，学会挨打也是一个本事。我的表哥长胜，他就是吃了不会挨打的亏。人家打他，他气不过，一定要打回去，结果被活活打死了。像我这样的——你打过我你知道，我就是这样，你打我，就像打麻袋一样，连你自己都觉得没趣，麻袋有什么好打的呢。那年我去偷一头猪，是我们村的。我也是急了，兔子不吃窝边草我也是知道的。大家都是乡亲，低头不见抬头见，再说谁都知道我是小偷，丢了东西第一时间肯定会想到我。以前还有龙头，现在龙头死了，就剩我一个了。他们总觉得就算不是我偷的，我也知道是谁。就是这样。我们很少对同村人下手，这算是个行规吧。如果非要干，也是找别人来干，我们帮忙踩好点，事成后给包烟就行。我也是急了，看到那头猪我就手痒，它长得很肥，很漂亮。当天晚上我就带着家伙过去了。那家的位置很好，院墙外是一片树林，树林里长着灌木，我藏在里面，谁也看不见，不过半夜里也没有人。那头猪就在院墙里的猪圈里，我在墙上凿了个洞，打算把它从里面牵出来。它实在是太肥了，我的洞不够大，我把它的头和一只前脚拽出来，就再也动不了了。它被卡住了，怎么也拽不出来。它被卡得直叫唤，那可真是杀猪般的叫声。我们最怕的就是叫唤。我从包里拿出个锤子，敲它的脑袋，想把它敲死，敲晕过去也行。它叫唤得太厉害了。叫声惊动了邻居，有两家亮了灯，过一会儿又灭了。我继续敲那头猪，真想不到猪那么能活。我正忙活着，一束手电照过来，照得我睁不开眼睛。紧接着我闻到酒味，原来这家的男人和几个朋友刚喝酒回来。他们打我，拳打脚踢还不过瘾。他们用手电，用木棒，用我的锤子。我趴在地上，抱着脑袋，像一口袋垃圾一样不动弹。他们把我打得头破血流，浑身发麻。不管他们怎么打，我就是不动，这就是我的办法。我在床上躺了半个月，他们要我赔那头猪的医药费，后来见我连自己的药费都付不起，也就算了……蹦蹦也是这样，别人打他，他一动不动，连跑都不会。他的头很大，那帮孩子喜欢拍他的头，他们喜欢听那个响声。后来我给他的头发留长了些，拍起来不那么响了，人家也就少打他几次。他挨了打，从来不跟我说，也不跟他妈说。他挨了打，就像没事人一样。我就喜欢他这一点，有时候我挨了打还气不过，可是生气有什么用，又不能打回去。后来我向蹦蹦学习，再也没有生过气。我现在很后悔，不该跟他说那句话。以后我不在他身边，欺负他的人会更多，他必须老老实实挨打，才能平平安安地生活。那天那么多人在看，我也是一时冲动才那么说。接他放学回来的路上，一眼就可以看出来有很多人欺负他。那些小孩都不敢看我的眼睛，也没人和他说话。他从来不惹事，我不明白他们为什么要打他。不像我，我是小偷，挨打是天经地义的事情。我早忘了第一次偷东西是什么场合，但我一直记得第一次挨打。那时候上五年级，我什么东西都没偷过，我爸还活着，用不着我去挣钱。有一天放学，几个人在半路上等我，其中一个是我的同学，他跳级了，已经升了初中。三年级的时候他画了一只王八，上面写着老师的名字，我打了他的小报告，老师踹了他两脚。没想到他一直记在心里。他上了中学，交了一帮朋友，来找我报仇了。他把我叫过去，开始打我。那时候我还不会挨打，他们踹我，我就站着让他们踹，每一脚都让我后退几步，一直把我打到麦田深处。路上的学生都不走了，站在那看我挨打。后来他们把我打倒了，我趴在地上，被他们踢打，感觉到前所未有的舒坦。后来一挨打，我就趴下。这算是我的一个绝招。我想把这一招教给蹦蹦，可我不知道该怎么说。天底下没有哪一个爹会心安理得地去教自己的孩子怎么挨打。你们来抓我的时候我喊的是"谁打跟谁斗"，而不是"挨打要趴着"。我说不出口。我只是不想让我的孩子受欺负。我只是想让他高高兴兴的。我不知道他过得开心不，他很少笑，也不怎么说话。平时我问三句他才会说一句，要是不问,他一句话都不说。这一点倒是不像他妈,秀琴总是唠唠叨叨的。邻居们嫌她烦,不愿意理她。我老得待在家里陪她说话。几天见不到我她就该乱跑了。她没什么目的,只是想找个听她说话的人。她不像别的女人一跑就去娘家。她总往陌生的地方跑,除了我,只有生人才愿意和她说话。她一跑我就得到处去找。好在她喜欢沿着大路走,从我们家出发,哪条路宽她就走哪条。我包个车,沿着大路,保管能把她找回来。有时候去得晚了,她已经给别人当了几天老婆,还有一次,她被一个养鸡场收留了,每天给人喂鸡。她不爱干活,又跑了出来。因为这个,我没办法出门,必须得在家守着她。他们都说出海打渔挣钱,我二十岁就出过海,可是结了婚,连县城都不敢出了。那一年发水,庄稼都淹了,我们没有收成。很多人打算出海挣点钱,他们劝我一起去,我也动了心,心想到处都是水,她也跑不到哪去。我刚走没几天,还没上船呢,她已经跑到驻马店了。我跟人借了一圈钱,凑足了路费回家,又卖了粮食,连夜去找她。我们回来的时候,蹦蹦已经饿了两天。我们不在家的时候,全靠邻居给他送点吃的。他从不主动去要。那次以后,我再也没离开过家。每一年,村里的男人几乎都走了。空房子一座挨一座,没什么可偷的。我只好到集上去,最起码人们赶集都带着钱。我偷不来钱。我不是扒手,他们是这个行当里的高手,不光手巧,还得胆大,一手拿个破毛巾,一手拿个刀片,找到机会就在人的口袋上划拉一下子。一眨眼的工夫就把别人的钱变自己兜里了。我干不了这个。我只能偷点大件东西。不管是桌椅板凳还是冰箱彩电,或者只是一个水盆,只要能卖钱我都偷。我一般在商业街转悠,卖家电的,卖杂货的,卖衣服的——什么顺手偷什么。我没有计划,只是四处遛达。计划不是什么好事情。有一次我看中一件衣服,是红的,后面有个帽子,我想送给秀琴她一定高兴,她就喜欢红衣服,越红越艳越好。为了偷那件衣服,我在边上等着,等一个合适的机会。卖衣服的是一对中年夫妇,带着一个五六岁的小女孩。女的是个大嗓门,动不动就笑了,男的不怎么说话,一说话她就笑,她一笑,他们的小女儿也跟着笑。我真是羡慕他,我们家最缺的就是笑声。不管我怎么逗乐,他们娘俩就是不笑,即使笑也没有声音,秀琴的笑容很好看,但是没有声音。蹦蹦几乎没什么笑脸,他连嘴都懒得咧一下。我第一次见他笑出声,还是个意外发现。我们屋后是一片树林,里面有很多鸟,一次我掏了一窝小鸟给他玩。他说要养起来,我就用高粱秆编了个鸟笼给他。蹦蹦养着那两只鸟,白天挂在院里的树上,晚上拿到自己屋。后来不知怎么他把一只鸟的腿弄瘸了,一天我在窗外听到笑声,看见那只鸟用一条腿在地上蹦。我进去,他马上就不笑了,好像我是个外人一样。不管怎么样，我总算知道他为什么笑了。我织了张网，带他去河边捕鸟，逮到鸽子斑鸠什么的就拿到街上卖掉，别的鸟就给他玩。那么多鸟不知道都被他怎么玩没了，我没有问他，只要他高兴就好。他有鸟的时候，倒有不少孩子来找他玩，他和那些孩子根本玩不到一块去。他没有一个朋友，就像我一样——不对，他跟我不一样，我也想跟人交朋友，可没人愿意，因为我是个小偷，因为我穷。随便什么人都能把我打一顿，谁让我偷东西来着。那天不光那对夫妻打我，连他们可爱的小女儿都冲我吐口水。不过我不怪他们，相反的，我还很感谢。就在我等着偷衣服的时候，我看到他们一家三口高高兴兴地在一起，比看电视都有意思。那个小女孩很粘人，老往她爸身上爬，让爸爸把她抱起来，扛在肩上，或者拉着手把她转起来，她咯咯咯的笑声一直没有断过。那个急脾气的女人总是大呼小叫，卖东西的时候，他们一个扮红脸一个扮白脸，女的总骂男的要价太低，等卖出去一件衣服，他们又会开心地相视一笑。我在旁边等啊等，终于等到一个人多的机会，趁他们不注意，我把那件衣服从柜台上拽下来，在台子下面窝成一团，塞进随身带着的口袋。本来一切都很顺利，但我忘了那个女孩。她的个头刚好看到柜台下面发生的事情。就在我转身要走的时候，她指着我大叫，爸爸他偷我们东西。我最怕被人指着了，就像那天你们去抓我，一只狗指着我都能让我崩溃。站住！那个男人说，他的声音真洪亮，一下就把我震住了。等我转身要跑，他已经来到我面前，一拳头就砸下来了。那个女人也不是善茬，看到可以免费打人，也抓了我好几把。看热闹的围上来。他们从包里搜出来那件衣服。一个大男人，竟然偷了件女人衣服。我说是给我老婆偷的。他们笑了，说想不到你还挺痴情。那就算了，既然你看上这件衣服买下它就算了。我说我也想买，可我没有钱。这是真的，我们出来干活从不带钱。那个男人见实在没有钱，就准备把我放了。女人不干了，她说我耽误了生意，非要我磕三个响头再走。我找了一片干净地方，把头磕得咚咚响，之后三个月我没再去过那趟街。就是这样，我必须得非常小心，一旦被抓住，就只能很长一段时间不去那里。从那以后，我没再给自己订过计划，我不能选择要偷的东西，只能碰到什么偷什么。最后一次偷的就是那辆三轮车，这个你应该知道，你们不是都有档案吗。我碰到那辆车，就只能去偷，我没有选择。俗话说机不可失时不再来，机会本来就不多，我不能随意浪费。你可以到我家看看，我什么都偷，不管有没有用，只要逮住机会，我就把它偷回去。我们家堆满了破烂，但总有派上用场的时候。看到那辆电动三轮车，我眼睛都直了。那可真是辆好车，新刮刮的，座位上的塑料膜都没撕。我从医院门口路过，看到钥匙没拔，车上只有一个连路都不会走的干瘪老人，身上盖着被褥，只露出一个头。我看了看左右，大家都在忙自己的事情，真是一个绝佳的机会。我当机立断，把老人从车上抱起来，放到地上。她有气无力的，连话都说不利索，把日你娘骂成了日你羊。这些老娘们儿，骂了一辈子人，到头来连话都不会说了。我把她放到地上，她想拽住我，可是劲太小了，还没小孩子力气大呢。我一甩手她就躺地上了，还好下面有被子，没有磕到她的头。我骑上车，以为大功告成了，这辆车最少也值一两千块。我激动坏了，手抖起来，不过没有问题，我可是骑三轮车的老手。城里刚有人跑三轮的时候，我就有一辆，虽然那是脚蹬的，跟电动的也差不了多少。我只干一年就不干了。城里离家太远了，我老得三天两头往回跑。再说城里到处是烟鬼子老海，天一黑就乌烟瘴气的，他们截住我们要钱，不给就打……好，我不说这个，接着讲三轮车。我骑上车还没跑多远，后面就追上来个女人，她大喊大叫，好像我把她的命偷走了。路上的人很多，我没办法开太快。她没费多大劲就追上来，死命拉着车不放。我一停下车，她就扑上来打我。我犯了一个严重错误，我不该还手的。我应该跑。她骂得太难听了，我没控制住，就打了她。她可真禁打，不管我用多大力气，她就是拉住我不松手。她不光骂，还咬我。我最怕的就是女人的嘴。女人的嘴简直是最厉害的武器，能骂能叫能吵能咬,还能搞——具体怎么搞我就不说了,大家都是有女人的人。就说这个女人,她免费给我搞我都不让,她实在是太可恶了。我的手腕都被她咬出血了。她简直不要命了,连假牙都掉了出来。看热闹的越聚越多,不能这么下去了,一定得速战速决。我拖着她,在路边找一棵大树,抓住她的头发往树上撞。一下子,她的脑门就出血了。再一下,她彻底昏过去了。她倒在地上,像一大堆猪肉。我也累得够呛,可我知道不能停。我擦干身上的血和口水,骑上三轮车。围观的人太多了,他们都不敢看我的眼睛。我望到哪里,哪里的人就移开目光,装作心不在焉的样子。我发动车子,他们立刻让开一条道。那感觉真是太爽了,好像我是个冠军一样。也是,我确实取得了胜利,用我的双手。我骑着车,在稠乎乎的人群里往前开,不知道的还以为他们在夹道欢迎我。我真是太开心了,那时候我就盘算开了,这一千块钱该怎么花。秀琴最喜欢新衣服,我要带她到城里买一套。蹦蹦喜欢看动画片,我们家的电视收不到大风车,可以买个卫星装上……我想着这些,就要离开人群的时候,那孩子突然抓住我的衣领,把我从车上拽下来。我不知道他为什么要这样,我和他无冤无仇,根本就不认识。后来他还上了电视,说自己是个大学生——对、对,他叫刘杰文。我不在乎他叫什么,也不想知道。我就是不明白他为什么要这样,上了大学就可以乱管闲事吗？如果我带着刀怎么办，那孩子肯定就报销了。幸亏他遇见的是我，所有小偷——除了我——所有小偷都带着刀，为的就是以防万一碰到这样的人。我从不带刀，我信不过自己，我只是个小偷，没必要杀人。就像这个女人，我根本没想杀她，我只是想摆脱她。如果路边的是树而不是河，她可能就不会死。是啊，我也想把刘杰文往树上撞，可他长得太壮了，我降不住他。他没费多少力气，就把我摁到地上不能动弹。我还以为他要打我，可他没有。快报警，他冲人喊，快叫救护车。人们都笑了，说就在医院门口，叫什么救护车啊。那个女人很能活，被打成那样，简单包扎一下就出院了。我赔了医药费，坐了牢。你们判了我三年，这是最长的一次，以前我偷的都是不值钱的东西，在里面待十天半个月就放出来了。这一次不行，他们说我这是抢劫，我说我是小偷，从来不抢劫，可没有人相信，警察就是那么横，说我抢劫我就抢劫。我还能说什么呢？我只能去坐牢。可我放心不下他们娘俩啊，我问法官，能不能让他们和我一起坐牢。没有人同意，他们像看傻子一样看着我，还以为我把坐牢当成了什么好事。我想坐牢吗？我不想。我只是想和家人在一起。我必须得照顾我的家人，如果我不听秀琴说话，谁还会听呢？她翻来覆去，说的都是一样的话，谁听了都得烦。说实在的，我也烦，可是看她讲得那么开心，我也就跟着开心起来啦。

如果我进了监牢，她又该到处乱跑了，可我再也不能去找她。秀琴来看我，带着家里最暖和的棉被。那还是我们结婚时做的，一共五床，这是最后一床，一直放在箱子里。我只盖了一晚上，就被街上的陈胖子抢走了。这个陈胖子，他家那么有钱，我从来没有偷过他，想不到他竟然恩将仇报。一个牢房八个人，只有他是杀人犯。他是名副其实的老大。所有人都怕他。他让干什么就干什么，一个十八九岁的小孩天天被他干，就在我绣着大喜字的棉被上。我能说什么，我们只能看着。刚进去那会儿，他们天天让我干活，让我背黑锅，如果不同意就揍我。我想好好表现，争取早点出来，就因为老做替罪羊，一天的刑都没有减。所有这些，坐牢、干活、挨揍，我都不怕。我真正担心的是他们娘俩，没有我，他们该怎么活啊。好在我在家藏了点钱。我告诉秀琴，千万别再走了，如果你走了，蹦蹦就无依无靠了。我让她把一部分钱找出来，作为生活费，如果想说话，就坐车来找我。后来我们牢房里有了电话，是一个小子偷偷从外面带进来的，按照老规矩，这个同样归陈胖子保管。是的，不管有什么，一切都得让陈胖子作主。就是这个电话，帮了我的大忙，我每天给秀琴打十五分钟电话，听她汇报家里的情况，或者天南海北乱说一通。陈胖子当然不会让我白用，为了每天那十五分钟，我成了他最忠实的走狗，他让干什么我就干什么——我不会告诉你我都为他做了什么，这不是一码事。陈胖子还在这里，虽然我现在一点都不怕他了，可我确确实实感谢他。如果他不让我打电话，恐怕秀琴早就走了。这一次出狱，看到他们娘俩都还好好的，我总算放心了。你不知道，在临出狱前两个月，我们的手机被没收了。我再也联系不到秀琴，她没有来看我，我不知道她在哪，有没有离家出走。我一点消息都没有。我们家无亲无故，没有人关心，没有人在乎。我蹲在号子里，急得不得了，可我能干什么，什么都干不了。我甚至参加了他们的——呃，没什么，真的没什么。他们组织了个歌唱班，看我嗓门大就让我参加了，大家觉得唱歌能让人忘掉烦恼，确实是那样，可是一旦停下来，烦恼就又来了。我只能掰着指头算日子，如果剁掉一根手指能少过一天，恐怕我连脚趾都剁没了。就这样，我数完了剩下的日子，到了出狱那天，我还得数剩下的那几个小时。不知道为什么，他们非得等晚上才放我出来，如果是白天，我肯定不会遇到那个女人，她也就不用死了。怎么说我也在城里混了那么多年，朋友还是认识几个的。就算找不到朋友，我也可以到市场里转悠转悠，随便偷点路费回家。可我出来的时候是晚上。大街上冷冷清清，偶尔有一两个人也是匆匆忙忙地往家赶。我穿着一身单薄的囚服，浑身上下连个口袋都没有。我发愁该怎么回家。秋天快过完了，风冷飕飕的，让人无处可躲。如果走路回家，我恐怕会冻死在半路上。我琢磨着既然偷不来路费，抢一个人也行，就像那些烟鬼子老海对我做的那样，躲在暗处，突然窜到一个人面前，拿刀指着一个倒霉蛋，让他把钱全交出来。我不要多，够个路费就行。我一边走一边想着这事，说实话我有点犹豫，毕竟刚刚出来，连囚服都还穿在身上。就算我抢了点钱，别人一报警，说被一个穿囚服的人给抢了，你们一查就知道是我。不知不觉，我走到了回民路，整个县城，我最熟悉的就是这里了。以前跑三轮的时候，我天天在这里趴活儿，后来给长途车拉客，还是在这里。我站在路边，等啊等，看到公交车上下来一个人，只要背个包或者拎个袋子，我就像苍蝇一样缠着他们问，去郑州吗？去北京吗？驻马店去不去？那你去哪？我知道我有多讨厌，我必须得勤快一点，拉一个人三块钱，忙的时候，就是节假日前后，一天能拉三四十个人，平常日子一天逮住七八个就不错了。后来我总算明白了，等在回民路永远也等不来钱，所以我就不来了。缺了我一个，这里还是那么热闹，还是那么乱七八糟。三年不见，这里几乎没变。恭喜发财烟酒店几十年前就在那里了，现在还是没有发财，还有那个油漆店和小吃铺，永远都是脏兮兮的。说到小吃店，我那时候还真有点饿了，出狱和上刑场不同，不会特意给你一顿饱饭。虽然天不早了，还是有几辆三轮趴在路边等着。现在没有人力车了，全部换成了电动或者摩托三轮。一看到有人走近，他们就招呼开了，去哪去哪，上车走吧。等看清楚我的囚服，他们就不吭声了，上下打量着我，有点不甘心损失我这么一个潜在客户。只有那个女人热情招呼我，估计她不认识字，也没去过监狱。她一定是把我当成了什么技术工，穿着一身这么精神的套装。在路上她还和我聊天，问我是干什么的，在哪里工作。她真是爱说话，她让我想起了秀琴，一想到秀琴我就着急，恨不得生两个翅膀飞回去。刚出县城的那段路很差，到处坑坑洼洼，她在前面说话，一个字摔成几瓣，不过这没有影响她聊天的兴致。是啊，我完全理解她的心情。做个三轮车夫，除了在路边等就是在路上跑，要多闷有多闷，聊天是打发时间的好办法。从城里到我家得半个多小时，聊着聊着就到了。如果不说话，就只能胡思乱想，或者什么都不想，只是听着风声和发动机的噪音。大家都是乡亲，互相也很好奇，想知道对方的生活，看看有没有什么自己不知道的活路。其实说来说去大家都活得差不多。见我什么都不说，她就讲起了自己的事。她说她老公在养路队当差，每天闲得要死，虽然工资不高，但是个铁饭碗，退休了还有退休金。说完老公，她又讲起儿子，大儿子在新疆当兵，好几年没回来了，小儿子在郑州读大学，马上就要工作了。听到大学生，我心里咯噔一下，问她儿子有没有见义勇为过，有没有上过电视。她说没有,我就放心了。现在的大学生真多。她说是啊,我正要和你讲起我女儿,她叫桂桂,也是个大学生,现在在县医院当护士。我知道她在炫耀自己的家庭,像这样的女人,只能顺着她说,那会把她们乐上天。我说你们家真厉害,一家子国家栋梁。她笑得合不拢嘴,笑声比发动机的声音还大。我又恭维她,说你们是怎么培养的孩子,个个都那么有出息。她给我讲了一堆,总结起来就是孩子不能惯着。我在后面听着,心想做她家的孩子真不容易,幸亏他们争气,以后的生活都不用发愁了。我说既然你们家条件那么好,还出来跑什么车啊,在家里享清福多好。她说是啊,要是享福现在也可以,可我就是一个闲不住的人。买了辆二手车在城里跑,一来挣点柴米钱,二来散散心,和乘客聊聊天。一听到这,我就知道这个女人没那么好对付,一个把孩子管理那么好的女人,一个闲不住的女人,绝对不是一个容易对付的女人……三年不算太长,可也不短了,我在夜黑里留意沿路的风景,变化真是大啊。路两边的楼房比庄稼长得还快,一幢连一幢,几乎没有间隙。以前熟悉的那些路标性建筑全被新房子淹没了,好在我们的集市还在,只是更大了些。从街上出来,我就开始着重留意路边的旅店,回家的路口旁是艳妹酒楼,我一直没有看到,后来我才知道,艳妹酒楼已经改成了小田汽修店。我说那个路口怎么那么眼熟，就因为没看到艳妹酒楼，我以为还没到。那个女人口口声声说她知道路，就那么一直开开开，结果开过了。看到那条河我才知道我们在哪，幸亏河不会凭空消失，不然不知道她会把我拉到哪呢。我让她在桥边停下，告诉她走过头了，差不多超了两公里。她不相信，说怎么会走过呢，她一直看着路牌。我气坏了，难道我不认识自己的家吗，我那么着急想回家，你还让我走冤枉路。她说你认识自己的家你不说，我头一次碰见你这么傻的人……我们就这么吵起来了，我让她往回走，她不走，说车没有电了，我说那我自己走回去，她拽住我，让我给钱。我说你不把我送到家我凭什么给你钱啊。她说好，那我把你送回去，你要加两块钱。我哭笑不得，决定跟她实话实说，我说我一分钱都没有，我刚从监狱出来。她急了，大声骂我，你刚从地狱出来也不行，没有钱你坐什么车啊。我不理她了，想要挣脱她一走了之。她见我真不打算给钱，气急败坏地骂起来，好像骂一骂我就有钱了似的。她拽着我的衣领，把扣子都拽掉了。我打她，那让她骂得更凶。她尖厉的骂声在夜空中传出老远。河边就是梁庄，人们大多已经睡了，经她这么一叫，好几家又亮了灯。村里的狗也跟着叫。我有点害怕了，就想捂住她的嘴，不让她再发出声音了。她的力气太大了，老是挣脱我。她也不骂了，只顾着喊救命，这简直比骂人更要命。我不能让她这么喊，就去掐她的脖子。她挣扎得很厉害，我从来没杀过人，想不到人的生命力那么顽强。我们扭打着滚下河岸。我看到了水，浅浅的河水，冰凉的河水。小时候我经常到这里游泳，这条河很陡，淹死过不少小孩。现在水很浅了，最深的地方才没过腰。我一脚把她踹到水里。那时候我也没有想到要杀她，我只是觉得可以借助河水让她安静下来。我跳进水里，真是冷啊。那个女人声音都变了，好像已经不是人声。救——她刚喊出第一个字，我就抓住了她的头发，就像摁住一只空瓶子那样，把她摁进水里。刚开始浮力是很大的，等到瓶子灌满水，会变得越来越沉。这个女人就是这样。她在水里的挣扎就像胎动一样让我于心不忍，想要赶紧把她放出来。可是另一方面，我又觉得这种感觉很不错，你知道，在深秋的深夜，我泡在水里，冻得要死，我想回家，却被这个女人死命纠缠，我是个小偷，一直被人看不起，我没有钱，就不能回家……所有这些玩意儿憋在我心里，憋得我快要爆炸，摁着这个女人，感觉着她的恐惧和慌乱，突然有一种从未有过的快乐，我寒毛倒立，这种感觉，恐怕只有我和秀琴的洞房才赶得上……她安静下来之后，我是说她彻底死掉之后，我有点难过，就像从天上掉到地上，这是一瞬间的事。我恢复知觉，先是感到冷，然后是害怕。我把泡在水里的手拿出来，手上全是她掉下来的头发……我坐在岸边喘气，冻得牙齿打颤。月亮照着水面，那个女人漂在上面，像镜子上的一摊污泥。我把车子从马路上推下来，在上面搜了一遍，除了一只水壶什么都没有。我下水去搜她的口袋，裤兜里有一百多块，全湿了，不过没有关系，晾晾就行。我把她抱进车厢，锁上门，找一个水深的地方把车推进去。真是该我倒霉，最深的地方也没法没过车厢。我站在上面踩了踩，无济于事。桥上不时有一两辆货车经过，我冻得要死，管不了那么多了，我擦干净上面的脚印，离开了现场。我不敢走大路，怕留下什么线索，只能在麦地里走。我顺路去田庄偷了一身衣服，在麦地里换上，埋了我的囚服。这么一折腾，回家的时候已经是凌晨两点了。我不敢惊动邻居，没有叫门，直接翻墙进去。我打开灯，看到他们娘俩熟睡在各自的房间，我哭了……后面的事就不用说了，虽然你没有去，估计也听说了。有人发现尸体报了警，他们带着警犬，挨家挨户盘查，最后查到我这，他们问我，警犬吼我，邻居猜疑我，我被搞得晕头转向，我完蛋了，谁也不会比我更清楚自己的状况……那天本来是一个大晴天，全被你们给毁了。秀琴养了一头牛，门前堆着一整年的牛粪。她要和我一起把粪拉到田里去。我找了些竹子，想在那个好天里把粪脖子编好。你们没有给我这个机会，粪脖子刚编一半你们就来了，拿着警棍，带着警犬，把所有人都引到我们家……我完了，我这个人最不会的就是撒谎。你们前面啰哩吧唆地问了一堆问题，还不如直接问人是不是我杀的，我会告诉你说不是，但我的口气和眼神会出卖我。从小到大，我最不会的就是说谎……他们以为我会逃？我没有，往哪跑呢，我能往哪跑呢……我是杀人犯，是的，这罪名真让人害怕，一听到这个大家都闪开了，好像我会咬人一样……他们给我戴上手铐，把我押上警车。我怎么也不肯进去，我还没有和我的妻儿道别呢。他们很通融，立刻就放开了我。我站在警车前，所有人都看着我，不再是看小偷，而是以看杀人犯的目光看我，等着我说点什么，直到脱口而出，我才知道自己说了什么。我说儿子，不要哭，好好照顾你妈。我说儿子，不要害怕，谁打跟谁斗……蹦蹦靠在门槛上，没有哭，也没有回答我。他只是有点害怕，我有点生气，当着那么多人的面，你怎么也要表现得勇敢一点啊。可他没有，警察以为我的话说完了，把我塞进车子。我撑住车门，用尽所有力气对他喊，记住儿子，谁打跟谁斗。他站在那，还是没有回答……

3.（采访录音）

刘奶奶（嫌疑人邻居）：军舰这孩子是个好孩子，

就是有点坏。平时闷不吭声的,和他那个絮絮叨叨的媳妇走在一起,一个说一个听,谁也没有他那么好的耐心。那个女人老是乱跑,动不动就没影了,撇下一个孩子在家里饿得嗷嗷叫。邻居们心疼他,让他把她的腿打断,那样就不会跑了。他不领情,当场就跟我们翻脸了。我们还不是为了他好。要说这孩子命也苦,六七岁的时候他妈就走了,他爹是个老实人,三脚也踹不出一个屁来。他爹一出去干活,他就自己一个人在家,天天啃馒头,馒头啃完了就饿着。我看这孩子可怜,我的心最软了。我老给他送饭吃,没想到他长大了,我又给他儿子送饭。他们一家就是这么不让人省心。现在他又有手脚不干净的毛病,不知道是怎么染上的。小时候就算饿死他也不会拿人家一针一线,现在倒好,不管是谁,只要得势他就偷。你说我对他那么好,他也不念个情。有一年收芝麻,我装好一袋子,拉着车往家走。你不知道,我们家那口子去得早,这些年我一个人早就习惯了。我没有力气,就一点一点往家弄,蚂蚁搬山,滴水石穿,没有干不完的事。军舰这孩子在路上碰到我,非要帮我把芝麻拉回家,到了家他还帮我搬到院里,我心想这孩子可真没白疼,没承想当天晚上一大袋芝麻就被偷了。你说说,除了他还能有谁?刚把芝麻搬进院子他的手机就响了,他接了电话说有急事,等会再来帮我搬。

我就是信了他的鬼话才丢了芝麻,以前我都是一点一点用簸箕往屋里弄,听他这么说,我就犯了个懒,结果你看看,到了晚上就被偷走了。所以我总结,一切还得靠自己,谁也靠不住——我没有证据,但我知道就是他干的。现在他出了那么大的事,我早就不恨他了,我也没打算让他赔偿。我只希望国家别判他死刑,让他活着,让他将功补过,你是警察,你能把这个话捎给国家吗?

武秀琴(嫌疑人妻子):军舰,他是我男人,他的脚很臭,我爸爸的脚也臭,所有男人都臭,要不然大家怎么老说臭男人臭男人呢。天下最臭的男人就是耿俊龙,他是个坏包——连耿俊龙都不知道,你不看电视吗?现在天天都在演,一天两集,在李桥台,就是老放电影的那个频道,我不爱看电影,只喜欢看电视,李桥台广告太多了,老是广告广告广告,全是广告,杀虫剂敌敌畏百草枯,我大姨有个邻居就是喝百草枯死的,一下就死了,以前大家都喝敌敌畏,现在敌敌畏不行了,喝少了死不了——说谁?军舰,哦,军舰啊,他是我男人,他对我很好,我喜欢他,他很久没回来,在城里坐牢,刚回来没几天又被抓走了。他老是惹事,人家打他,把他的头都打破了,淌了那么多血。我们让街上的老刘给他包扎,老刘得了艾滋病,人家都说这个病是尻尻尻出来的，我不相信，大家谁不尻屄，怎么偏偏只有他得病，他得了病，还到处去给人治病，你说奇怪不奇怪……

一群孩子（主动要求受访）：

孩子一：我知道军舰，我知道军舰。

孩子二：我也知道。

孩子三四五：我也知道。

孩子三：军舰被抓走了。

孩子二：因为杀人。

孩子一：他杀人太不在行了，一下就被抓到。他最拿手的是逮鸟。

孩子四：他逮了很多鸟，有鹌鹑有麻雀有斑鸠——

孩子一：他逮到麻雀就给我们玩，逮到鸽子就拿去卖。

孩子三：他还逮鱼——不对，是抓鱼，他用炸弹炸鱼。

孩子二：他还钓黄鳝，他还卖馒头，他会干的事儿太多了。

孩子一：他还会唱歌。

孩子四：对，他唱大河向东流，天上的星星参北斗。

孩子五：他偷了我们家的猪。

孩子二：又没有偷走，你说什么啊。

孩子一：就是，他肯定不是故意的。

王蹦蹦（嫌疑人儿子）：（长时间的沉默）……爸，你啥时候回来啊？

收庄稼

田地里有一股浓重的臭味，那是龙头发出的味道。几天前，爸爸在他的坟包上发现了一个大洞，臭味就是从那里发出来的。玉米和芝麻都已经熟透了，站在阳光下，可以听到芝麻和豆荚爆裂的声音。我们不得不在龙头发出的臭味中收割庄稼。臭味以我家的田地为中心，在方圆半公里以内随风飘荡。几天来大家不得不看着风向干活，刮北风，就先收北边的庄稼，刮南风，就跑到南边。今天没风，大家无从躲避，沐浴在龙头的尸臭中，他们又骂起了他。"你说这个死龙头，活着的时候不干好事，死了也不消停。"祖奶奶说。她是我众多祖奶奶中唯一在世的一个，现在也快八十岁了。她蹲在地上，正把儿子们刨出来的红薯捡进车里。红薯上沾着泥土，她用戴着手套的手把泥抹去，扔进竹筐。"这货是不想死啊。"小爷爷说，"媳妇就要生了，还没见儿子一眼就死了。""刚学好就死了，看来还是当坏人好。"祖奶奶说，"阎王都怕麻烦不敢收坏蛋。""那是。"小爷爷说。他放下镰刀，坐在芝麻捆上拿起水壶喝水。小爷爷家和我家一样种的是芝麻。他和爸爸这两天来都在重复同一组动作，用镰刀把芝麻割下来，在撑开的伞里磕一磕，已经成熟的芝麻粒落进雨伞，然后把芝麻秆捆成捆，支起来让太阳曝晒。小爷爷的地在我家西边，祖奶奶的在东边，他们和我们一样，能清楚地闻见龙头。小爷爷对爸爸说："你怎么不铲两锹土把洞堵住，哑巴的坟刚被火化局刨了，他们要是顺着气味找过来，龙头也得被他们挖出来。""窟窿太大了，"爸爸说，"堵了几次没堵住。当初埋得太马虎，坑挖得太浅，就是堵住窟窿恐怕也堵不住味道。上面的土太薄了，估计裹尸的被子也没放好。"小爷爷说："你们当初费那么大劲儿把龙头弄回来埋这儿，现在要是被他们刨出来烧了多可惜。""日他娘的就跟刨红薯一样。"祖奶奶骂道。她慢慢站起来，把一个红薯扔进车厢，活动一下手脚又重新蹲下去，"现在的人缺德带冒烟的，连死人都挖。像我这把老骨头死了还是直接送火葬场得了，埋进去又挖出来我可受不了。""谁敢挖咱姓李的坟，"爸爸说，"让他们来挖挖看，挖出来一个死的让他们填上个活的。""那哑巴的坟怎么被刨了？"小爷爷说，"姓王的不比姓李的人多，谁管呢。他们之所以敢挖哑巴的坟就是因为哑巴孤家寡人一个，无儿无女，只有一个病歪歪的老哥哥。龙头也一样，全家就他一个独苗，连个堂兄弟都没有，他们就挑这样的下手。""不就因为是个独苗才被惯得坏得冒水。"祖奶奶说。他们又七嘴八舌地谈起龙头。我坐在芝麻架的阴影下，玩着两只蛐蛐，让它们互相撕咬，胜利的一方将被奖励吃掉对方的大腿。龙头就在前面不远处，静静地发出臭味。几天来，我们已经习惯了这种味道。不久前我刚见过龙头的尸体，很多孩子吓得说不出话来，现在他被埋在这里，紧挨着他爸爸。他比龙头早死几年，我不记得他是什么时候被埋在这里的。人们常说是龙头气死了他爹，我一直搞不明白这种死法是怎么回事。现在他们父子埋在一起，相隔不到五步，也许这对父亲来说不是什么好事。不过回头想想，他们已经死了，人们也都说龙头学好了，或许在这里他们能和睦相处。作为龙头之死的全程目击者，爸爸正说起龙头死前的反常举动。我已经听过多遍，在家里，在路上，人们看到爸爸，总要问，龙头是怎么死的？爸爸点上一支烟，不紧不慢地说给他们听。龙头上一次被广为谈论还是他刚死的时候。一天晚上，奶奶接到爸爸的电话，她告诉我们，龙头死了。然后不住地咂嘴，发出沉重的叹息。她惊慌失措，坐卧不安，好像死的是她的儿子一样。我的一个小堂弟问："是怎么死的？""电死的。"奶奶说。我们一哄而起："那咱们看看去吧。""还没回来呢。"奶奶说，"还在广州。"她走出门去，又折返回来，"龙头妈还不知道，我该怎么对她说呢？"这应该是我第一次清晰地感受死亡。一个模糊的印象闪过脑海,我想起龙头和叔叔一起打鸟的情景,还有他们一起偷着在家里煮鸡的事情。我想起龙头的婚礼和人们传的他们夫妻间的玩笑话。他每次见到我们都没个正形,把小孩逗哭,然后和叔叔一起骑着摩托车出去。关于龙头的回忆没有头绪地冒上来,我第一次感到死亡的突然。在这之前,爷爷死的时候我还不懂得难过,只是在看到奶奶擦他因为脑充血而肿起来的头部时觉得害怕。然后我就开始期待接下来热闹的葬礼。在葬礼上,我因为踩到水洼哭出声来,很多人夸我孝顺,以为我是为爷爷而哭。我很高兴我哭了,现在时间过去那么久,我再也不可能为爷爷哭泣了。大家都说爷爷在世的时候最疼我。祖奶奶死的时候我也没哭,我从小在她膝下长大,她突然在生活中消失,我竟然没有觉得奇怪。一个雨天,我和伙伴们在祖奶奶家不远处玩水,突然听到哭喊声。两个女人跪在泥泞的雨水中哭作一团,其中一个还在地上打滚。我们觉得好玩,跑过去看,走近之后才发现是奶奶和婶子。每天这个时候她们都来给祖奶奶送饭,现在饭盒掉在地上,奶奶躺在雨水里大哭。祖奶奶的门关着,从里面上了锁,有小孩从门缝中往里看,吓得大声惊叫。婶子把我们轰走,只留下她和奶奶在门前哭泣。后来家里办起葬礼。我不知道祖奶奶是怎么不见的,奶奶也没有告诉我。很久之后我从小伙伴口中得知,祖奶奶是上吊死的,有人声称看到了她的鬼魂,而且是厉鬼那种。在一些晚上,祖奶奶出现在柳树上,或者是别人家的门头上,双目圆睁,舌头一直垂到胸前。为此我和人打了好几架,直到他发誓再也看不见祖奶奶为止。祖奶奶的坟和爷爷还有妈妈的坟在一起,我时常和奶奶一起去为他们上坟。每次奶奶都告诉我,这是你妈妈的,这是你爷爷的。我总是把它们搞错。三座坟连成一个三角,在十岁之前我没办法分清它们。起初这里只有一座,是妈妈的,后来祖奶奶加入进来,再后来是爷爷。妈妈死的时候我只有七个月大,所以毫无知觉。他们没有给我留下一张照片,关于妈妈的一切都被烧了。只有一座坟墓。看到它的时候我会想起妈妈,不像想起爷爷或祖奶奶,也不像想起龙头,想起妈妈的时候不会有任何图像闪现在脑中,想起妈妈的时候,我想起的只是两个汉字。现在,我十一岁,龙头死了,我想起了很多,并且开始认识到死亡的复杂与可怕,这从奶奶脸上的表情可以看出来。她一直在念叨,该怎么对龙头妈说呢,该怎么对龙头妈说呢。她和龙头妈已经经历过那么多死亡,为那么多人哭过,可当面对一个死讯的时候仍然显得那么不知所措。奶奶念叨着那句话走出门去,对遇见的每一个人说龙头死了,然后嘱咐别人千万不要告诉龙头妈。第二天，除了龙头妈，所有人都知道了龙头的死讯。几天后我们见到了龙头的尸体。他躺在院子里的木板上，身上盖着被子，头顶的空地上放着一只鸡。这只鸡从广州和龙头一起不远千里来到这里，听着异乡人们的哭喊，惊慌地看着四周陌生的环境。等龙头下葬时它会被杀掉，以便让附在它身上才得以回乡的龙头的灵魂入土为安。我们成群结队地来看龙头。大家互相招呼，"走啊，看看龙头去。"龙头家隔壁有一个老人也快要死了，我们看完龙头也顺道看了看他。我们挤在门口看他，屋子里黑洞洞的，老头躺在床上输液，他的亲人坐在床边商量丧事。他枕着很高的被子，眼窝深陷，嘴角耷拉着，躺在那里一动不动，只是不时发出微弱的呻吟。我们站在门口看着，我不知道这有什么好看的，在来的路上我还兴致勃勃。"龙头死了。我们看看龙头去。还有一个老头，他也快死了，我们去看看。"我们这么说着来到这里，好像死是件值得一看的事情。如果村里来了杂耍班子，我们同样是这样招呼大家，"走啊，看看杂技去。"看龙头的时候大多数小孩只是站在远处，不敢到近前，不像看快要死了的老头，很多人涌进屋子，凑在床前看一眼然后跑出来对大家汇报情况。虽然已经看过爷爷，但刚开始我也不敢到跟前去看龙头。后来奶奶去劝龙头妈，我跟着她一起过去。龙头妈正在给龙头擦洗身体，我看到了龙头身上的淤青。上面没有伤口,我第一次看到他那么平静。龙头妈小心翼翼地托起他的手脚一点点往下擦,他手臂上的龙文身还很清晰,他的四肢就像没有骨头一样柔软。爸爸说那是因为电击的缘故。"也正是因为这样,"爸爸说,"我们才能轻易把尸体从广州带回来。""你们是怎么逃过安检的?那么大一包,肯定得过安检吧。"小爷爷说。"我们也拿不准安检能不能检查出来。"爸爸说,"当时王朝说不如火葬了再拿回去,没有人同意。我们觉得无论如何也得让龙头妈再见她儿子最后一面。我们想包车回来,可是太贵了,我们刚出去不到一个月,都没挣到钱。所以只能坐火车。我们给龙头裹了一层棉被,装进蛇皮袋。因为被电过,他的尸体很软,可以随意折叠。一个装行李的大花包刚好能装下,幸亏龙头不是那种身材高大的人。我们把他折得跟床棉被似的,他蜷缩在包里,就像那些会软骨功的杂技演员。过安检的时候我们选了一个人最多的进站口,其实也不用选,正赶在秋收,回家的人特别多。每个人都有好几个大包,里面装着电视,棉被,自行车,或者成桶的海产品,捡来的小孩玩具。回家一趟不容易,每个人都恨不得把整个城市搬回来。有的包太大,根本过不了安检器,有时候安检员会打开包看一眼,大多数时候他们都懒得看。他们知道我们这些农民会带些什么回家,都是些城里人不要的垃圾。他们打开一个个包，里面除了破烂还是破烂。我提着龙头，跟在一个扛着两个大包的男人后面，一个包里装的是棉被和衣服，勉强塞进了安检器，另一个包里装的是拆卸开的自行车，就像我带回家的那辆一样大，只有那么大的那么结实的车子才能带那么多货……""说到自行车，"小爷爷说，"你下次回来的时候给我带一辆。你那辆车子装两袋化肥一点问题没有，还稳当，咱们这儿的车子就不行。""你想要我这辆给你就行了，要不是龙头这事儿我这次就把我的摩托车骑回来了。""骑摩托车从广州到家得多长时间？"小爷爷问。"两天一夜。""还行。"小爷爷说，"费油不？""还行。""你那辆自行车多少钱？""一百五，"爸爸说，"从一个偷车贼那买的，店里的新货得六七百。"伞里的芝麻足够多了，爸爸让我撑着口袋，把芝麻倒进去。看着芝麻沙沙地流进口袋，我再一次试图想象那个偷车贼。家里的自行车都是从他手里买的，包括我和弟弟的小赛车，一共四辆。这种小车子不值钱，二十块钱就可以买一辆。偷车的大多是一些十四五岁的少年，偷到这些小车子，只要给顿饭钱他们就会卖给你。爸爸说卖给他车子的那个小孩只比我大三岁，是一个贵州孤儿。我一直在渴望长大，大到可以去城市谋生。以前我一直不知道能去干什么，听说贵州孤儿的事情之后，我想也许可以去广州偷自行车。听他们说起来偷自行车好像很容易，我想我会很快学会的。小爷爷把捆好的芝麻支起来，没有急着继续割下一捆。他拿出烟，扔给爸爸一支，自己点了一支。他吐出一口烟雾，说："等回去我给你钱。"爸爸说："给什么钱，你骑走就是了。我不在家多亏你和婶子照顾这俩孩子。"小爷爷说："一码归一码，照顾这些孩子是应该的。"爸爸说："你骑走就是了。"他们客气地推让了一会儿，最后小爷爷决定接受这辆自行车，前提是让爸爸接受一只公鸡。他们站在地里，一手拿着镰刀一手抽着烟。祖奶奶也从湿润的土地里站起来，由于蹲得太久，她无法一下直起腰来。她把一只红薯扔进车子，开始捶打后背。她问爸爸，你们为什么非要千里迢迢把龙头弄回来，让他在这儿呛人。小爷爷说："对，你刚刚说你们怎么过的安检。"爸爸把烟蒂扔在地上，用脚踩进泥土。他弯下身子，开始边割芝麻边讲述他已经对很多人讲过的事情。他跟在那个带自行车回家的人身后，装着自行车的包裹没法从安检器过去，他准备打开包让安检员看一下，但安检员没有让他那么做。他摆着手，不耐烦地说，快，快过去。爸爸紧跟在那人身后，看起来他们就像是一起的。眼看就要走过去，安检员拦住了他："你这包过安检。"他拍了拍装着龙头的蛇皮袋，也许正拍在龙头的头上，发出很响亮的声音。"这包太大过不去。"爸爸说。"能过去。"安检员踢了一脚,好像要确认包里装的是什么,"能过去,快点。"爸爸紧张极了,他站在原地犹豫不决。我不知道安检器能不能照出来,我不能冒这个险。如果照出来就麻烦了,他们估计会怀疑是我们杀了龙头,或者说我们是买卖尸体的团伙。如果他们问龙头是怎么死的,我该怎么说呢,总不能告诉他们是偷电缆的时候电死的吧。当然这些都不算什么,大不了再坐几个月的牢。最坏的情况是,他们会火化龙头,那是最坏的结果了。龙头妈再也见不到她儿子最后一面,她眼睁睁地看着他出去,回来却变成了一盒灰。她受不了这种打击,那么多死了儿子的,凭什么就她的儿子被火化了呢?再说咱们姓的到现在还没有一个人被火化,我可不想让这个头从我们身上开。所以当时我下定决心,绝对不能过安检。我提着龙头,安检员不耐烦地催我快点。我一点办法都没有。我只是想,绝对不能把龙头往火坑里扔。就在爸爸左右为难的时候,一直站在爸爸身后的王朝灵机一动,他把自己的包放进安检器,不顾一切地挤着爸爸。"快点走,快点走。"他往前挤着,"快点走,我的包已经过去了。"王朝身后的王伟和叔叔也和他一起拼命往前挤,他们身后的长队看见前面的人动了也就跟着往前走。爸爸被挤进了车站,他装作往回走了几次,对安检员说,人太多，走不回去了。安检员摆摆手，放他进了车站。秋收的季节，火车上人很多，每个车厢都塞得满满当当。他们没有买到有座位的票，只能站在过道里。他们要这么站着度过一天一夜。爸爸说这不算什么，他们已经习惯了，他只是有点担心龙头，因为塞不进行李架，他只好把龙头放在脚边。车厢里总有人走动，他们大多从包上跨过去，有的小孩因为太小，会直接踩着包过去。爸爸怕龙头的尸体被踩坏了，每当有孩子过来，他宁愿把他们抱过去。即使这样，龙头身上还是出现了不少淤青。后来叔叔在车厢连接处的盥洗间找到了一个好点的地方，他把龙头搬到那边，放在一个紧邻走道但不妨碍路人的位置。他在那里也终于可以坐下，因为不能坐在装着龙头的包上，他铺了张报纸坐在地上。盥洗间坐满了人，连上面的洗手池里都坐着几个，他们的脚在爸爸头上晃动，屁股卡在洗手池里。很多站在走道里的人对爸爸不满，因为坐在盥洗间里的人都是坐在自己包上，而爸爸却坐在地上，装着龙头的包放在地上同样占了一个人的位置。有几个人试图说服爸爸腾出一个位置。他们想让爸爸坐在包上，那样他们就能在放龙头的地上放上自己的包，然后坐在上面。他们说，你不能一个人占两个位置啊，我们都是花同样多的钱买的票。我真想告诉他们我不是一个人，但是我只能说，那些有座位的人和我们花的钱也一样多,可他们却有座位。我靠在车厢上休息,不知什么时候一个妇女站在面前,她跟我闲聊起来。她站在走道里,每当有人经过都要侧着身子让人通过,然后接着讲一些他们家乡的奇闻逸事。我不想接她的话,也不知道该怎么打断她。她一边讲一边揉着因为站得太久而酸痛的膝盖。有那么一会儿,她停了下来,看着我面前放着的装着龙头的包。这里面装的是什么?她问我。是被子。我说。那我能坐这儿歇会儿不?她问我,还没等我回答她就坐了下来,人老喽,不能像以前站那么久了。要不是来送女儿上大学我可不会出那么远的门。你女儿在上大学吗?我说。是啊,在中山大学。她捶着双腿,说,我放心不下,就来送她。我说,不容易,咱们农村人能培养出个大学生可不容易。是不容易,她说,不过我家不是农村的,我们住在镇上,我家是开药店的。"她开始跟我讲她去驻马店进药材的事情。"爸爸掏出烟,递给小爷爷一支,自己点了一支,他吸了一口,接着说,"她在驻马店遇到了劫匪。""什么?"祖奶奶问,"遇到什么?""劫匪。"爸爸说,"抢劫的,土匪。""噢,土匪。"祖奶奶站起来,捶了捶后背又蹲下去。"她一个人去驻马店,带着四千块钱进货款,因为都是平时零售的钱,大部分都是十块五十的,所以装满了一个手提包,'这在那时候可是一笔大钱,'她对我说。""开药店的是有钱,"小爷爷说,"你看街上的老刘。""老刘不是得艾滋病了吗?"祖奶奶说,"人一有钱就瞎搞。有了钱人人都是西门庆,没有钱个个都是武大郎。"她一个人拿着钱去市里,是因为她老伴儿上次去市里进货丢了钱。她笑着跟我说。她很爱笑,每说一两句话她就笑一次,有时候哈哈大笑,有时候只呼出气流。她坐在龙头的尸体上,离我很近,几乎就像坐在我怀里。她说话的声音扑在我脸上——她说话的时候非要看着人的脸。她发笑时会露出两颗假牙。她的声音很健康,洪亮,我一个人去药材批发市场,我熟门熟路。我先转了一圈,跟老朋友打打招呼,看谁家的货便宜了,或者谁家又来了新货。不知不觉我就转出了市场。不怕你笑话,我是想上厕所了。她笑起来。我说,那你去吧。她又笑,说,不是现在,是在驻马店。我在药材市场转了半天,想去厕所了。我来到一条小巷,这里很偏僻,我以前来过这里,也是为了上厕所。哈哈哈。我觉得人们来这条巷子就是为了上厕所的。哈哈哈哈。他们不在药材市场建厕所,人们只能来这里了。巷子里有很多死胡同和墙夹缝,男的可以站在墙夹缝里解决,我们就只能去死胡同了。我走在没有一个人的巷子里,忍着空气里的尿骚味,去找我上次用过的那个死胡同。走了一会儿,我发现后面多了一个男人,他穿着黑色的像雨衣一样的衣服,用衣服上的帽子罩着头。起初我以为他也是来上厕所的,可是走过两个墙缝他还没有钻进去。后来又走过了几个死胡同,他仍然跟在后面。我回过头看他,他把脸扭到别处,假装没有注意我。我害怕了,这人肯定在药材市场就盯上了我。市场里的商家也告诉过我,现在有些不务正业的坏蛋打我们这些进货人的主意,因为我们包里全是现金。很多人一时大意被他们得了手。他们先是跟踪你,然后在任何一个人少的地方对你下手,在旅馆里,在厕所里,现在他们又发现了这条巷子。我害怕极了,但是我告诉自己不能慌,一旦你慌了你就乱了,他就会追上来。他们最喜欢胆小鬼。我像刚才一样走着,他离我大约有二百米。我看到我以前用过的死胡同,现在我可不能用它了,谁还有心思上厕所。我往前走着,知道前面是一个更大的死胡同。我被他堵在这条老巷子里了。我唯一的希望就是遇到一个人,不管是什么人,只要不是坏人就好。居民楼又破又旧,早没什么住户了。不然这里也不会变成公厕。外面的车辆嗡嗡得响,这里却安静得跟阴曹地府一样。我往前走着,就要到头了,前面是一堵高墙,墙外是吵闹的马路。不知道这帮挨千刀的为什么要在这垒一堵墙。砌墙是为了防贼,现在却帮了贼的忙。离墙越来越近,我被自己的心跳声吓坏了,想不到它能跳那么快。墙两边是最后的两条死胡同，我只能走进其中一条，然后听天由命。我走进了左手边的胡同，转身的时候我看了看那个男人，他还在不紧不慢地走着，再有三分钟他就要和我在这条胡同里汇合了，也许只要两分钟。胡同里有三户人家，门都锁着。其中一家门前放着一辆环卫工人的三轮车，车旁有一把扫帚，车篮里有一件环卫工人的上衣。我以为那家有人，拼命地敲门但是没有人应。我在车后面蹲下，看看能不能藏住，根本不行。那时候我感觉自己就要死了，我听见"咚咚咚"的声音越来越响，不知道那是自己的心跳还是他的脚步声。"她停下来，瞪着大眼，好像又进入了那天的惊悚局面。不知道她要是知道自己正坐在一个死人身上会不会更加害怕。""最后怎么了？"祖奶奶问，"她的钱被抢了吗？""我也是这么问她的。"爸爸说。她爆发出一阵笑声，把我吓了一跳，她说，你看我像是被抢过的人吗？我看了看她富态的脸，其实我一直都在看着。看不出来。我说。就在危急关头，我灵机一动。她往前探着身子，几乎和我脸贴着脸，像个说书人一样继续讲道，就在危急关头我灵机一动，为什么不来个金蝉脱壳之计呢？他的脚步声越来越近，我用最快的速度把车筐里的环卫工人装穿上，从包里拿出头巾包住头，把手提包扔进三轮车的车厢。我大喊了一声回来了，然后用鼻音小声重复了一句回来了。我拿起扫帚开始扫地,就在这时那个黑衣男人来到了胡同口。他站在那里,打量着我。我侧身对着他,扫着屋檐下的水,时不时瞟一眼他的脚尖。他站了好一会儿,最后朝这边走过来,我紧张极了。情急之下我大声骂起来,日他八辈祖宗的,下次再让我看见谁来这撒尿非把他的家伙绞碎不可。我一边骂一边使劲儿扫着水,只希望在药材市场他没有看清我的脸。他在离我大约十米的地方停住了,然后转身,离开了我。"这娘儿们真不简单,"小爷爷说,"胆子大,还有脑子。"爸爸点头:"就是话太多,一路上说个不停。火车开过信阳的时候,她又讲起一个被强奸的女孩,大雪天的被光溜溜地扔在雪地里。""怎么回事?"小爷爷说,"死了吗?""死了。"爸爸说,"她刚十六岁,在深圳打工,为了年终奖,腊月二十八才回家过年。别的孩子早就回家了,路上就她一个人。到县城的时候是凌晨一点多,外面下着大雪。她给家里打电话,她父亲说太晚了,就不去接她了,让她自己打个车回去。后来的事就没有人知道了。第二天早上她都没有回家,家人四处去找,最后在五里外的麦地里发现了她。大雪盖住了她一半的身体,只有口鼻和两个乳房露在外面。他们把她从雪地里挖出来,发现她全身一丝不挂。父母搂住她大声哭泣。她的哥哥看见不远处落在地上的衣服,他走到那儿，捡起被撕烂的内裤，再往前走，是粉红的抹胸，再往前，是裤子和毛衣……他走了大约二百米，把妹妹的衣物全捡了回来，就是没有找到她的包。后来他们发现，妹妹的包和她包里一年的工资都被人拿走了。""真可惜，才十六。"小爷爷说，"包里有多少钱？""六千多吧。小女孩省，一年挣八千能拿回来六千。""好姑娘。"小爷爷说，"你兄弟一年能带回来一千块就谢天谢地了。你说那人抢劫就抢劫，强奸就强奸，你为什么还要杀人家女孩呢？""是冻死的。"爸爸说，"我也奇怪他为什么要杀人，她告诉我，是冻死的。"一开始女孩的家人就告诉我们是冻死的，只不过他们没说女孩是被强奸后才冻死的。他们想瞒住这件事。他们说女孩节俭，夜里一点回到县城不舍得打车回家，也不舍得住店。她不想打电话吵醒他们，决定自己走回来。从县城到家有十多里路，走到一半她冻坏了，又迷了路，所以从此就再也没走回来。狗屁！一开始我就不信，后来见他哥三天两头往派出所跑，就更觉得事情没这么简单。还真有蠢货相信女孩是自己冻死的，可怜那个女孩，觉得她是个好女孩。是，没错，女孩是个好女孩，长得漂亮又懂礼貌，可事实就是事实，被强奸了就是被强奸了，骗人干什么呢。大家又不会因为你家女孩被强奸了就看不起你。依着女孩他爹的意思，恨不得把所有知道他女儿被强奸的人都和他女儿一起埋到地下。他不能听任何人提到强奸这两个字,也不让人提起他的女儿。就当她没来过这个世界。他说。可是首先不听话的就是他的儿子。小伙子最喜欢这个妹妹,他要报仇。他给派出所施加压力,让他们查办这个案子。他认为是黑车司机干的,每天在县城转悠,盯着每一个黑车司机看,好像光靠看就能看出谁是凶手似的。他爹因为这个和他吵了很多次,最后干脆不认他这个儿子。这孩子也倔,一个是死了的妹妹,一个是活着的老爹,他宁愿不要老子也要给妹妹报仇。调查了一年多他也没有查出个所以然。他干成的唯一一件事就是让人们又议论起他妹妹的死,这下人们把他妹妹的死和强奸挂上了钩。他爹因为这个气疯了。是真疯了。一天晚上生火做饭时,他用火柴捣聋了自己的耳朵。"这是什么事儿啊。"小爷爷说,"听着都疼得慌。""我听不见。"祖奶奶说,"你们说的我听不见。"我看了看祖奶奶,她就坐在五步之外,我能听见红薯在她手里转动的声音。爸爸放下镰刀,把捆好的芝麻支起来,几只受惊的蚂蚱从地上飞起来,有一只落在了龙头坟上。我扔一块泥土过去,它没有动静。爸爸喝了口水,说:"其实也不怪那小伙子,哪个年轻人不是血气方刚,吃不了半点亏。"发现尸体的时候不止他们一家人,还有他们的两户邻居,他们也来帮忙找人。虽然他爸让那两家人当场发誓，不对任何人说这事，但谁知道是谁传出去的，除非是那小伙子说漏了嘴，这也有可能，他忙活了那么长时间，什么都没有查出来，精神肯定不太好。那段时间他脑子里大概装的只有这件事。他咽不下这口气，搁谁身上谁也咽不下去。可是找到凶手太难了，大雪盖住了一切，路上什么都没有，脚印、车辙，都没有。他们把现场破坏得那么严重，当时也没有报案。父亲见他捡回了妹妹的衣服，就让母亲把衣服给女孩穿上。衣服和女孩都冻得很僵，互不相认，不好往身上穿。父亲让他帮妈妈的忙，他则让邻居发誓忘了这回事。他当时提出报警，被父亲打了一巴掌。他握紧拳头站在一旁。父亲让母亲解下头巾，擦了擦女孩的下身。"最后案子破了没有？"小爷爷说。"不知道。"爸爸说，"她没有把这件事讲完就下车了。我趁没人注意拉开拉链看了看龙头，他还好好地待在包里。""净说废话，他不在包里还能上天去？"祖奶奶说。小爷爷叫了我一声，他伞里的芝麻也不少了。他让我帮他撑着口袋，把芝麻倒进去。我小心翼翼地走过去，地上满是割掉芝麻之后留下的根茎，每一根都有五公分那么长，非常尖利，像从地下长出的钉子。我脚下的布鞋很容易被刺穿，夏天时我们可以在麦地里奔跑，但在芝麻地里，大家只能小心翼翼地行走。我撑着口袋，小爷爷把伞收起，慢慢地往里面倒。这时候祖奶奶那边突然惊叫起来，我扭头去看，祖奶奶的儿子手里提着两只兔子，其中一只已经死去，鲜血从灰色的皮毛上往下滴，另外一只小的四肢在空中划着，不停挣扎。"兔子！"我说。"哎哎，"小爷爷叫道，"你跑什么，没见过兔子吗？"我回过头，发现小爷爷的芝麻撒了一地。我回去帮他捡，他说算了你别添乱了，快去看兔子吧。我跑到祖奶奶身边，看着那些死了的兔子。一共四只，三只已经死了，只剩下一只小的安然无恙。祖奶奶的儿子挖红薯时挖到了它们的窝，一钉耙刚好砸中它们。一把钉耙三根长齿，中间最长的那根刺中了一只大兔子，另外一根刺中了两只小的。只有一根齿上没有血，也只有一只小兔子没有死。"这是一窝兔子。"祖奶奶说。她揪着最大的那只的耳朵把它提起来，"这是一只母兔子，那三个是兔崽子，还差一只公的，估计出去找食去了。""我看看，我看看。"我从祖奶奶的儿子手里要过来那只活的，两只手握住它的身子。我看着它的脸，它的眼睛很大，很湿润，水灵灵的。它竖起的耳朵往两边分着，两条后腿使劲蹬着我的手。两颗大牙从它的豁嘴唇里露出来，看上去很滑稽，猛然看上去就像是在冲你做鬼脸。我看着它，它也看着我。我突然有点害怕，这家伙可是刚刚死了全家，它这么认真地看着我，别把我当成了凶手。我问祖奶奶，兔子会咬人吗？"那可不，"祖奶奶说，"没听说过兔子急了也会咬人啊？"我把兔子还给她，说我不要了。祖奶奶笑起来，她说，唬你的，它不咬人，给你玩了。我很高兴，拿着兔子往回走。我喜欢养小动物。我养过鸟，养过蚕，还养过一只猫头鹰，但都没有养太长时间，它们最后都死了。大多死于非命，蚕是被老鼠吃掉的，猫头鹰是被狗咬死的。我养死的鸟最多，还没上学的时候，每年夏天我都会逮几只麻雀养，有时候是爷爷给我逮的，有时候是我自己从墙缝里掏的。我给它们抓虫子吃，或者喂它们麦粒。它们总也活不长，最多活个两三天就死了。奶奶说是撑死的，"你总是不停地喂它东西，它当然会撑死了。"想想也是，每当逮到一只麻雀，我就一直把它攥在手里，掰着它的嘴喂它虫子或者馒头，如果它咽不下去，我就在它嘴里吐一口口水，捋着它的脖子让它吞下去。我用很大的热情喂养麻雀，但它们总是死去。这让我对麻雀失去了耐心。有一天下雨，爷爷又给我带回一只麻雀，"现在玩吧。"他说，"玩得久一些。"然后他就打着伞出去了。那只麻雀是死得最快的一只，我只喂了它一点馒头就懒得喂了。我一手揪住它的头，一手握住它的身子，然后开始旋转。我一边转一边数，我不知道为什么要数，是为了看看转多少圈它会死还是为了看看转多少圈能把它的头转掉呢？我没有什么明确的想法，我只是转着，转到十八圈还是十九圈的时候我数忘了，没有再继续数下去。我又转了一会儿，最后猛然松手，它的头就像即将停下的陀螺那样甩着转了几圈，然后停下来，发出一声微弱的叫声，就不动了。它死了，但它的腿还会不时抽搐一下，我把它扔进了下着雨的院子。我还是第一次得到一只兔子，我打算好好养它。兔子很大，爱吃萝卜和青菜，不用去给它捉虫子，我想它应该很好养活。我坐在阴影处，抱着它，生怕它跑掉。过了一会儿，我觉得有些累了，我的手都出汗了。兔子好像也不舒服，它不再蹬我的手。我握着它，不知道怎么玩它。我只能看着它，它也只能看着我。它的目光不是很友善，它支棱着耳朵，眼珠子一动不动，好像在思考什么。也许它正想着怎么逃跑。兔子最擅长逃跑了，我们都追过兔子，有人还带着狗追，但很少有人追上它们。一旦它们跑在路上，就很难追上。兔子跑得很快，而且善于躲藏。有时候明明看见它们跑到了一片草丛里，而且没有再跑出来，把草丛翻个遍就是找不到它们。它们太狡猾了，简直比狐狸还狡猾。你看着它们跑进一片草丛，可就是找不到它，这让很多人恼羞成怒。它到底藏哪了呢，这个问题让人百思不得其解。有一次叔叔和龙头还有他们的一干结义兄弟在田野里撵兔子，他们把两只兔子赶进了荒草滩，然后包围了那里。

他们一共十三个人，号称"蔡州十三条龙"。他们对那片草滩展开了地毯式搜索，还是一无所获。龙头气坏了，他用打火机点燃了那片草地。"就不信你们不出来。"火越来越大，兔子一直没有出来。火烧到了相邻的玉米地，十三条龙都急了，骑上摩托车跑了。走之前他们警告我们，不许告诉任何人是他们放的火，"不然你们就惨了，"其中一条胳膊上文着龙的龙说。后来我才知道，原来十三条龙每个人身上都有一条龙。叔叔的那条在腿上。我拿了一根塑料绳，他们用这种绳子捆芝麻，我打算用它拴兔子。我一直握着它，不敢松手，怕它跑了。可是握着它没什么好玩的，也不能干别的。我打算用绳子拴住它，那样就可以牵着它玩了。我用腿夹着它，把绳子挽了个结套在它的后腿上。这时候它突然蹬了一下后腿，我吓了一跳，它趁机跑了出去。我爬起来去追它，它还很小，跑得不是很快。我边追边叫爸爸，爸爸和小爷爷拿着镰刀，从对面围过来。小兔子走投无路，又折回来，冲着我跑来。我张开双手，准备随时扑上去。祖奶奶也在一旁帮忙，她扬着手，嘴里发出威吓的叫声。小兔子被我们包围了。它跑不出去了。它在我们的包围圈里绕着圈子跑，看看这个又看看那个，好像在寻找合适的突破口。我们慢慢往前走，把包围圈缩小。小兔子急了，它跑到了龙头的坟墓上，它站在坟头四下看了一眼。我们围上去，臭味一下子浓烈起来。我迫不及待地跑上去，企图用衣服蒙住它。它从坟头跳下去，就不见了。"它呢？"我说，"它去哪了？"小爷爷用镰刀指着坟上的窟窿，说，去给龙头作伴了。我看着那个窟窿，阳光洒在洞口，里面黑洞洞的，什么都看不见。我说，怎么把它弄出来啊，我要把它弄出来。"弄不出来了。"小爷爷说，"除非等它受不了里面的臭气自己跑出来。"我从爸爸割下的芝麻里挑了一根粗一些的，把它伸进洞里。"看我把它捅出来。"我说。"住手。"爸爸在我后脑勺上打了一巴掌，他夺过我手里的芝麻秆，"你见过捅死人坟的吗？你个小兔崽子。""算了，别要了。"祖奶奶说，"死龙头这是又馋了，这孩子活着的时候就偷鸡摸狗的，死了也改不了。"他们回去继续干活，爸爸警告我不许再碰龙头的坟，除非那只兔子自己跑出来。我看着龙头的坟墓和上面的窟窿，不知道兔子能不能跑出来。坟是一个大土坑，里面放着棺材，如果兔子掉进去，它还能爬上来吗。兔子只会跳，好像不能像老鼠那样往上爬。除非它能踩着棺材上来，否则它没法从笔直的土坑里出来。我注意听着坟墓里的动静，一直都很安静，小兔子不像小孩，它们不会怕黑。如果把我一个人留在黑漆漆的地方，我一定会惊慌失措，大喊大叫。在我七八岁的一年夏天，大人们忙着收割麦子，我在田地里睡着了,醒来的时候却在屋子里。天黑洞洞的,我醒过来,叫人,没有人答应。我翻身起来,不小心从床上掉到地上。我哭起来,屋子里又闷又热,电灯打不开,门从外面锁着。我在漆黑的屋子里摇着门,哭得满头大汗。我坐在门边,一直哭到有人回家。兔子似乎比人坚强多了,即使它刚死了亲人,也没有因此意志消沉,任人摆布。它竟然从我手里跑了出来,我眼睁睁看它跑进龙头的坟墓,却一点办法都没有。要换作龙头,他不把它弄出来一定不会善罢甘休,就算掀了这座死人坟也在所不惜。这就是龙头让人佩服的地方。一直以来,蔡州十三条龙都是我们这些中小学生崇拜的偶像,他们大到打劫卡车司机,小到在田野里打狗逮鸡,干什么都有模有样,漂漂亮亮。因为叔叔是十三条龙中的一条,学校里没有一个人敢欺负我。后来,十三条龙不知道为什么解散了,他们很少再集体出动,即使聚在一起也只是在家里喝酒打牌,不再出去干什么值得一提的大事。他们十三个人分成了两派,一派是龙头和叔叔这些姓李的,一派是姓王的,以大队支书的儿子王刚为首。有一次他们喝酒时,龙头和王刚吵了起来,龙头打碎一个酒瓶,把破碎的瓶颈扎进了王刚的手臂。王刚的胳膊断了一根筋,后来又接上了,恢复得很不错,除了一个刀口,没留下什么别的毛病。龙头家承担了所有医药费,他们卖了很多东西，他爸爸最喜欢的一头牛，他妈妈祖传的银镯子，还有他心爱的摩托车。因为这件事，龙头和王刚断绝了交情。其实他们一开始见面还打招呼来着，但他们的父亲不准他们再互相说话。王刚很怕他爸爸，他不敢和龙头玩了。而龙头从没有听过他爸爸的话，但对于这件事他第一次顺从了父亲的意思，那是他最后的遗言。太阳快下山了，天凉快起来。爸爸说，那天我们出发时就跟现在一样，天气晴朗，不冷不热。王朝特地查了查天气预报，广州的天一直很热，不管是夏天还是秋天，但是那天很不错，很适合干活。我们出去时，太阳就要落下去了，天边有一大片火烧云。龙头指着那些云彩，说今天是个好彩头。王朝说是，错不了，我问气象台了，接线小姐说今天天气晴朗，气候宜人，微风三到四级，是外出游玩的好日子。王伟说游玩就不必了，你应该问问她今天适合不适合上山偷电缆。王朝斥责他不要瞎说，他看着四周的路人，说，你想让所有人都知道我们要干什么吗？龙头说，得了，别扯淡了，快找个地方吃点东西吧。"这货就知道吃。"小爷爷说，他看了一眼龙头的坟墓，说，"不论什么时候他都得吃，那年他爹在医院快死了，眼睛都睁不开了，一直嘟囔着要见龙头。大家左一个电话右一个电话，他就是不来。最后他叔叔找到他，他正和王刚那帮臭虫吃饭呢。他叔叔说，你爸快不行了,要见你最后一面。龙头说,别急,我还没吃完饭呢。你说这畜生脑子里都在想什么,等他把饭吃完,好了,他爹也咽气了,爷俩到底没见上一面。""日他娘现在好了,"祖奶奶说,"爷俩埋一块儿了,这就叫不是冤家不聚头。""说到吃还真有点古怪,"爸爸说,"那天晚上龙头一共吃了四碗米饭,以他平时的饭量,最多也就吃两碗。这是他的最后一顿饭,不知道为什么会吃那么多,好像他知道现在不吃以后就吃不到了似的。""阎王爷让他吃的。"祖奶奶说,"有人的死刑是国家判的,有人的死刑是阎王爷亲自判的,龙头就是。估计阎王爷早就看他不顺眼了,只是时间没到罢了。死可是老天爷对人最大的惩罚。阎王爷也精着呢,他知道什么时候让你死才是惩罚,有时候死也是恩惠,像我老姐姐那样的,就是阎王爷可怜她,不想让她再在世上受苦,就和她商量了一下,虽然你的时辰没到,但是我能让你早点过来,只是我不能动手,因为你时辰没到,只能你自己动手。所以我老姐姐能提前到那边去,不过那也是因为她积的德。像龙头这样从小就走了歪路的孩子,说不定早在阎王爷账本上了,阎王不找他算账是因为时辰没到,他孤家寡人一个死了就死了,无牵无挂,那算得上什么惩罚呢。一等他娶了老婆有了孩子,阎王爷一看,知道时候到了。虽然龙头开始学好了,可是也晚了,人在做天在看,你以为做过了就过去了?账上都记着呢。"我第一次听说阎王爷还会记账,让人死还要和人商量,不是都说阎王让你三更死你就活不到天明吗?"那阎王爷和你商量过吗?"我问祖奶奶。"别乱说话。"爸爸呵斥道。"商量过。"祖奶奶笑着说。"他说什么?""他说让我这个老不死的先活着,他现在太忙,顾不上我。"祖奶奶拣满了一筐红薯,她站起来,捶捶后背,准备把筐子里的红薯倒进不远处的车里。她用力提起竹筐,刚离开地面就又放下了。她挺着腰站在那儿,使劲捶打自己的后背。过了一会儿,她又提起竹筐,往前走了两步她不得不再次停下来。竹筐落在地上,一只红薯掉了出来。她扶着竹筐的提手,弯下身子把红薯捡起来。她叫了两声她的儿子们,他们在前面很远的地方,没有听到。我走过去,说,我帮你倒吧。她说,不行,你提不动。提得动,我说着用两只手提起竹筐,很重,我试着往前走了几步,竹筐紧贴在双腿上,随着步子磕碰膝盖。祖奶奶从后面拉住我,你不能提,她说,别把胳膊拽坏了。爸爸走过来,轻松地提起筐子倒进了车厢。祖奶奶从爸爸手里接过空筐,像唱歌一样说,人老了,不中用喽。这句话听起来很熟悉,好像每个老人都这么说过,奶奶说过,姥姥说过,祖奶奶也说过,现在这位祖奶奶也这么说了,每个人都不止一次这么说。

我突然想起祖奶奶吊死的前几天，她好像对我说过这句话。她的腿摔坏了，在床上躺了十多天不能下地，每顿饭都要奶奶给她送来。有一天我坐在她床前玩火柴，玩着玩着有点饿了，就问她要吃的。她看了看房梁——以前她总把吃的吊在上面。她躺在那里看了好一会儿房梁，突然叹了口气，说人老了，不中用喽。我追问她有没有吃的，她说没有。我说那我回家吃去了。她叫住我，问我要一根绳子。我问她要绳子干什么。她说有用。我说那我下次给你带一根来。她说好，要粗一点的。她特意叮嘱了我几遍，怕我忘了。像很多孩子一样，我转过头就把这件事给忘了，后来我又去看她，她也没有再向我提起。现在想起来，才知道她为什么向我要绳子。她没有得到我承诺的绳子，依然吊死了自己，用的是她的腰带，一根红色的棉布条。"年纪大了就不要干这么重的活了嘛。"小爷爷说，"摔着怎么办啊，老年人骨头脆，最怕磕碰了。""摔就摔吧，我可吃不起闲饭。"祖奶奶说，"最好一下就摔死。干了一辈子活儿，我可不想到头来什么都干不了去拖累别人。""这老太太在胡说什么，"小爷爷说，"你不是有儿子吗，养儿子为什么，就是给你养老送终的。""算了吧，儿孙谁敢指望，"祖奶奶又蹲下去拣红薯，随着一声呻吟她成功地蹲了下去，"养老就别奢望了，送终还行，人一旦老了，谁都盼着给你送终。还是我那老姐姐干得漂亮,等到动不了了,谁也不麻烦你们,我自己给自己送终。"他们都不说话了。我看着龙头的坟,想起了祖奶奶的。他们的坟上都长满了杂草,有人靠近,就会惊动里面的昆虫,有的飞走了,有的只会蹦,它们蹦到一个自以为安全的地方,然后静止不动。坟墓上的虫子比别处的虫子更为敏感,你听到一些虫子在里面叫,等你走近,它们就不叫了,别的地方的虫子会一直叫个不停,除非你把它抓起来,或者踩死。龙头坟上还有几个残破的花圈,经过一个月的风吹雨打,花圈仍没有完全融化在泥土里。不知道叔叔送的那两个还在不在。葬礼那天,十三条龙来了七条,每个人都带着两个花圈,王刚人没有到,也送来了花圈和礼钱。叔叔对王刚很不满,他们去找了几次,王刚一直不在家。葬礼很热闹。人们都劝龙头妈,说龙头死得不明不白,又那么年轻,承受不了那么隆重的葬礼,但她一意孤行,花了不少钱,摆酒席请乐队,吹拉弹唱了两天。遗憾的是没有人为龙头戴孝,他的儿子才刚刚满月,妻子不愿意为他服丧,对着尸体哭了一次就回娘家去了。为此奶奶很是自责,龙头的婚事是她做的媒,以前我还奇怪为什么他们夫妻一吵架龙头妈就找奶奶,原来是因为这个。奶奶见龙头二十四五了婚事还没着落,他姐姐也待嫁闺中,想来是邻里们都知道他名声在外，没有人愿意把好好的大姑娘许给他，因为他一个人难搞，连带着他姐姐也没有人敢打主意。恰好奶奶有个表哥也有一双儿女尚未婚配，于是她给两家牵了牵红线。印象中奶奶很爱做媒，但是做成的很少。这一次她提议两家换亲，即龙头的姐姐嫁给那家的哥哥，那家的妹妹嫁给龙头。我那位表叔生性木讷，小三十了还找不到对象，自然很乐意。龙头吊儿郎当了二十多岁，屁本事没有，又见我那表姑长得漂亮，自然也很乐意。因为两家的儿子乐意，两位老姑娘也只能从了父母之命媒妁之言，各自嫁了过来。为此奶奶高兴了好些日子，其实媒人的收获也就是两斤红鲤鱼。奶奶没高兴多久麻烦就来了，他们还没过蜜月就开始吵闹，龙头经常打老婆，一打老婆就要跑回娘家，她一跑回娘家，作为回应，龙头的姐姐也要跑回娘家。这一跑就跑散了两家人。就像现在，表姑永远地跑回了娘家，龙头的姐姐也同样跑了回来。她们各自在婆家留下了一个儿子，现在，表姑在娘家哺乳龙头姐姐的儿子，龙头姐姐在娘家哺乳表姑的儿子。奶奶说我那位表叔经常闷在屋里哭，看着他的儿子哭，看见他妹妹就骂着哭，骂她为什么要跑回来，导致他老婆也跑了回去。我表姑的回答是，她不愿意守活寡。说到这奶奶就会唉声叹气，掉两滴眼泪，她说没办法啊，这几个孩子都命苦，我这媒做得也不长眼，早看出龙头是个短命鬼就好了。而我的疑惑是，难道爱情就这么经不住考验吗？我刚刚进入懵懂的爱情阶段，天天和女孩传纸条，说一些我爱你你爱谁之类的傻话。我很想知道这些更有经验的人是怎么看待爱情的。从邻里们的说法来看，龙头和表姑后来的感情变得越来越好了，他们整天整天地腻在一起，晚上都不闲着。他们床上常备一个小手电，做爱的时候龙头一定要看着表姑才安心。特别是后来表姑有了身孕，龙头再也不往外面乱跑了，天天守着她，一步都不愿离开。这次出门，是表姑多次鼓励龙头才同意的，他发誓要到外面好好干，好挣点奶粉钱回来。他离开时表姑已经快生了，她挺着大肚子一直把龙头送上省道。那天正逢集市，他们在热闹的马路边吻别，引得路人纷纷侧目，连我也跟着不好意思起来，长这么大，我还是第一次看到男女接吻。老年人纷纷注目观看，嘴里还夹着笑骂，说现在的年轻人了不得，以为在演电影呢。表姑把龙头送上汽车，挥舞着已经浮肿的手说，我等你回来。"等吃完了饭，"爸爸说，"我们就扛着家伙上山了。那时候天也黑了。""山上有人吗？"小爷爷说。"不知道，有时候会碰到一些爬山的，不过晚上很少有人。""那天你们碰到人了吗？""没有。"爸爸说，"一个人都没有。夜里山上起了大风，我们都穿得少，冻得瑟瑟发抖。这时候我们才知道王朝所说的天气预报只是指白天的天气。""冻死你们也不亏,"祖奶奶骂道,"日他娘大半夜的非要跑山上去干什么。""我知道。"我举起手,等着祖奶奶点名要我说,但她自己说了出来,我也知道,他们是去偷电缆。这帮没出息的混账孩子,就知道偷鸡摸狗,从来不想想父母在家多担心。在家小偷小摸的也就算了,顶多挨几句骂,在外面人家打死你也是白死。现在的年轻人邪了门了,怎么说都不听,钱挣得少可以慢慢挣,非要走那些歪门邪道。你爷爷那辈人找不出一个这么不正混的人,除了一个爱喝酒的八贤王,喝醉了话多的跟相声演员似的,别提多招人烦了。虽然这样,人家现在也老婆孩子一大家子人了,日子过得平平安安的。到了这一辈可好,喝酒赌博都成小事了,一个个在外面偷抢拐骗,你说你们是出去打工去了还是犯罪去了。到处胡作非为,有多少孩子再也没回来,街上的海旺,郭庄的东子,阿文,还有我那外孙刘成,一个个连尸体都见不着,真不敢想他们都是怎么死的。现在是龙头,这个死鬼还算好的,能落个全尸埋在家乡。那些年轻人恐怕都喂了野狗了,活该,谁让你们不正混。"是是,"爸爸说,"但刘成可不是因为不正混,他从来没干过什么犯法的事。他死在了海上,是因为在海上打渔能多挣一点。""你姑姑差点没哭瞎眼,"祖奶奶说,"一把屎一把尿拉扯大的孩子就这么喂了鱼了。水鬼是最苦命的鬼，水下又冷又黑，被鱼吃得连个骨头渣都不剩，想再投胎转世都难。""那还能投胎吗？"我问祖奶奶。"能，"祖奶奶说，"但是很难，你没听过《淹死鬼找替身》吗？""没有。"我使劲摇头，知道又有鬼故事可听了。我很喜欢听鬼故事，但是没有听过这个。我缠着她讲给我听。祖奶奶说，淹死鬼和别的鬼不一样，如果他们想重新转世为人，就必须找到一个替身，把替身淹死在水里，自己才可以去投胎。"你舅舅淹死在海上，"祖奶奶说，"他很难找到替身。""那《淹死鬼找替身》讲的是什么？""讲的是一个淹死鬼，他怎么也找不到替身。""为什么？""因为他太善良了。"祖奶奶坐在凸起的土块上，手里拿着一只红薯，好一会儿没有动弹。她注视着湿润的土地，嘴里发出模糊的呻吟。我想听她接着讲那个淹死鬼的故事，叫了她几声，没有得到回应。小爷爷在问爸爸那天山上发生的事情。我感到无聊，只好继续盯着龙头的坟墓，期待那只兔子能尽快跑出来。柴油机的声音由北传来，越来越近。是祖奶奶的儿子们，他们装满了一车红薯，要先运回家。我坐在地上，目送他们从眼前驶过。车子慢吞吞地在田间行驶，留下一串深深的车辙。我从里面捡起一块硬土，用尽全力扔上天空，仰着头看它落下来。我在车辙里发现了一只被轧死的蟋蟀，我踩住它转动脚尖,再次抬起脚时,它彻底不见了。我突然爱上了这个游戏。我低着头在地上寻觅,希望踩死更多倒霉的蟋蟀,让它们尸骨无存。柴油机的响声远去,我在这种有规律的发动机声中干劲十足,踩死了一只又一只。我手舞足蹈地奔向另一只,声音突然戛然而止。我们不自觉地望过去,发现车子陷入了一个泥坑。他们让爸爸和小爷爷过去帮忙,我也跟着跑了过去。"这里怎么会有那么多水?"祖奶奶的一个儿子说。"不知道。"爸爸和小爷爷一起摇头。"我知道。"我大声说。他们看着我,等着我公布答案。"我在这撒了一泡尿。"我哈哈大笑。"哦,你真能撒。"祖奶奶的儿子说,论排行我应该叫他三爷爷,但我对他并不熟悉。"去去,别捣蛋。"爸爸一点也不欣赏我的玩笑。他弯下腰观察车轮陷进泥潭的深度,"发动车子,"他说,"我们在后面推。"三爷爷取下摇把开始摇车,摇了几次没有打着。爸爸要过摇把,捋起袖子摇起来。他们摇车子的动作很滑稽,扎一个又大又低的马步,一手扶着车子一手握住摇把,使尽全力不停地转动手臂。憋得满脸通红,咬牙切齿,直到把车子摇响,他们才能快速地抽出摇把,重重地出上一口长气。爸爸一下就摇响了车子,但是抽出摇把后他好像出了什么问题。他捂住胸口,表情痛苦地大口喘气。他站立不稳,摇摇晃晃的似乎要摔倒。"你怎么了?"三爷爷紧张地问。"没什么。"爸爸从牙缝里吐出回答。他面目扭曲,痛苦地喘着气,似乎随时都会倒下。"估计在号子里落下的病根又犯了。"小爷爷说。爸爸点了点头,继续捂着胸口。我有点害怕。"你要喝点水吗?"三爷爷说。"不用,"爸爸说,"我躺一下就行。""躺一下?"三爷爷环顾四周,"躺哪儿?"爸爸已经躺下了。他仰躺在祖奶奶家刚刚犁过的红薯地里,双手拍打着胸口,那样子就像一个滑稽的大猩猩。我还是第一次看到他这样,忍不住笑了起来。三爷爷仍然很紧张,不知道爸爸这是怎么回事。小爷爷表现得很平静,"没事,"他说,"一会儿就没事了。"过了一会儿——也许就三两分钟,果然没事了,爸爸一跃而起,像刚刚一样健壮有力,生龙活虎,看上去好像天底下没有他摆不平的事情。"吓死我了,"三爷爷说,"你这是怎么回事,这不是发羊角疯吧?""不是。"爸爸说,"没事。""那是怎么回事?""我忘了自己不能干重活了。"爸爸说,"特别是这种要用猛力的活儿。""为什么?你以前不是挺能干的吗?""在里面被人打坏了。"爸爸说。三爷爷恍然大悟,并不再说什么。他们都知道爸爸坐过牢,奶奶也告诉过我,爸爸一共进过两次监狱,一次是因为卖黄书,一次是因为偷苹果。卖黄书进去半年,偷苹果则是八个月。不知道他是哪一次被打坏的,也许是两次合起来造成了这种遗留性的伤害。两次坐牢都是在广州，我们家的钱也都是他从广州挣回来的，他从十七岁开始去广州收售二手衣服，后来在天桥卖书，再后来在车站跑摩的。他用在广州挣到的钱娶了妈妈，又用在广州挣到的钱把我养大。我刚出生不久，他就因为卖黄书进了监狱。奶奶说，卖黄书最挣钱，卖一本黄书胜过卖十本别的书。在很小的时候，我不知道黄书是一种什么书，但却一直对它怀有好感。一听到黄书我就觉得亲切，直到现在我也没有拥有这样一本书。爸爸每次回来都带很多书，唯独没有黄书。我问他，为什么不给我带本黄书回来。爸爸说你现在太小，带回来你也看不懂。我说你骗人，你不带是因为黄书太贵。尽管没有见识过黄书，我还是对它略知一二，家里有一副黄色扑克牌，上面的男女全都没穿衣服，顶多两人共用一条铁链。我有时候会拿几张给朋友们看，一个比我们大几岁的家伙说，这简直比黄书还黄。我想，哦，我爹就是因为这些陌生的光屁股男女坐的牢，还一坐就是六个月。在这六个月里，在妈妈最需要他的时候他却不在身边，等他回来的时候，妈妈已经快死了。他第二次坐牢，是我七岁的时候，还好我已经习惯了他不在身边。不管他是在外面坐牢，还是在外面挣钱，对我来说都没什么区别。奶奶的说法是，他在外面是为了挣钱，他坐牢也是因为挣钱。可是他们又说他坐牢是因为偷苹果,他坐牢是因为卖黄书。好了,不用解释我也知道,卖黄书是为了挣钱,偷苹果也是为了挣钱,而偷电缆,还是为了挣钱。那挣钱是为了什么?

"这次我们都没有挣到钱。"爸爸说,"龙头出事了,我们顾不上带绞下来的电缆。我们唯一想从山上弄下来的,就是龙头的尸体。""你们一共绞了多少?"小爷爷问。"你说电缆?"爸爸停了一会儿说,"大约三千块钱的吧,我们刚绞了一半,龙头就出事了。""三千。"小爷爷说,"三千块钱能干不少事,足够你们包个车带龙头回来了。"他拿起水壶,把最后的一点水喝完。他咂着嘴,"你们应该把电缆带回去。""那时候谁还有心思带它啊,全都吓得半死。"爸爸说,"王伟都吓尿了,我用手电照到他时,发现他的裤子湿了一片。王朝骂他:'你他妈的快憋住,尿也会导电',他捂住裤裆,不顾一切地往山下跑。那时候龙头正在遭受电击,一根电线和他连在一起,他像牵线木偶一样跳着舞,嘴里发出哆哆嗦嗦的叫喊,身上像放鞭炮一样噼噼啪啪地溅出火花。我们站在原地不敢动弹,看着他不知道该怎么办。""王伟尿裤裆了?"小爷爷说,"那么大个的汉子竟然吓尿了?""噢,"爸爸一拍脑门,"我说漏嘴了,他们兄弟俩让我们发誓不把这事说出去。今天这儿没外人,你们千万要保密,咱答应别人的事不能说话不算数。""是,是。"小爷爷说。"是什么啊,"祖奶奶说,"是个窝囊废。"她咬牙切齿地骂道,不知道是什么让她这么生气,"是个窝囊废还不让人说了。"她低着头,恶狠狠地攥着一个红薯。"窝囊废还不正混,活该,明天我就给他宣传宣传去。"爸爸和小爷爷笑起来。"奶奶又生气了,"爸爸说,"奶奶消消气。"祖奶奶没理他们,继续攥着那只红薯,用两只手握住它旋转,就跟我对待麻雀一样,一圈一圈地转着,泥土从指缝里落下来。她没有必要把那只红薯弄那么干净,这些红薯运回家之后还会放在一个大缸里搅拌,那会把它们彻底洗净。现在她要做的只是把沾在红薯上的泥块擦掉,根本不需要弄那么干净。对于这个,她应该比谁都清楚,这种工作她至少干了六七十年了,谁也不会比她更熟悉红薯。这些老年人常常提起五九年。奶奶说,在五九年,除了红薯和树皮,什么都没有。他们都经历过只吃红薯的年代,从把红薯种在地里,到把它们吃进肚子,这其中的每一个环节他们都了如指掌。下雨天是种红薯的最佳时机,他们身上披着从化肥袋上扯下来的塑料纸,头戴一顶草帽,像一群大侠一样在雨中忙碌。他们全都弯着腰,脸贴在地上,从远处看,这帮怪客好像在土中寻找什么。他们把剪成小段的红薯苗插进泥土,等天一晴,它们就会飞快地长起来,完全覆盖住裸露的地面。爸爸告诉我,他也经历过那种只吃红薯的日子,"那会让你拉不出屎来,"他说,"红薯会粘住肠子,像胶水一样,粘住肠子。你明明很饿,肚子却越来越大。"他恨透了红薯,但在红薯收获的季节,他仍会偶尔吃两个。不知道祖奶奶对红薯感情如何,现在看来,她似乎也不太喜欢。她攥着那只红薯,一直没有把它扔出去。地上还有很多等着她捡起来,但她只握住那一个。她把它擦得干干净净,光滑溜圆。她暂时停止了转动,红薯表面已经看不到一点泥土。她的白手套上沾满了红色的红薯皮屑和磨得黑亮的泥土,已经看不出本色。她用力握住那只红薯,砸着面前的土块,嘴里念念有词,听不清说的是什么。我看着她,突然很害怕,她就像鬼上身了一样。爷爷刚死的时候,奶奶也会这样。她常常半夜惊醒,坐在床上哭泣,嘴里胡言乱语,全都是吓人的话。她会模仿爷爷的口气说话,并自问自答。我们看着她发疯,不知道该怎么办,只好把一个更为年长的老人请来。她坐在奶奶身后,拍打她的后背,把我们家所有死了的亲人骂上一遍,让他们滚蛋,滚回他们的坟墓里去。奶奶在骂声中恢复正常,告诉那个更老的老人:"他回来了。""我知道。"老人说,"他已经走了。"在这种时候,这些老人总是让人害怕,好像他们真的能和死人打交道一样。那个会驱鬼的老人很老,比祖奶奶还要老一些,这从她们的脚就可以看出来。祖奶奶的脚很小，只能穿那种特制的清朝的鞋子，脚上永远裹着一层白布。驱鬼老人的脚比祖奶奶的还小一圈，比大部分孩子的都小。因为脚小，她走起路来就像不倒翁一样，好像随时会摔倒，但从没有过。人们都说她的脚是真正的三寸金莲，是我们村仅有的一个，或许也是世界上仅有的一个。这样的脚确实不多见，祖奶奶死后，村里就只剩下四五个有这种脚的老人了，包括正在殴打红薯的这一位。她的脚也很小，裹着白布。她是一个脾气很大的老人，一般像她这样满头白发的老人都很和蔼，说话慢慢悠悠，最爱干的事就是晒太阳，从不与人争吵。但是这位祖奶奶，有时候她会大声骂人。我见过另一个像驱鬼老人那么老的老人，她们的脚也差不多大，那是在龙头姐姐的婚礼上。那天我们先是参加了龙头和表姑的婚礼，后来又去参加龙头姐姐和表叔的婚礼，因为两家都和奶奶有亲戚，并且都感激奶奶，皆把她奉为座上宾。婚礼很热闹，我在人群中挤来挤去，吃一切想吃的东西。后来我无意中闯进一间厢房，看到了那个老得不能动弹的老人。她穿着一身黑衣服，坐在黑乎乎的房间里，她旁边的床上堆满了礼物，我刚进去的时候甚至都没有发现她。外面吵吵闹闹，屋子里却很安静。我的贸然闯入似乎吓了她一跳，她好像不太适应突然照进屋子的光亮。她安静地看着站在光影中的我,我想她并不能看清我的五官,对她来说,外面的光太刺眼了。我能清楚地看到她。她一直没有动,只是看着我。她的眼睛睁不太大,松垮的眼帘遮住一大半眼睛,她像是从一条窄缝里看我。她的目光很有神,虽然并没有完全睁开眼睛。我想她只是懒得睁而已。我和她对视几秒,马上就移开了视线。我有点害怕,我不太喜欢这些太老的老人,她们就像另一种生物一样神秘,陌生。但我没有马上离开,她让我想起了祖奶奶,上吊死的那一个。她的衣着和神态,特别是白色的裹脚布,都很像祖奶奶,只不过祖奶奶喜欢晒太阳,她似乎不太喜欢。她一直没有说话,但看得出来,她想让我关上门。可是我不敢,除非我离开,不然我是不会关门的,我可不敢把自己和一个沉默的老人关在同一间黑屋子里。她就那么看着我,就像什么都没看一样。我一手放在门把手上,一手撑着门框,打量着她和整个屋子,还有床上那些吃的。后来她好像看累了,就闭上眼睛,靠在椅背上睡着了。第二天,奶奶告诉我她昨天死了。"你们的一个老祖宗死了。"她说。"哪个,哪个老祖宗?"我的一个堂弟问。"就是我们昨天参加婚礼的那一家,他们家有一个老人,你们应该叫她老祖宗。""她怎么死的?""老死的。"于是我们又去参加葬礼。我站在门外往里看,她盖着被子的遗体就像前几天一样安静。我一直好奇她是什么时候死的,是我看着她的时候死的,还是后来她一个人死的。没有人知道。因为前几天刚举办过婚礼,她的葬礼很简单。按理说,像她这样的年纪,应该风光大葬,还可以办成喜葬,但他们没有这么做,没有乐队,也没有司仪,一切都很枯燥,只有几个老妇人围着棺材哭。不像龙头的葬礼,因为没有那么多亲戚为龙头哭丧,他们花钱请了几个。都是很专业的演员,穿着华丽的丧服,头戴一朵大白花。她们能边哭边唱,并且真正地哭出眼泪,只要你给她们五十块钱,就能让她代表你哭上一出。叔叔一共花了两百块钱,让四个女人一起替他为龙头哭。因为这个,回到家奶奶骂了他一顿,说他不应该那么铺张浪费。真正铺张的还在后面,因为叔叔花了两百块,四个女人哭得死去活来,把在场的人都感动了,纷纷夸奖这些哭丧的。另外六条龙很不服气,为了表示对龙头的情谊,他们也都拿钱出来让那些女人哭。每人二三百块,那些女人哭得昏天黑地,后来她们发现就是哭到天黑也哭不完这么多钱,就打电话又叫了一些人来。她们十多个人白茫茫的一片,边哭边唱,热闹非凡。村里的老人说,这是他们见过的最热闹的葬礼之一,能与之相比的,只有王刚爷爷的葬礼,他们虽然请了两个乐队,还有人录像,但是没有那么多哭丧的,他们只是收到的花圈比较多而已,不过那也很壮观。老人们表示,多请一些哭丧的要比花别的冤枉钱好得多,这样很气派,很感人。只有在听到这些汇聚成河的哭声时,才能明白生命有多么庄严。一个老教师这么说。那当你看到一个人被电死的时候对生命有什么看法呢?我真想这么问问老教师,但我只能问爸爸。"什么想法都没有,"爸爸说,"我们只想跑。""你们应该救他,"小爷爷说,"看到有人触电,应该用木头把电线挑开。""找不到木头。"爸爸说,"山上全是树,就是没有木头。""折根树枝就行,"小爷爷说,"随便折一根树枝。""不行,根本不行。"爸爸很郑重地摇头,"刚折的树枝都有水分,也会导电的。当时我们都不敢随便乱动,地上很湿,我们能看见电流经过水洼,在地上乱窜。树叶吱吱啦啦得响,我们就像站在油锅里一样,不知道该怎么办。""我们站在那儿看着龙头遭受电击,不敢轻举妄动,我们知道自己正踩在几千伏的高压电上,幸亏我们穿着皮鞋,塑料鞋底不会导电,龙头就是死在了这上面,他穿的是一双破布鞋。真是该他死啊,出发前他从床底下翻出了那双破鞋,他可能是怕上山时把好鞋刮坏了,就穿上了布鞋,因为这个,电线一掉下来他就触电了。""都是阎王爷安排好的,"祖奶奶说,"我问你,他怎么会有一双破布鞋?你们刚出去几个月,他就把带过去的布鞋穿破了?""不知道。"爸爸说,"他从床底下找出来的。""他是怎么触电的,电线直接落他身上吗?"小爷爷问。"没有,我没有看见。当时华子在上面绞线,我们在下面收拾,一根电线落在地上响了一声,然后龙头就叫起来了。我们看过去,事情就那么发生了。王伟跑了之后,我和王朝也跟着跑了,华子还在电线杆子上,他不敢下来,一直等到我们又跑回来。""你们跑哪去了?"我很好奇他们会跑到哪去。"哪也没跑,就在那座山上,乱跑一通。"爸爸把最后一捆芝麻捆好,天快黑了,路上陆陆续续走过回家的人。爸爸看着剩下的芝麻说,明天再有两个小时就能割完。小爷爷的已经割完了,他正把地上捆好的芝麻支起来。"我们跑散了,"爸爸说。他拿起伞,我跑过去帮他撑着口袋。"我跑到一片菜地里,那片地应该刚浇过水,到处都是泥巴。天太黑了,我摔了几跤,身上沾的全是泥巴。"芝麻沙沙地流进口袋,爸爸胳膊上沾满了白色的绒毛。他用一根绳子扎住口袋。他使劲的时候手上青筋暴起,汗水在白色的汗毛下流动,我帮他吹了吹手上的绒毛。"回家吧。"小爷爷说,他把装芝麻的口袋装进了架子车。"回家。"爸爸说。"回家了,奶奶。"爸爸冲祖奶奶喊道。"回家。"他们把红薯全装进车子。车子发动,冒出黑烟,发出吃力的声音。"你们为什么又跑回去了?"我问爸爸。"什么?"爸爸搬起口袋,把它扔进了小爷爷的车子。"你的芝麻比我家的熟得好,"小爷爷说,"你这一袋至少比我那袋多十斤。""你为什么跑回去?"我重复着我的问题。"嗯。"爸爸说,"把绳子拿过来。"他拉着小爷爷的车子往路上走去,"不可能啊,"他说,"咱们两家的芝麻是同一天种的,一样的种子一样的化肥,怎么会这样。""不知道,"小爷爷说,"估计是龙头给你带来了好运。""哈哈,是这样吗?"他们笑起来。爸爸拉车,我和小爷爷在后面推着。车轮碾过坚硬的芝麻茬,偶尔发出一两声轻微的爆破声。在松软的田地里,车子走得很慢。我们走过龙头的坟墓,臭味又变浓了一些,我看了看坟上的窟窿,不知道那只小兔子在里面怎么样。也许再长大一点,它就能蹦出来了,或者等夜深人静的时候,周围没有了说话声,它就会从里面出来。我们来到平坦的路上,周围渐渐黑下来。四周都是嘈杂的人声,大多在谈论今年的收成和晚饭的内容。我坐在车上,爸爸拉着我和两袋芝麻走在和缓的晚风中。我靠在芝麻袋上,望向越来越黑的四周,点燃的香烟在人们手里发出微弱的亮光。大家不紧不慢地走着,两分钟之后,我们完全走出了龙头的臭味。

图书在版编目（CIP）数据

今夜通宵杀敌/ 郑在欢著. -- 上海：上海文艺出版社, 2021（2023.1重印）
ISBN 978-7-5321-7920-6
Ⅰ.①今… Ⅱ.①郑… Ⅲ.①中篇小说－小说集－中国－当代
②短篇小说－小说集－中国－当代 Ⅳ.①I247.7
中国版本图书馆CIP数据核字(2021)第034267号

发 行 人：毕　胜
责任编辑：解文佳
特约编辑：王丹姝
封面设计：丁旭东
内文设计：山　川

书　　名：今夜通宵杀敌
作　　者：郑在欢
出　　版：上海世纪出版集团　上海文艺出版社
地　　址：上海绍兴路7号　200020
发　　行：上海文艺出版社发行中心
　　　　　上海市绍兴路50号　200020　www.ewen.co
印　　刷：上海盛通时代印刷有限公司
开　　本：889×1194　1/32
印　　张：11.875
插　　页：2
字　　数：205,000
印　　次：2021年10月第1版　2023年1月第2次印刷
Ｉ Ｓ Ｂ Ｎ：978-7-5321-7920-6/I.6279
定　　价：58.00元
告 读 者：如发现本书有质量问题请与印刷厂质量科联系　T:021-37910000